JN111713

君たちにサンタは来ない

朝田寅介

ヨシモトブックス

目次

写真
齋藤陽道
（「絶対／Absolutely」より）
装丁
アルビレオ

君たちにサンタは来ない

第一章

1

一人で生きていくということの本当の意味を、理解するのは難しい。

それは、誰もが一人では生きていけないと分かっていながらも、誰もが一人で生きているのだと信じているからに違いない。


僕が父子家庭になったのは、平成十七年冬のことだった。

父子家庭という生き方が世の中に認知されるずっとずっと前のことで、それは思いがけずある日突然に訪れた。

その年のクリスマスにサンタがやってこなかったのは、子供たちが悪い子だったわけではない。父親の僕にお金がなかったからだ。上の子はクラスメイトに年賀状を書きたいと言っていたけれど、ハガキを数枚買うのが精いっぱいだった。

所持金は二万円。

いや、所持金ではない、それがわが家の全財産だった。

ディズニーランドのお土産のクッキーの空き缶に貯めていた、小銭を精いっぱいかき集めた二万円がわが家の全財産。

「サンタさんが来ないのは君たちが悪い子だからではない」と、子供たちに伝えるのは辛かった。

誰が悪いかは別にして、決して子供たちに責任があるわけではない。子供たちは分かったような分からないような顔をしていたけれど、サンタも母親もいなくなってしまったという現実が変わることはない。これっきり母親がいなくなる子供たちを抱え、今年のサンタだけではなく、永久にこの子たちにはサンタがやって来ないのではないかと思っていた。

これからどうやって生きていこうか。

上の子は小学校二年生で、下の子はまだ幼稚園児だった。子供は男の子二人で、母親がいなくなったために、これからは三人暮らしになる。まさか自分が父子家庭となって、子供二人を育てる人生を歩むなどと思い描いたことは、ただの一度もない。人生何が起こるか分からないとよく言うけれど、あれはどうやら本当だ。

でもまあ、なんとかなるだろう。

こうなってしまったからには仕方がない、どうにかするしかない。

軽い気持ちで考えていたわけではないけれど、軽い気持ちでいなければ不安ばかりが募ってしまう。

悪いことばかり考えていても、仕方がない。

たった一人で子供たちを育てるということ、一人で生きていくということの本当の意味を、僕は知らなかった。

決して楽しいことばかりではなかったけれど、世の中のほとんどの人が経験したことがないであろう、たった一人、男手一つで子供二人を育てる「父子家庭」という生き方の思い出を、今から書き記してみたいと思っている。

忘れてしまう前に、僕が経験した父子家庭としての十数年を伝えなくてはならないし、どうしても伝えなくてはならない理由がある。良いとか悪いとか、すごいとかすごくないとか、偉いとか偉くないとかではなく、父子家庭としての偽らざる記録を子供たちに伝えると同時に、十数年間父子家庭として過ごしたこの生き方を、世に問いたいのだ。

はるか昔の出来事を、できる限り記憶の糸を手繰(たぐ)り寄せながら書いてみることにする。

父子家庭になって初めて抱いた感情は、怒りや悲しみ、安堵や解放、ましてや希望や喜びなどではない。

「恐怖」だった。

忘れてしまったことの方がはるかに多いであろう記憶の中で、この感情だけは今でもはっきりと覚えている。

父子家庭生活が始まったのは、妻が、

「もう家には帰りません、子供たちの面倒も見られません」

と言って去っていったあの日からだ。

大抵のことはなんとかなると楽観的に考えられることが唯一の長所といっても良いこの僕が、この時、心の底から「怖い」と思った。突然一人取り残されてしまったような感覚で、わずか一日先の未来さえ上手に思い描くことができなかった。

自分たちが直面した現実をまだ知らない子供たちはプラレールで無邪気に遊んでいて、窓には乾かない洗濯物が干してあり、子供たちが大好きなアニメがテレビから流れている。

ストーブをつけていたために湿気で曇ったドアガラスと、散らかったままのリビング。毎日何も変わることのなかったこの光景を、ぼんやりと、ただただぼんやりと眺めていた。

うまく考えをまとめることができない。

まるでこの世で自分だけ時が止まってしまったかのような、どこか奇妙な景色だった。

周りにある全てが動き続け、僕だけがとどまっている。

一人前になるまで子供たちを育てなければいけないという責任に対して抱いた恐怖という感情と、いつもと変わらず無邪気に遊ぶ子供たちがいるその日の夜のリビングの景色は、僕の記憶から消えることはない。

これが大きく方向転換を余儀なくされてしまった新たな人生の、最も古い記憶だ。

2

妻が出ていってから数週間後、僕のもとに郵便物が届いた。

それは裁判所からの、離婚調停の日程を知らせる通知書だったのだが、突然子供二人を一人で育てなければならなくなった僕に、そんな話し合いに時間を割いている余裕はない。

離婚調停の話し合いの席でも、やり残してきた家事のことや、下の子の幼稚園のお迎えの時間ばかりが気になっていた。その合間に買い物をしたりご飯の支度をしたり、子供たちの身の回りの世話をしたり、何よりも母親を失った子供たちのために、わずかな時間でも一緒に過ごすことを最優先しなければいけない。ただでさえ時間がないのに、一体こんなところで何を話し合えば良いのか疑問だった。

毎日毎日、与えられた時間はあっという間に過ぎ去り、多くのことを置き去りにしながら一日が終わる。仕事でさえしている暇がない。

今となっては離婚調停で何を話し合ったのかも記憶にとどめていないのだけれど、少なくとも子供たちの親権で争うことはなかった。

父子家庭になり、どうしても避けられないものがあるとするならば、それは貧困だ。

僕には両親がいない。

いや、正確に言えばこの時はまだいたのだが、二人とも病を患い、入退院を繰り返していた。

子供が小さいころは、どうしたって自分以外に子供の面倒を見てくれる人が必要になる。せめて、自分が働きに出ている間だけでもいい。そういう人がいなければ、幼い子供二人を育てながら仕事をするということは至難の業だ。ほぼ不可能といってもいいだろう。

もともと僕は高校を卒業してからずっと調理師の仕事をしていたのだが、結婚して子供が生まれたのを機に辞め、当時は妻と二人で、商品を海外から仕入れてインターネットで販売するビジネスをしていた。妻にも僕にも子供を気軽に預けられる親戚はいなかったから、なんとか自宅で仕事ができないかと、見よう見まねで始めたインターネットビジネスだった。商品の在庫など、必要なものは仕事場として借りたワンルームに保管していて、妻に管理を任せていた。

妻は家を出てからそのワンルームに住んでいたようで、僕も寄りつかないようにしていたのだけれど、しばらくしてから訪ねてみると、そこはすっかりもぬけの殻で、商品も仕事道具も、何も残っていなかった。


この状況に甘んじるわけにもいかず、藁にもすがる思いで行政に相談することにした。

これだけ困ってるんだ、何らかの打開策が見つかるに違いない。そうであってほしい、いや、そうであるべきだと考えた。

上の子が小学校、下の子が幼稚園に行っているわずかな時間を使って、当時住んでいた茨城県の水戸市役所の児童福祉課に足を運んだ。

「すみません……」

近くにいた女性に声をかけてみる。

「あの……父子家庭の支援について、ちょっとお話を伺いたいのですが」

面倒くさそうに「少々お待ちください」と言われたので、近くの椅子に腰を下ろした。数分待たされた後、担当だという初老の男性が別室に案内してくれた。

「えっと……どういったご用件で」

「あの……父子家庭になってしまったんですけど、何か行政としての支援策などありましたら、教えていただきたいと思いまして伺いました」

間違った申し出ではないだろう。

「あのね……せっかく来ていただいて申し訳ないんだけど、父子家庭に支援はないんです」

「……は？　ない？　……とは……」

「そういった法律がないんですよ」

「そういった法律とは？」

「国はね、男が、父親が子供を引き取って育てるということを、そもそも想定していないんですよ。子供は母親が引き取って育てるもので、父親が引き取って育てるものではありませんから」

だから父子家庭には一切の支援はないそうだ。さらにはその担当者は、

「男なんだから、働けるでしょ。どこかに子供を預けて働いたらいいんじゃないですか」

と言った。


それからも何やら語りかけていたが、もう耳には入らなかった。

ぼんやりしながら断片的に聞こえてきたのは、親に頼めとか、別れた奥さんに協力してもらえとか。適切というには程遠いアドバイスに、うんざりした。

どうなっているんだこの国は、一体全体。国が想定していない？　知るかよそんなこと。頼るべき両親もいない、子供を預けるところもない。別れた奥さんに頼めるくらいなら、こんなところにのこのこ来るはずもない。

そういえば離婚調停の際、調停員に説得された。

「男一人で子供を育てるのは無理だ。母親に引き取ってもらえるよう頼んでみなさい」

なるほどこういうことなのか、世の中っていうやつは。

今ごろになって、ようやくその意味に気がついた。男が子供を育てられるような社会の仕組みがないわけだ。

僕は市役所からの帰り、本当に声を上げて泣いた。

いい歳をした大人が帰りの車の中で一人、声を上げて泣いた。

お前らの世話にはならない、一生ならない。

どんなことがあっても、絶対にならない。


ひとしきり大声を出して泣いて泣いて、泣きながら家に帰って、とうとう決心した。

「やってやる、お前ら見てろよ、ふざけやがって、今に見てろ」

これからどうすれば良いのかは全く分からなかったけれど、とにかくやるしかないということだけは、はっきりした。僕がどうなろうと、僕の人生がどうなろうと、そんなことはもうどうでもいい。とにかくこいつらを、一人でなんとか生きていけるようになるまで育ててやると。

たった一人で育ててやる。

何が行政だ、ふざけやがって。

こうなったら自分の人生と引き換えだ。僕の人生などどうなってもいい。子供たちが生きていけるなら、こんな人生などくれてやる。

そうやって自分を奮い立たせなければ、本当は立っていることもできないほどに不安だった。

「大丈夫、やれる、俺ならできる、俺ならできる」

何度も何度も自分に言い聞かせた。

父子家庭になってしばらくの間は、たった一日を無事生き抜くということだけしか考えられなかった。

先のことなど考えたら、つぶれてしまう。

そうやって、どうにか一日一日を積み重ねて生きていた。

テレビドラマでは、うまいこと仕事が見つかったり、住むところなんかもあてがってもらえたり、職場の人たちがすごく理解があって融通をきかせてくれたり、はたまた、幼い子供たちがどういうわけかめちゃくちゃ聞き分けが良かったり、近所の人が親兄弟のごとく親身になって世話してくれたりして、父親一人で子供を引き取っても、どうにかこうにか、世間の温かい支援のおかげで生活し、愛とか友情とか感謝みたいなものもセットになって、感動のハッピーエンドを迎えたりするのだけれど。

それはドラマや映画でのお話だ。

現実は、そんなおままごとのような物語ではない。もしかしたらそんな現実もあるのかもしれないけれど、少なくとも僕にそんなラッキーの連続は訪れなかった。

下の子は幼稚園児、上の子だってまだ小学校二年生。

ただ生活するだけで目も回るほどの忙しさ。さらには日々の生活費の心配をせねばならない。

毎日不安で眠れなかった。

明日食う金が、ない。

行政からの支援もないと分かり、こうなったらやってやると、腹をくくって自分を奮い立たせたその舌の根も乾かぬうちに、やっぱり心が折れてしまいそうになった。

「助けてください」

その一言が言えたなら、どんなに楽だったろう。

それを言ってしまったら最後、何もかもが雪崩となって、自分という存在そのものがなくなってしまうような恐怖。

一体、どこに「助けてくれ」と言えば、僕たちは救われたのだろうか。

3

さしあたっての不安は、お金がないことと時間の使い方が分からないこと。

父子家庭になって子供たち二人の子育てを始めてからというもの、自分の時間などなく、気がついたら朝で、気がついたら夜だった。

仕事に追われているとか、予定が目いっぱい詰まっているとかいうことであれば、自分で時間をコントロールすれば良いのだけれど、子供が小さいころの子育てというのは、自分の考えでペース配分を決めることができないのだということを、いやというほど痛感した。

とにかく言うことを聞いてくれない。

幼い子供だから、仕方がない。それは分かっている。

分かっているけど、言うことを聞いてくれない子供のペースに合わせなければいけない生活は、予想以上のストレスだった。

朝起きれば、朝ご飯を作らねばならないのだが、何分あれば仕上がるのか分からない。

必要以上に早起きをして、朝ご飯とお弁当を作り始め、その間に散らかったリビングを片付ける。昨晩やり残した洗濯をしながら子供たちを起こす。上の子の着替えを出してやって、下の子の着替えも済ませなければいけない。

ランドセルに入れるものや提出し忘れているプリントなどはないか、連絡帳を再度確認し、子供たちの着替えが終わって、顔を洗ってあげたら、朝ご飯を食べさせる。ご飯が終われば歯を磨かせるのだが、磨き残しがないか、仕上げ磨きをしてあげなくてはいけない。

上の子の寝癖を直してあげたら、ハンカチとティッシュをズボンのポッケに入れて帽子をかぶせ、下の子も連れて外に出る。登校班が待っているところまで一緒に行き、下の子と一緒にお兄ちゃんをお見送り。そのまま家に戻り、後回しにしてしまった下の子の仕上げ磨きからやり直す。下の子に幼稚園の制服を着せたら帽子をかぶせ、ハンカチとティッシュをポッケに入れて準備完了。車に乗せて幼稚園まで送っていく。

幼稚園は車で十五分程度のところにあり、戻ってくるとだいたい九時。そこから終わりの見えない洗濯物の残りを片付けてしまわなければいけない。洗濯物を干し、朝ご飯の済んだ食器を片付け、掃除。布団を干して掃除機をかけて、床の雑巾(ぞうきん)がけ。その他の雑務をこなしていたら、あっという間に十二時になっている。

近所のスーパーに買い物に行き、晩ご飯の食材を調達。下の子の幼稚園のお迎えのついでで も良いのだが、まだ幼稚園児の下の子を連れていくと余計な時間がかかるので、いないうちに済ませてしまう。買い物をし、外に出たついでに他の用事も片付けたら、家に戻って十四時。

仕事など、できる状況ではない。

十四時から帰りのお迎えなので、また急いで幼稚園に行き、先生に園での様子を一通り聞いたら帰宅。帰ってきて手洗いとうがいをさせ、テレビのチャンネルは大好きなアニメ。その間に晩ご飯の用意に取りかかる。

一時間もすれば下の子はアニメに飽きてしまうので、晩ご飯の支度をやめ、一緒に遊んであげなければいけない。下の子は外で遊ぶのが大好きだったから、一緒に外に出て、散歩をしたり自転車に乗ったり、公園で遊んだりした。そんなことをしていると上の子が学校から戻ってくるので、遊び相手は上の子に任せて、また晩ご飯の支度に戻る。

父子家庭になってから、ある一つのルールを決めて、それをかたくなに守っていた。

「どんなに忙しくても、どんなに大変でも、食事は手作り」

お金もなかったし、大きくなっていく子供たちにはきっと何も残してあげられないだろうと思っていたのだ。だからせめて、父親が毎日一生懸命ご飯を作ってくれたという記憶と、健康な体だけは残してあげたいと考えていた。

レトルトや冷凍食品、インスタント食品の類は使わない。食材はいつもフレッシュなもので、そして手作り。高校を卒業してから調理師を長く続けていた僕ができる、勝手に決めた子供たちとのたった一つの約束。

この約束を果たすのは、考えていた以上に大変だった。小さい子供を二人抱えて、そんな悠長にご飯など作っていられない。ちょっと目を離した隙にどこかにいなくなっているし、「おとなしくしているな」と安心していると、こっそりイタズラをしているなんてこともしばしば。その都度手を休めながら、何時間もかけてようやく作る晩ご飯を、子供たちは毎日「おいしい」と言って食べてくれた。

「パパのご飯が一番おいしい」と、子供たちは何度も言ってくれた。

僕はそれがうれしくて、大変な思いをしながら毎日毎日手作りのご飯を作っていたけれど、誰かのために自分の時間を使わなければならない生き方は、外で仕事をすれば良いだけの生き方に比べ、何倍も何十倍も疲れた。

子供たちを風呂に入れ、おやつを食べさせたら、ようやく彼らの一日は終わる。一緒に布団に入り、寝かしつけるのも僕の仕事。寝かしつけた後、子供たちの寝顔をしばらくの間眺める。それは目まぐるしく過ぎる一日の中で、唯一心安らぐ時間だった。

子供たちを施設に入れてしまえば良いのではないかと思ったりもするのだけれども、会えなくなる寂しさや、成長を共にできない喪失感、親がいるのに施設に預ける罪悪感を思うと、もう少し頑張ってみようと思い直すのだ。

子供たちの寝顔は、そうさせるのに十分だった。

下の子の幼稚園の送り迎えでは、いつも困っていたことがあった。

幼稚園は女の世界であり、母親でなければどうしても務まらないことがある。当時住んでいた借家から近いという理由で通わせていた私立の幼稚園では、園児を迎えに来るのは間違いなく母親だった。

とにかく、輪に入れない。家庭の事情が複雑そうな僕には関わらないようにしよう、という周囲の空気を痛切に感じていた。下の子が「誰々ちゃんと遊びたい」とか、「誰々ちゃんの家に行きたい」と言っても、母親でない僕にはどうすることもできなかった。子供が小さいうちは、誰がなんと言おうと母親中心の世界。女であることが絶対条件だと言わんばかりの、確立されたコミュニティーがある。

自宅は幼稚園バスが通るルートではなかったため、下の子と二人で車に乗って毎日幼稚園に通った。

朝、通園バッグの中から連絡帳を出し、忘れ物がないか確認したら、紺色の帽子をかぶせてやり、玄関でギューッと抱きしめる。靴を自分で履くのはまだまだ上手にできなかったけれど、玄関にしゃがみこみ、靴がちゃんと履けるまでじっと見ている。

玄関の鍵をかけたら手をつないで駐車場まで歩いていき、車の後部座席に座らせる。車の中で幼稚園のことや、お友達のこと、帰ってきたら何して遊ぼうかとか、晩ご飯は何が食べたいかとか、そんなことをしゃべりながら通園した。

幼稚園に着いて、教室までは手をつないで歩いていく。先生に「よろしくお願いします」と頭を下げたら、手を振ってバイバイ。ちゃんと教室に入り、お友達と仲良くふざけあうのを確認してから、車に乗って家に帰る。

「なんで僕だけ、毎日パパがお迎えに来るの……」

下の子はふと、思い出したように言っていた。

「他のお友達は、誰もパパがお迎えに来る人なんていないよ」

そう言っていじけたような表情を見せるたびに、悲しいような切ないような、なんとも言えない感情でいっぱいになるのだった。

なぜ自分だけパパが毎日送り迎えをするのか、理解するには小さすぎた。

一度にパパとママの役をこなすのは大変だったけれど、自分の許された時間の限りで子供たちと接した。

時には厳しく、時には優しく。

幼稚園からの帰り道、よく二人で車の中で歌を歌った。当時見ていたアニメの歌や、幼稚園で習った歌などだ。

帰り道にあるお豆腐屋さんの手作りドーナツは一個五十円で、子供たちの大好物。毎日は食べさせてあげられなかったけれど、たまに立ち寄っておやつにした。車の窓から手を出すのが好きだった下の子は、バックミラー越しに僕によく怒られていた。

夜は一緒に布団に入り、子供たちが寝つくまでの間、今日一日あったことを話したり、絵本を読んであげたり、しりとりをしたりした。

ママがいないことや、パパがお迎えに来ることや、お友達の家に遊びに行けないことで何か大事なものを失くしてしまったような不安な気持ちを、この子たちから取り除いてあげることは不可能だろうか。子供たちが「寂しい」と思う瞬間がたくさんあるのだとしたら、それをほんの少しでも減らしてあげられないだろうかと、それだけを考えた。

だから毎日、子供たちといっぱい話をした。帰りの車の中で、大きな声で歌を歌った。大好きなドーナツを食べながら、大好きなアニメを一緒に見て、大声で笑った。お友達とは遊べない分、毎日絵本を読んであげた。

そんなささやかな日常の積み重ねが、いつかきっとこの子たちから寂しさを取り去ってくれるんだと信じていたし、そうなってほしいと心から願っていた。

「嫌なことがあったら、笑えよ……」

これは三人の、寂しさを紛らわすおまじない。

僕が笑えば子供たちも笑うから、毎日毎日僕は笑った。

「さぁって、今日も一日楽しかったねぇ」

これがおやすみの合図で、子供たちは「うん」と言って、眠りにつくのだった。

「どうかこの子たちのこれからの人生に、楽しいことばかりが訪れますように……」

子供たちが寝息を立てて夢の中に行くまで間、布団の中でずっとずっと祈っていた。

この世界に神様がいるとは思えないけれど、子供たちのために祈らずにはいられなかった。

4

妻が家を出ていった冬の日よりもほんの少し前、母が病床に臥したという連絡が入った。

「会いに行ってやれ」

兄のほぼ命令に近い物言いに、しぶしぶ母が入院しているという病院へと足を運んだ。

久しぶりに見る母は元気とは程遠い、死期の近づいた病人そのもので、長く会っていなかったからこそ強烈な印象を受けた。

子供たちだけ家に残しておくことができないという現実的な問題もありつつ、孫の顔を見せてやろうかという僕なりの親孝行の気持ちもあったのだが、母はベッドに横たわったまま僕たち三人に一瞥をくれると、こう言った。

「やかましいから、子供は連れてくるな」


四人兄弟の末っ子として育った僕だったけれど、その家庭環境は少し複雑だった。

二十歳以上年の離れた姉と長兄は、僕とは腹違いで、僕が生まれた時にはすでに二人とも実家を出ていたから、兄弟といっても一緒に暮らしたことはない。

僕が育った家には見知らぬ人の仏壇があり、父に命じられるがまま、毎朝仏壇の水を取り替えてお線香をあげるのが子供のころの日課だったのだが、飾られている遺影に見覚えはなく、誰に手を合わせているのか、ずっと疑問だった。

その人が姉と長兄のお母さんだと知ったのは、中学生になってからのことだ。

父は定年を迎えると、人が変わったように酒に溺れていった。

母は父といつも喧嘩ばかりしていて、毎晩繰り広げられる恒例行事に、幼いころの僕と兄（僕と同腹の次兄）はずいぶん理不尽な思いをしていた。

そんな両親に育てられることで自分の一生を棒に振るまいと必死に勉強した兄は、その後の人生で見事なまでに結果を出し続けた。

やがて兄は、後妻として迎え入れられ肩身が狭かったであろう母の拠り所になっていき、母はことあるごとに、出来の悪かった僕にこう言うようになった。

「お兄ちゃんの迷惑になるようなことはするな」

いつしか僕と兄の差は歴然となり、家庭での居場所はなくなっていった。すっかりまともではなくなった父に相談などできる状態でもなく、僕は家にだんだん寄りつかなくなり、高校生になるころには友人の家で過ごすことが多くなった。

そのころになると、こんな家庭環境もすっかり日常になっていたから、母の言葉を真に受けて卑屈になることも、父の存在に違和感を覚えることもなくなっていた。だからといって何かに対して前向きになれるわけでもなく、ますます世間から落ちこぼれていくばかりだった。

後々、母が死んで葬式をするわけなのだが、そこに集まった母方の近親者から口々にこう言われた。

「お母さんには可愛がってもらえなかったからなぁ……お前は」


妻が家を出ていった年の年末、母は入院先の病院で手術することになった。

小腸癌(がん)だそうだ。

子供たちが幼稚園と小学校に行っているわずかな時間に、母の入院している病院に通った。

母と会って話をするのは懐かしく、誰に言われたからではなく、母の最期に僕自身何ができるのか考えてみたりした。

やはり放ってはおけまい。

この手術で回復に向かう確証はない。お腹を開けてみなければ分からないとのことだったが、医師の物言いからして、母が助かる確率が高いとは思えなかった。

子供たちを抱え、両親の介護。

許す限りの時間を使って病院に通い、家に戻れば子供たちのご飯を作っていた。

子供たちを一緒に連れていかねば母の病院に行くことができない日もあったのだが、彼らは会ったこともない僕の母親の病院に行くことに、なんら楽しみを見出せないでいた。一緒に行ったところで、母に可愛がられるわけでもない。かといって、どうすることもできないまま時間だけは過ぎ、予定通り母は手術を終えた。

術後の説明をしたいと病院側から申し入れられ、母の手術が終わり一段落した二十一時過ぎに、病院へ向かわなければいけなかった。

子供たちには、

「パパはちょっと出かけてくるから、二人で寝てるんだよ」

と言って二人だけ家に残して出かけたのだが、幼い子供を残して家を空けるということが不安でないはずがない。とはいえ、子供たちを連れていくには事態が深刻すぎた。

病院に着くなり応接室らしきところに通され、執刀医だという、僕よりもまだ若いであろう医師と、もう一人の医師と同座した。

若い医師は、母の体内から取り出した癌細胞を銀色のお皿のようなものに入れ、僕に見せた。

「お母様から取り出した癌細胞です」

血の塊（かたまり）のような色をしたソフトボール大の腫瘍（しゅよう）。これが体の中に入っていたということが、にわかに信じがたいほどの大きさだった。

医師は、術中の様子や術後の経過など、僕にはよく分からない説明を延々と繰り返していた。

母の病状はもちろん気になっていたのだが、家に残してきた子供たちの方がもっと心配で、簡潔な説明を医師に求めた。

「あの……つまり、簡単に説明してもらいたいんですけど……もし、先生のお母様が僕の母と同じ状況になったとしたら、執刀医として、先生はどのような判断をしますか」

しばらく考えたのち、医師は言葉をようやく捻り出した。

「残念ながら、私の母はこの病気が原因で命を落とすだろうと、考えざるを得ません」

それで全ての状況を飲み込んだ。

そうか……母は死ぬのか。

医師の口から告げられた余命は半年。僕に残された母親との時間は、半年に決まった。

そうは言うものの、今さら何ができるのだろうか。

やらなければいけないことがたくさんありすぎて、生きていくだけで精いっぱいで、子供たちの面倒を一人で見なければならない今の状況で、母のために何ができるのだろう。

金の心配をしながらの父子家庭生活である上に、親の介護。

父子家庭になり、その生活も落ち着かぬままに、母の命に期限がつけられたことで、慣れない介護との両立までも強いられることになった。


余命の期限である半年を過ぎたころ、母は終末期の患者が入院できる病院へと転院した。

これからどうするべきか親族で話し合った結果、恐らく長くはないであろう母を、一度は家に戻してあげられないかということになった。

実家は父と母が病に倒れてから長い間空き家となっていたため、庭は荒れ放題、部屋の中もとても人が暮らせる状態ではない。それでも母を戻すためには、誰かが実家に越してきて、家の中や庭を整理して母を迎えなければならない。

そこで白羽の矢が立ったのが、僕だった。

隣町の賃貸アパートで暮らしていた僕たちに、しかるべき時期を見計らって実家に転居してこないかと兄が提案したのだった。

兄の思惑は分かっていた。

今や家長である兄は、父や母のその後のことも視野に入れていたはずで、どう転んでも、空き家になり荒れ放題の実家を元の状態に復元し、両親の死後の段取りをこの家で行わねば格好がつかないということは、僕にも容易に想像がついた。

そのためには誰かが住んでいるという方が体裁が良く、その役割を果たせるのは現実的に僕一人だった。僕が転居すれば、誰かが家の片付けをせねばならないという問題も解決できるのだ。


正直、気が進まなかった。

荒れ放題の実家の片付けが面倒だったわけではなく、僕たちが実家に転居したとしても、両親が死んだ後もその家に暮らしていける保証などどこにもないことを、僕は知っていたからだ。両親が死んで遺産を分配するとなった時に、血縁関係の複雑なわが家で、実家の土地と建物が火種となることは明らかだった。

とはいえ、実家に住めば当面の家賃は経費として計上しなくても良くなるという利点もあり、父子家庭生活をしている僕にとっては、渡りに船だった。いつか沈みゆく泥舟と分かっていながら、僕は僕の思惑で、転居することに決めた。

母の病状を思うと、なるべく早い時期に実家を掃除しなければならないことは確かだった。兄と僕の、お互い口には出さぬ利害が一致した結果、僕たちは夏休み明けのタイミングで実家に転居することにした。

小学三年生になっていた上の子は、隣町に引っ越すために転校せねばならなかった。転校の手続きや、母の介護、実家の片付け、子育てに日常の雑務。転居にあたり、今住んでいる借家も片付けて荷物をまとめなければいけない。小さい子供二人を連れ、真夏にはかどらない仕事をせねばならず、毎日が手いっぱいだった。

転居に伴い、下の子は幼稚園を退園した。転居先から下の子を隣町の幼稚園に通わせることは不可能で、かといって半年足らず通う新たな幼稚園を探すだけの余裕もなかった。

上の子は義務教育だったから、面倒な手続きも、全ての事情を話すことのできない僕たちの境遇の説明も、どうにかこうにか済ませたのだった。

子供たちの人生を最優先させてあげたかったけれど、これは僕たちが生き延びるための苦渋の決断だった。

子供を預けるところがないから働きに出られないという、待機児童の問題が当時世間をにぎわせていたけれど、幼稚園に行かせることができないほどの僕の事情は、どうすれば良かったのだろうか。

小さい子供二人を連れ、連日の猛暑の中、荒れ果てた庭の草を刈り取り、まだまだ目の離せない子供たちに注意しながら、物で埋め尽くされた部屋を一つ一つ整理した。三十分に一回は手を休め、子供たちと一緒に遊んだ。そんな生活を夏休み中繰り返し、どうにかこうにか部屋としての体（てい）をなしたのは、夏休みも残り数日となったころだった。

子供たちが数日足らずの新学期を今までの小学校と幼稚園で過ごし、仲の良かった友達や近所の人たちに一通り別れの挨拶をし、お別れ会なども催してもらった後、借家を引き払い無事転居したのだった。

下の子は幼稚園を辞めるという、突如訪れた状況を理解できるはずもなく、今日限りで仲の良かった友達とも会えなくなるということが実感できない様子だった。

上の子はといえば、小学校三年生ですっかり判断力もつき、自分が置かれている状況を理解していたので、転校はしたくないと、それはそれは見事なまでの抵抗を見せていたが、やがて、これは受け入れるしかないと分かったのか、本当に渋々ではあるけれど、僕たちの転居を彼なりに理解したようだった。

「新しい学校に行っても、絶対友達なんかできないよ……」

ふてくされながら、自分が否応なしに立ち向かわなければいけない未来を、必死に受け入れようとしていた。

親の都合を、一体この子たちはどこまで受け入れなければいけないのだろうか。何に対して申し訳ないのかもすでに分からぬほどに、子供たちにとっての不都合は休む間もない。

子供たちへの精いっぱいの愛情と贖罪（しょくざい）の気持ちを込め、そして、これから幼い子供二人を連れてどうなってしまうのかも分からず一番不安だった自分に対しても、こう言い聞かせた。

「世の中には思い通りにならないことがたくさんある。でもね、どんな時でも自分に与えられた環境で、精いっぱい努力しなさい。大丈夫、絶対に大丈夫だから。明日はきっといいことあるって……なぁ、だから、三人で力合わせて、頑張ろうよ」

子供たちには、与えられた様々な試練を我慢して我慢して、恨んで恨んで卑屈になっていくのではなく、なんとかなるさと、明るく前向きになってほしかったし、子供たちにそうやって暗示をかけなければ、前に進むことさえ不可能に思われた。

ちょっとずつ大きくなっていく子供たちは、悩んだり、落ち込んだり、心配事を口にしたりする僕に、時には逆にこう言葉をかけてくれた。

「パパ、大丈夫だよ、なんとかなるって」

「そうだな、なんとかなるな、ありがとよ」

僕は何度この言葉に救われただろう。

どんな時でも、「大丈夫、大丈夫」

5

平成十八年九月、僕たち三人は隣町の実家に引っ越した。

僕にとっては慣れ親しんだ町だったが、子供たちにとっては縁もゆかりもない初めて住む町だ。不安がないと言えば嘘になるから、精いっぱい笑って子供たちを笑顔にした。

下の子は引っ越した後に幼稚園に通うことはなかったが、上の子は小学生だったために、新学期が始まり何日か過ぎたころから、新しい小学校に通うことになった。

引っ越しも終わり、手続きを済ませ、新しい担任の先生とも顔合わせをし、いよいよ転校生として迎えた初日、下の子を連れて三人で小学校に行った。

下の子は初めて行く学校に興味津々で、いろいろなところを珍しそうに眺めていたけれど、上の子はさすがに緊張した面持ちで、気もそぞろに不安げな表情を浮かべていた。

図書室でいったん待機してから教室へ向かうとのことだった。

朝の九時過ぎ、図書室から見える校庭には誰もいなくて、晩夏の日差しに照らされ、生い茂った緑色の葉っぱが気持ちよさげに揺れていた。遊び相手のいない遊具が、校庭の静けさを強調する。

いよいよ新しい生活が始まる。これから先、三人に立ちはだかる壁がどの程度のものなのか見当もつかなかったけれど、どんな時でも力を合わせて、笑って乗り越えなければいけない。

生まれて初めて経験する転校を今まさに乗り越えようとしている小学三年生の上の子の肩を、僕は抱きかかえた。

「大丈夫、今日から楽しいことばっかりだからな」

できるだけ良いことを考える。

子供たちがいつでも笑顔になれるような言葉をかける。

上の子は、それどころではないといった雰囲気で、相変わらず落ち着かない様子でそわそわしていた。

十五分程度待たされたのちに先生が呼びに来て、いよいよ教室へと案内されることになった。静かな校舎に、僕のスリッパの音だけが不自然に響き渡っていた。先生が先頭を歩き、僕が下の子の手を引いてそれに続き、一番後ろから上の子がついてくる。

小学三年生にとって、自分たちのクラスに転校生がやってくるということは、それはそれは大きなイベントに違いない。興奮を抑えられないそわそわした空気は、廊下にまで伝わっていた。教室に近づくと、気配を感じた新しいクラスメイトのみんなが、大歓声で上の子を迎えてくれた。

担任の先生は若い男の人で、運動ができそうな活発なイメージ。先生は上の子の頭を軽く撫でると、背中を叩いて教室の中へと誘導し、戸を閉めた。

先生は引き戸のガラス窓ごしに僕を見て、うなずくような、会釈をするようなしぐさをし、教壇へと登っていった。連れられた上の子はどこかぎこちない様子をしていたが、クラスメイトの大歓声に少し気が楽になったのか、ようやく笑顔を見せた。

それを見て、僕は安心した。

ガラス窓から教室を覗くと、クラスメイト数人が僕たちに手を振ってくれた。手を振り返しながら、よろしくお願いしますと何度も何度も心の中でつぶやいた。それに気づいた上の子がこっちを見たから、僕は手を振って数回うなずいて見せた。

「頑張れ、頑張れ」と、言ったつもりだった。

上の子は僕の目を見て、「大丈夫」と言ったような気がした。


下の子の手を引いて今来た廊下を引き返している時も、教室から漏れる歓声に胸を撫でおろしていた。

なんとかうまくやっていけるかもしれない。

いや、あの子ならうまくやってくれる、大丈夫。

親として、子供が学校で楽しく過ごせるか、過ごしているかは気になるところだ。それが転校となると、なおさらだろう。

一大イベントを終え、少し肩の荷が下りたような気持ちがした。

車に乗って一足先に家に戻り、上の子の帰りを不安な気持ちで待っていると、十五時を過ぎたころに、担任の先生とクラスメイト三人と共に歩いて帰ってきた。

「初日だったんで、一緒に帰りました」

と、溌剌(はつらつ)としたジャージ姿の先生は言った。

「もう、お友達ができたんですよ」

先生が言うが早いか、家に飛び込んだ上の子は、ランドセルを置いて再び出てくると、

「僕、遊びに行ってくる」

と言って、一緒に帰ってきた三人のクラスメイトと出て行ってしまった。

それはどんなに心強いことだったろう。

上の子もまた、同じように肩の荷が下りたのかもしれない。

「ありがとうございます。なんとかやって行けそうで、ほっとしました」

先生にお礼を言って、頭を下げた。

転校することにあれだけ抵抗し、ふてくされていた上の子だったけれど、見事に自分の力で新しい道を切り開いてみせた瞬間だった。

わずか九歳の子が、なんだかとてもたくましく立派になったように思えて、うれしくてたまらなかった。


僕はこの日、多くのことを学んだ。

子供の可能性と順応性、そして何よりも、これから先僕たちはまだ先に進めるんだという希

望。

子供たちの力を借りて、子供たちと一緒に乗り越える。それでいいと思った。

この一日の出来事は、僕にささやかな勇気と希望をくれた。

上の子の転校が一段落したのもつかの間、母の容体が急変し、一刻を争う緊迫した状況になった。僕は母の親族にあわただしく連絡を取り、最期を看取(みと)れる者を片っ端から呼び集めた。一晩を母が横たわる個室で過ごした。だんだんと呼吸がゆっくりになっていくその様は、誰が見ても、いよいよ死を迎える人間のそれだった。夜中に何度も自宅に戻って子供たちの様子を確認しながら、時間の許す限り病室についていた。子供たちはおとなしく寝てくれていたようだった。

朝早く自宅に戻り、家に残したままの子供たちに朝ご飯を食べさせ、すぐに着替えるよう命じた。学校はお休みすると伝え、二人を連れて母の病室へとんぼ返りした。

九時を過ぎたころに病院の静かな階段を上り、個室の重い引き戸を開けると、すでにたくさんの親族が集まっていて、母の周りを取り巻く雰囲気がより重苦しいものに変わっていることに気がついた。

僕は親族に促されるまま病室へと入り、ドアのすぐ脇の隅っこに立って、病室の窓際にある母のベッドを眺めた。

兄はベッドのすぐ脇で椅子に腰かけていて、その周りを親族が取り囲んでいた。

子供たちは僕の上着の裾を握り、後ろに隠れるように立っている。

「ほら、近くに行って顔を見てやりなさい。何かお母さんに声かけて。きっと聞こえてるから」

と、誰かが僕の背中を押したけれど、うなずいたまま、その場所から動くことができない。

やけに広い病室の隅っこで、子供たちの手を握り、立ちすくんでいた。

兄は、母の手を握り泣きじゃくっていた。産んでくれた、そして育ててくれた母に伝えねばならぬことが、たくさんあったに違いない。兄は僕には目もくれなかった。母が呼吸を止めるその瞬間まで母に何かを語りかけていた。

母の左腕には注射針が刺さり、何か透明な液体が注入されている。

この注射針を抜けば、たちまちにして母の呼吸は止まるのだそうだ。

「それでは、はずしますよ」

担当の看護師が感情を込めずに言った。

「もう、十分だろう……これで楽にしてあげよう」

部屋の隅っこで立ちすくんでいた僕の耳に、ふとそんな言葉が聞こえてきた。

母が横たわるベッドの真横、母の顔の近くに座り、母の手を握っている兄の姿が見える。

母の命の期限の決断をできる者は、恐らくこの場には兄一人しかおらず、きっとこの言葉も兄の口から発せられたような気がしたのだが、定かではない。初めて経験する母の死を前に、どこか全てから取り残されたような空間の中で、ぼんやりとその言葉を聞いたのだった。

多分、これで良かったのだと思う。

母の腕から注射針が抜けると、母の呼吸は、さらに弱くなった。

いよいよ、母が死ぬ。

僕は子供たちの手を引き、自分の横に並ばせて肩を抱きかかえ、二、三歩前に歩いた。

子供たちに声はかけなかった。ただ、手を握っていた。


みんなが看取る中、母はその呼吸を止めた。

医師が病室に入ると、テレビドラマのようにペンライトを数回顔の前で振り、お決まりの台詞を言ったのだった。

三十歳にもなってまともな仕事もしていない子連れのさえない父子家庭。母はついぞ僕に安心することはなかっただろう。

自分自身でもそれはよく分かっていただけに、死にゆく母に声をかけられなかった。母との関係がどうであったにせよ、父子家庭になり、貧乏のどん底で子供たちを育てるのに難渋している僕は、母にかける言葉を見つけられなかった。

ただ、これだけは間違いないということがある。

いざという時に頼れる人が、いや、僕の場合頼れるとは限らないけれど、頼れるかもしれない人が確実にいなくなった、ということ。

子供たちは、数回しか会ったこともない僕の母親の死を見て、何を思っただろう。

僕は決して死なずに、この子たちを育てなければ。僕が死ねば、この子たちが頼れる唯一の人間を失うことになる。

僕は死ねないと、強く思った。

6

母の具合がほんのわずか上向いた夏のある日。

たった数時間ではあるが、長年暮らしたこの家に、母を連れ戻すことができた。

まだ実家の片付けも途中だったけれど、リビングだけでも人が入れるようにして、なんとか母を迎え入れたのだ。

施設に入所している父はいなかったが、親族と僕と僕の子供たちで、母を囲んで楽しく談笑した。みんなで記念撮影もした。それは僕が、子供たちを連れてでも真夏にわざわざ作業し続けた意味でもあった。最後にささやかだけど親孝行した気になったものだ。

そんな日でさえ母は、リビングの外の廊下で遊ぶ僕の子供たちを一瞥し、

「うるさいから、もう連れてくるな」

と悪態をついた。

これは、僕の知る母そのものだ。

母が死んだのは平成十八年九月十九日。

水戸の借家からここに越してきたのが九月五日だったから、その年は忙しかった。

子供たちの生活が劇的に変わったわずか二週間後に母が他界したわけで、引っ越しの荷物もほどいていない状態。どこに何があるかなどまったく分からないまま、母の遺体は運び込まれてくるし、葬儀業者との打ち合わせだの、親族への連絡、挨拶だのと、やることは山積みになった。

下の子は幼稚園を退園していて、来年の四月まで所属するところがないわけだから、どんな状況でも僕がそばにいて見ていないといけない。とはいえ、このただでさえ目の回るような毎日の中、下の子を見ることなど現実的に不可能だった。他に預けるところもないし、誰か他の親族が子守をしてくれるわけでもない。

上の子の学校を休ませ、下の子の面倒を見てもらうしかない。

上の子はまだ小学校三年生。しっかり者だったし、責任感も強く、兄弟はとても仲が良かったので、下の子もお兄ちゃんがいればとりあえずは遊び相手もいるし、言うことは聞くし、なんとかなる。

上の子の負担はあるけれど、考えないようにした。

考えても仕方がない。

これが、頼れるものがいない一人親の切ないところ。最後はどうしても、上の子に頼ってしまうことになる。可哀想な気もするし、ただでさえ負担をかけているのに、こんな時にまた大人の都合を押しつけるのも気が引けるのだが、これが最善の方法だと信じる以外、先には進めない。

母の葬儀が終わり一段落するまで、上の子は小学校を休ませることにした。転校してわずか二週間。ようやく学校に慣れて、友達と遊びたいころだったに違いない。

下の子をお兄ちゃんに任せ、葬儀の打ち合わせをしたり、来訪者の対応をしたり、兄やその他の手伝ってくれている親族にお茶やご飯を作ったりと、とにかく目の回る忙しさ。

子供たちは周りの大人たちに邪魔者扱いされながら、家の中をうろうろしたり、家の前の公園で遊んだり、母が安置されているリビング横の和室で線香を絶やさぬよう気にかけてくれたりしていた。

夜遅くまで人の出入りは途絶えることなく、母の思い出話をいろいろな人から聞かされた。そこには僕の知らない母がいた。僕や家族には見せることのない、一人の人間として生き生きとした母の姿があった。

話を聞いているのは楽しかったけれど、子供たちのことも気になって、たまに中座しながら子供たちに晩ご飯を食べさせ、二人で仲良く寝るんだよと言い、二階に上がらせた。

小学校三年生と幼稚園児。大人の僕でさえ、ちょっと対応しきれないくらいの変化だったのに、それに加えて子供たちは、「寂しい」という思いまで飲み込んでもらわなければならない。

それでも子供たちは文句を言わなかった。

もしかしたら文句を言って駄々をこねてもどうにもならないと、子供なりに腹をくくったのかもしれなかったけれど、上の子は弟の面倒をよく見たし、下の子はお兄ちゃんの言うことをよく聞いた。父子家庭で子供二人を育てていくのは大変だったけれど、こうして兄弟がいたことに何度も助けられた。

助けられた反面、子供たちに負担を肩代わりしてもらっているに過ぎず、知らず知らずのうちに子供たちを苦しめていたのだと気づくのは、まだずっと後のことだ。

母の葬儀も一通り終わり、わが家に再び日常が戻ってきた。

上の子は学校に行き始め、僕は引っ越しの荷物を片付けながら下の子と過ごした。

幼稚園を辞めた下の子は、毎日これといってやることもなかったので、一緒に荷物の片付けをしたり、料理を手伝ったりしていた。

四月から小学生になる下の子のために、忙しい日常の合間を縫って、入学の準備をしなければいけないと思っていた。例えばひらがな、カタカナを教えるとか、簡単な計算を教えるとか。

親の都合で幼稚園を辞めさせたことで、何か不利があっては可哀想だ。できる限りのことはしようと思っていた。

僕はひらがなやカタカナを覚えるためのカードを自作した。カレンダーの裏紙を五センチ四方に切りそろえ、そこに「あ」から「ん」までひらがなとカタカナを書き記していく。そのカードを下の子に見せ、この文字が何なのかを記憶させてみようかと思ったのだ。

おやつを食べた後はお勉強の時間ということにして、テレビをやめて二階に上がり勉強をするのだが、なかなか集中しない。どこかにフラフラ行ってしまったり、つまらなそうにカードをもてあそんでみたり。三十分もすればすっかり飽きて、勉強どころではなくなり、下の子の遊びに付き合う羽目になった。かくれんぼをしたり、鬼ごっこをしたり。

家事全般をこなす間に、自分なりにいろいろなことをやってはみたけれど、なかなかうまくはいかなかった。

下の子とのこのころの生活で、一番記憶に残っているのはお昼ご飯。毎日パパと二人だけで食べるから、だんだん飽きてしまうのだ。

毎日お昼ご飯を作るということにも大変な労力と精神力が必要だ。それでなくても他にやるべきことは山ほどある。面倒だからといってご飯を食べさせないわけにもいかないので、どうにかこのお昼ご飯の時間がお互い楽しいものになり、かつ、思い出に残るようなものにできないだろうかと考えた。

幸い、僕の住んでいる家は海のすぐ近く。下の子も外に出るのは好きだったし、海を見るのが大好きだったから、毎日お弁当を作って車を走らせ、海が見えるベンチでお弁当を食べた。

初秋の軽やかな風を受けて、僕たちは並んでベンチに腰かけた。

お弁当といっても、大したものではない。おにぎりと、ちょっとしたおかず。

子供を育てるために、父親以外の役割もまんべんなくこなさなくてはいけなくて、その役割のバランスにいつも戸惑った。戸惑った分、そのどれもが中途半端なものになってしまう。役割が決まっていないというのは、なかなか難しいものだ。経験したことのない子育てを、たった一人でやっている。母親と父親を一人でいっぺんにこなそうとして、どっちつかずになっている気がしてならない。

今の僕に何が足りなくて、何をしなくてはいけないのか。

父子家庭などというよく分からない生活をさせてしまっている子供たちへの罪悪感から、厳しく確信に満ちた行動がとれなくなる時がある。下の子に至っては幼稚園を辞めさせるという、普通なら味わうことのない経験をさせてしまっていたから、そんな負い目がさらに拍車をかけた。

子供たちと一緒にいればいるほど、寂しいような虚しいような、えも言われぬ感情が膨れ上がる。永久に答えの出ない問題を解かされているような疑心が、日々押し寄せていた。自分のやっていることが、子供たちのためになっているのか懐疑的だったけれど、誰も答えを教えてはくれなかった。

下の子と二人で海の見えるベンチに腰を下ろし、おにぎりを食べながら、いつも胸が締めつけられていた。

定職を持たず家にいる以上、やることは家事と育児。

家事と育児をする上で、どうしても母親役を演じる必要性が出てくる。母親になることは現実的に不可能で、それは母親の「ふり」であることには違いない。永遠にたどりつくことのない地平線が僕にとっての「母親役」であり、それは自分の想像の範囲を超えることはない。

しかし、母親にならねばならなかった。

よく近所の人から、

「毎日毎日、お布団干して感心だねぇ……」

と言われていた。

子供たちに、母親がいないという負い目を感じさせまいと、「そこまでやらないだろ」と思うところまで、やってしまうのだ。

布団干しと床の雑巾がけは欠かさなかったし、ご飯はどんな時でも手作りして、空いている時間は極力子供たちと過ごし、夜は本を読んであげた。

世の中の母親は、本当の母親であり女性であるから、その役割の何たるかを熟知しているのだろうけど、僕は知らない。父親が見よう見まねで母親を模倣しているに過ぎない。

母親であり女性であれば、少なからず横のつながりを持っているものだが、男である僕にはそれもない。母親として、今何をすべきかという情報を集めることができないし、比較する材料もない。

一方では、外に出て仕事をし、お金を稼いでくるという役割もあるに違いないのだが、小さい子供二人を抱えながら迷い続け、その役割さえ果たすことができないでいた。

社会との接点など、何一つなかった。

7

母の葬儀が終わり一段落したのもつかの間、今度は父の介護が待っていた。

父は当時でも珍しい大正生まれで、僕は五十歳を過ぎてからの子だったから、この時すでに八十歳を一つ二つ超えていた。かつては教師をしていたが、僕が小学校低学年のころ定年退職したため、働いている父の姿はほぼ記憶にとどめていない。

退職し、家にいるようになった父は酒が手放せなくなって、僕が中学に入るころにはもうすでに立派なアルコール依存症になっていた。

記憶の中の父は、完全に目の座った顔で酒臭い息を吐きながら、中学生の僕のことなどまるで眼中にないかのように、朝からウイスキーを飲み続けている。とにかくこれが毎朝で、朝七時には完全にでき上がっているのだから、たまったものではない。

学校から帰ってくるころには、酩酊状態にさらに拍車がかかり、呂律（ろれつ）の回らない口で何やらわめきながら、家の中でも近所でも暴れまわっている。

まともな精神状態では、とても暮らせない。

それでも高校まではなんとか出ねばと、全ての感情を無にして生活し、家を出たのが十八歳のころ。それからは何があっても父に会うことはなく、その後の父の生活も知らない。

　僕にとっての父とは、そんな人だった。


　八十歳を過ぎて認知症を患い、近くの老人介護施設に入所することになった。

　家で面倒を見るには、誰の手にも余ってしまう。かといって、ではさようならというわけにもいかない。

「実家に住んでるんだから、親父のことも見てやれよな……」

と兄から言われ、兄が入所の手続きを済ませると、後はよろしくと父を託された。

　このころの父は認知症が進行し、僕が誰かさえ分からない状態。

　母が死んだことも父には言わなかった。言っても理解できないだろうと思う反面、しっかり理解されても困るというこちらの思惑もあり、父の前では何事もなかったことにしていた。

　なるべく父のところには顔を出すようにした。わずかな時間でも、行ける時は行って顔を見せた。父がこのまま僕のことをすっかり忘れ去ってしまうというのも、それはそれで寂しかったし、すっかり毒が抜けておとなしくなった父を見ていると、僕自身が幼い子供に戻ってしまったような感覚になる時があった。

　酒に溺れる前の父は、とにかく優しかった。

　教師をしているだけあって躾(しつけ)には厳しかったが、普段は優しかった。

　僕の最も古い記憶の中の父は、あぐらをかいた脚の中に小さかった僕を入れ、ビールを飲みながら頭を撫でている。

優しい父が、小さいころは大好きだった。


目の回るような日常の雑務の中、小さい子供を連れ、父の介護。

もちろん介護といっても一緒に生活しているわけではないので、施設の職員に任せている部分がほとんどだったけれど、だからといって気にならないわけではない。

父の入所している老人介護施設は、自宅から車で五分程度の、空いた時間に顔を出すにはおあつらえ向きの場所にあった。

午前中はせわしく家のことをやって過ごし、お昼ご飯を作る前のちょっとした時間や、わずかにほっとできる時間のある十五時ごろに、下の子を連れて父に会いに行った。

入所者が集まる広いロビーのようなところで父を椅子に座らせ、たわいのない話をした。僕が行く時間帯がたまたま何かのレクリエーションの時間と重なっていたりすると、それに参加する父の姿を見ながら、僕たちも一緒に体を動かして見せた。自由時間には施設の前にある大きな公園に父を連れ出し、三人で散歩したりもした。

思えば、父と日中散歩などしたことはない。

幼いころはあったのかもしれないが、記憶にはとどまっておらず、気がついた時には朝から泥酔していたから、父とこうして散歩していることが不思議でならなかった。

それだけ僕も父も年を取ったということなのかもしれない。

下の子は、僕に連れられ一緒に付き合ってくれた。よく分からない老人を、自分のおじいちゃんだと認識できたかどうかは定かではないが、この老人とたまに会って時間を過ごさなければいけないということは、理解しているようだった。

下の子とは、どこに行くにも何をするにも、いつも一緒。それは、ほんの少しの時間でも、預ける場所もそれを頼める人もいないからだ。

わずかな時間を見つけては父に会いに行くのだが、自分一人なら着の身着のままふらっと行けるところ、小さい子供を連れているとそうはいかない。もう一人分の準備をしなければいけないし、持ち物もそれなりに増える。

どうせ外出するのだから、ついでに他の用事も済ませてしまいたいけれど、どんな時も下の子の都合を最優先にしなければ先に進まない。

父に会いに行った帰り道は、下の子を車に乗せてドライブをしてから一緒に買い物をする。友達もいない、一人では遊ぶこともできない、まだ五歳の下の子の気晴らしをさせてやらなくてはいけなかった。僕の都合ばかり押しつけても、それはそれで可哀想だ。

大抵は海の方にドライブに行き、二人で海を眺めて少しおしゃべりをして、家に帰った。

そういえば僕も幼いころ、よく父に海に連れてきてもらっていた。海を眺めていると、ぼんやりと子供のころの記憶が蘇ってくるのだった。

僕もこんなふうに、父に連れられ海を見ていた。

父は海沿いの町で生まれたせいか、海が好きだった。ことあるごとに、父に連れられ海を見に来たものだ。もちろん、酒に溺れる前の話だ。

自分が大人になり、父親になり、子供を育てるようになって分かったことだけれど、父親という責任ある立場で生きていくということは、それはそれは大変だ。やってみなければ分からないことが、たくさんある。

あのころの父も、今の僕と同じように悩んだり苦しんだりしていたのかもしれない。様々な要因が父を苦しめ、酒に溺れさせる結果になっていったのではないのだろうか。

幼いころ、父と二人で海を見ながら、並んで防波堤に腰かけた。眼下に広がる大海原と、並んで座る父の大きな体。

「なぁ」と言って父は僕の名前を呼んだ後、こんなことを言った。

「大きくなって、嫌なこととか辛いこととかいっぱいあると思うけど、そんなことがあったら、海を見るといいんだ。海を見るとな、嫌なこと全部忘れちまうんだから。嫌なことがあったら海を見て忘れちまえ」

二人並んで海を見ながら、よくそんなことを言っていた。

下の子と並んで防波堤に座り、すっかり呆(ほう)けてしまった父の言葉を追懐していた。

8

「お父様の状態が悪化したので、すぐに救急車で病院へ連れていきます」

電話がかかってきたのは九時ごろで、いつものように忙しく過ごしていた朝のその時間が、ふと一瞬だけ止まったように感じるほど、違和感を覚えた。

昨日施設で見た父は、いつもと変わらず元気だった。

施設の人は、父の状態と搬送される病院名を告げ、あわただしく電話を切った。

「お時間があれば病院の方まで来ていただけないでしょうか」

疑問形ではあったが、絶対に来てくれと言っているに等しい口調だった。

父に何かあった時の緊急連絡先の優先順位第一位は、僕の自宅並びに携帯電話の番号だったから、迷わずそこにかけてきたに違いない。

父は肺癌を患っていたが、手術に耐えうるだけの体力が残っていないという理由で、これまで放置していた。僕はてっきりこの肺癌が悪化したのかと思ったのだが、どうやらそうではないらしい。食べ物を喉に詰まらせ誤嚥（ごえん）したとのことだった。

電話ではいまいち状況を把握しきれなかったが、最近の父の様子からして、誤嚥のほうが肺癌よりはるかに死に近いような気がしてならなかった。

搬送された病院は、この界隈では有名な総合病院で、車で二十分程度。掃除や洗濯もそこそこに、下の子の着替えを済ませ、車に飛び乗ったのだった。

病院に着き、受付で父の名を告げると、病室の部屋番号を教えてくれた。二階の病棟に入院することになったらしい。

父は個室のベッドに横たわり、腕には点滴の注射針が入れられて、酸素マスクのようなものをあてがわれていた。寝ているのか、薬で眠らされているのか分からなかったが、身動き一つしていなかった。

しばらくすると看護師さんが僕を呼び、担当医のところへ案内した。下の子を連れ、薄暗い廊下に置かれた長椅子に腰かけて、医師に呼び出されるのをしばらく待っていた。

喉が渇いた様子の下の子は、しきりに飲み物を欲(ほっ)していたが、それどころではない。

「もう少し待ってね、これが終わったらジュースとお菓子を買ってあげるから」

そう言って聞かせ、手を握っていた。

十分ほど待たされたのちに部屋に通された。医師は悠々とレントゲン写真をテーブルの前の板に差し込んだ。

「これ、お父様の肺ね……ここ、この部分」

医師はボールペンの後ろ側で、円を描くようにその部分を何回もなぞった。

素人の僕にも分かるほど明らかに真っ白で、ここが何らかの異常なのだろうということは大いに予想がついた。

「これね、肺炎なんですよ。炎症が起きてるのね」

一刻を争うような状況ではないが、年齢的なことや体力的なこと、そういったものを踏まえると最悪の事態も考えられる。この件で命を落とさないという保証はできませんと、医師は言った。

先生の話を聞きながら、診察室の窓から見える雲一つない十月の秋晴れの空を、ぼんやり眺めていた。窓の外にはそびえるようなポプラの木が、徐（おもむろ）に揺れていた。膝の上に乗せた下の子の小さな体を、ぎゅっと抱きしめた。

父の病状の説明を一通り聞いた後、再び病室に戻り、父の眠るベッドの横に椅子を置いて腰かけた。眠っている父を、ただ眺めていた。

そのうちにいよいよしびれを切らした下の子がジュースジュースと騒ぐから、病室を出て一階にある売店へと歩いて行き、ジュースとお菓子を買ってやり、外に置かれた椅子に腰かけた。下の子がジュースを飲んでいる隙に、兄に電話をして一連の状況を説明した。

父は、足元がおぼつかないうえに認知症だったので、夜の時間帯以外は誰かが付き添ってほしいと言われたことも兄に告げた。「なるべくは協力するけど、なんとか時間作って病院に行ってやってくれ」というのが兄の意見で、それは想定の範囲内だった。

父の入院は、母の死からわずか一カ月しか経っていなかった。

ここにきて立て続けに親を失うかもしれないという思いは、母の死の後だけに、より鮮明だった。

毎日、下の子と二人で病院へ行き、父の個室で数時間を過ごさねばならず、家のことは何もできなくなった。

小学校にも上がらない子供を連れていると、付き添いも重労働だ。子供にしてみれば、まったく面白くもおかしくもない退屈な時間。ちょっと目を離すと広い病院のどこかに消えてしまう。

目を離せない父と、目を離せない息子。

父の病室の窓からは外の景色が見えなかった。隣の病棟の白い壁と、その合間から切り取られた空がわずかに見えているだけの部屋に、足を踏み入れるのは憂鬱だった。

この世の全てから取り残されたような感覚。

下の子を連れて、呆けた父に付き添う生活は、僕を精神的に追い詰めていった。

誰かと話がしたい。

毎日ぼんやり過ぎていく時間の中で、誰かと関わりを持ちたいと、切に願っていた。

唯一の話し相手である下の子はまだまだ手がかかる。お菓子と水筒と絵本をリュックに入れたら、お気に入りのウルトラマンの人形を左手に握らせて、車に乗せる。

こうして父の病院に通うことだけが、下の子の日常。僕が関わりを持つのが下の子だけならば、下の子もまた同じ。一緒に遊ぶ友達もなく、唯一そばにいるのは父親だけで、その父親でさえまともに自分をかまってはくれない。

下の子はほとんど僕を困らせたことはなかった。どんな時でも、我慢、我慢。我慢強い子だった。

本当は我慢などさせず、子供たちの思うようにさせてあげたい。

十八歳で家を出て、そこから十年以上まともに顔を合わせたことのなかったベッドの上の父は、その面影も危ういほどひどく老け込んで見えた。今となっては、僕が誰かも、もう分からない。

会話もまともにできなくなった父に、意味もなく話しかけた。

今日あった出来事や、子供たちの成長、僕が小さかったころの父との思い出、そして、今僕が考えていることや置かれている状況など、思いつくままに父に話しかけてみた。父は相変わらず呆けた顔だったけれど、熱心に聞いてくれているようにも思えた。そんなはずはないのだろうけど。

思春期になってからは、父と話すことなどあまりなかった。そもそも、正体もないほど酔っ払い、会話どころではなかった。

だからそれは、とても奇妙な時間だった。

僕が誰だかも分かっていない父と、音のない病室で向かい合っている。

父に向けて語る僕の声が、僕自身の中から吐き出され、それを父が呑み込んでくれているような感覚。

下の子が飽きて「もう帰ろう」と言ったら、手をつないで家に帰る。

僕が父に付き添えない時間は、姉にお願いし、引き継いでもらった。

そんな生活が、一カ月続いた。

9

その日のことは今でもはっきりと覚えている。

それは、まるでその日だけが切り離されてしまったかのように、日常からすっかり逸脱した出来事が起こったからだ。

僕たちはいつものように父の病室へと向かっていた。

家の掃除、洗濯を済ませ、下の子の支度をし、病院へ行く。何も変わらない、いつも通りの朝だった。

僕はベッドに寝そべる父を確認し、その横にパイプ椅子を置いて腰かけ、持ってきた本を読んでいる。建物の隙間からわずかに見えるだけの十一月の秋晴れの空が、この病室に唯一の色を落としていた。

父の病室は個室だったので、僕たちが物音を立てない限り何の音もない空間。時折父の呼吸を確認しなければいけないほど、静かだった。本のページをめくる音が、いつもより大きく感じられていたぐらいだ。下の子は、僕の膝で寝てしまった。

何か言葉のようなものが聞こえたから、視線を落としていた本から顔をあげ、周囲を見渡してみた。

誰かが病室に訪ねてきたのだろうか。振り返っても誰もいない。

父が、僕の名前を呼んでいた。

「何、お父さん……」

入院してから、父が言葉を発したのは数回程度。

下の子を起こさぬように、座っているパイプ椅子をそっと持ち上げて父の方に近づけ、読んでいた本を閉じた。

「俺のこと、分かるの」

父は、はっきりとした口調で「ああ、分かるよ」と言った後、また僕の名を呼んだ。

「どうしたの。今日は、すごいね」

「小学生のころリトルリーグに入りたいって言って、俺にお願いしてきたな。やるんだったらちゃんと練習に行くんだぞって言ったけど、途中で辞めちゃったろ」

「ん？　ああ……そんなことあったね」

「たまに試合、見に行ってたんだぞ」

「知ってるよ。俺、下手だったから、あんまり試合出なかったのにね」

そう言いながら僕は、記憶の中にある、こっそり試合を見に来てくれていた父の姿を思い出していた。

「そうだったな」

すらすらと父の口から出てくる僕の小さかったころの思い出話は、今見てきたかの臨場感で、いつしか僕もその中に引き込まれていた。

かけっこが速くてなぁとか、早生まれで体が小さかったから心配だったとか、中学の部活は陸上部だったとか、お兄ちゃんに比べたら勉強はダメだったけど気持ちの優しい子だったよとか、あんまり言い訳しないから周りから誤解されやすいんだよなお前は、とか。

時系列もめちゃくちゃで、思いつくままに言葉にしている感じ。

僕が話しかけることもできないほどに、父は猛烈な速さで子供のころの思い出を語った。僕の知らない話もたくさんしてくれた。

途中何度も父の口に水を含ませながら思い出話を聞いていたけれど、それでも止まらずにしゃべり続ける父が心配で、諭すようにこう言った。

「お父さん、ありがとう。いろいろ覚えてるんだね。でも、疲れたでしょ、そんなにしゃべって。今日はもう休みな。また明日来るから、明日も思い出話聞かせてよ。あんまりしゃべりすぎると体に毒だよ」

父は理解したのか、僕の目を見て何度かうなずいたように見えた。その顔には、膝の上で抱えられ見た、優しい父の面影があった。

それっきり、父はしゃべらなかった。


「お父様の容体が急変しました、恐らくあと数時間かと思いますので、ご家族の方に連絡を取り、病院に来られる方は急いで来てください」

看護師から連絡をもらったのは、父が思い出話をしてくれた、まさにその日の夜だった。

受話器を置いて、しばし今日あった出来事を思い出していた。

父が……死ぬ？

二十二時を過ぎていた。

あれほど元気だった今日の父の顔が、何度も浮かんでは消えた。一日に起こった出来事を整理して、考え直さねばならないような気がしていた。父が死ぬという現実と、日中の元気だった父の姿がうまく重ならない。

病院に来られそうな親族に思いつくままに電話をし、父の危篤を伝えた。

一通りの役目を果たしてから家を出ようと思ったその時、僕はあることに気がついた。

子供たちは二人とも、二階の寝室で寝静まっている。

父子家庭になってから、夜に子供たちを置いて家を出たことはほとんどなかったけれど、今は一刻を争う緊急事態。子供たちを起こして一緒に連れていくという選択と、僕だけが病院へ向かうという選択があったわけだが、僕は子供たちを置いていくことに決めた。

このころ、夜中にふと目が覚めて不安になった子供たちが、隣で寝ていない僕を探し、下まで降りてくることがたびたびあった。今夜、それが起こっても何ら不思議ではない。

もしそうなったら、子供たちはパパがいないことでパニックになるのではないか。今までそんなことはなかったわけだから、もしかしたら家じゅうを探し、はたまた外にまで探しに行ってしまうのではないだろうか。

考えれば考えるほど不安は尽きなかったが、ここはもう行くしかない。どのくらいの時間、家を空けることになるのか定かではなかったけれど、無事に帰ってこられる方に賭けるしかない。

「今日だけは何事も起こりませんように」

そう神様に祈り、車のエンジンをかけた。今まで夜にエンジンをかけることなどなかったのだから、この音で子供たちのどちらかが目を覚まさないとも限らない。

「どうかおとなしく寝ていてください」

もう一度、神様に祈った。

父の入院している病院までは車で二十分程度。夜のこの時間だったら道も混んでいないので、十五分もあれば到着できるはずだった。

十一月半ばの寒い夜に、父の最期を見届けるためだけに車を走らせている。

死にゆく父よりも、置いてきた子供たちの方が心配だった。

夜の闇に包まれた病院の駐車場に車を停め、救急用の出入り口から、父の病室のある二階に駆け上がった。廊下は静まり返っていて、日中とは明らかに様子が変わっていた。

父の病室に着くと、すでに数人の身内が到着した後だった。薄暗い個室に置かれたベッドに、父は一人横たわっていて、心電図モニターの明かりだけが父を静かに照らしていた。

特にやることはなかった。数分に一回、時計に目をやり、現在時刻を確認する。

呼吸の弱くなっていく父を、ただただみんなで見つめている。

その日、夕方過ぎから父は痰（たん）を絡ませて苦しそうだったのだという。医師の判断で気管を切開しチューブを装着するという処置をされていたため、喉のあたりにそれらしいチューブがつけられていた。

異常に元気だった日中の父の姿が、また、浮かんでは消えた。

父の体につけられたモニターが赤く点灯したと思ったら、数人の看護師と共に医師が父の病室へ入ってきて、母が死んだ時と同じように、現在時刻の確認と共に、死亡したことを家族に告げた。

意外と、呆気なかった。

母が亡くなってから、それほど時間が経っていなかったというのもある。心のどこかでいつかこうなることを、それも、近い将来こうなるであろうことを、知らず知らずのうちに受け入れていたのかもしれない。

僕は父の亡骸（なきがら）に近寄り、頬を撫でて病室を出た。

薄暗いままの廊下を歩き、階段を下りたところの踊り場で立ち止まると、体全体から力が抜け、涙があふれ出した。悲しいとか寂しいとか、そんな感情ではなく、父の話をもっと聞いてあげられなかった自分への悔しさだったように思う。


兄が葬儀業者へ連絡して遺体を自宅へ運ぶ依頼をし、親族が父の身の回りの物を整理し始めていた。僕は父の遺体を安置する和室を片付けるため、急いで自宅へ車を走らせた。

立ち止まってばかりもいられない。やることはたくさんあったし、その段取りも頭に入っていた。もう一回、母の時と同じことをやればいい。

父が息を引き取ったのは、母が死んでちょうど二カ月後のことだった。葬儀やら何やらで、上の子の小学校を何日か休ませたりはしたのだけれど、それが終わるとまたいつもの生活が戻ってきた。

頼れる人が誰もいない父子家庭生活が、これでいよいよ始まったことになる。

とはいえ、ここ数カ月で両親を亡くし、何となく吹っ切れたようなところもないわけではない。うまく言えないけれど、生まれ変わったというか、もうやるしかないというか、腹をくくったというか。

どうせ助けてはくれない両親でも、いるとなれば心のどこかであてにしているところもあるわけで、それがいないとなれば、そんなことを考える必要もない。誰かを頼る気持ちが甘えになり、不平や不満になるのであれば、かえって覚悟が決まって良かったのかもしれないと、自分を納得させた。

父が亡くなるその日の夜、子供たちを残して家を空けてみたのだが、全く問題は起こらなかった。父の亡骸を家に入れるために二十四時過ぎに自宅に戻り、一階の和室をごそごそ片付けたりしていたのに、子供たちは全然起きてこなかった。僕が思っていたより、子供たちはしっかりしていて、だんだんと大人になってきているのかもしれない。

朝、起きてきた子供たちは、和室に死んだおじいちゃんが横たわっているのにはさすがにびっくりしていたけれど、僕は子供たちの成長を確認することができた。


父子家庭になり右も左も分からぬまま一年を過ごし、母親のいなくなった子供たちへの心苦しさやら、先行きの分からない不安やら、様々なものに苦しめられ、追い込まれてきた僕だったが、両親の死をきっかけに、少し考え方を変えた。

何かを犠牲にして子供たちのために生きることは、それはそれでいいことだとは思うけれど、やはりどこかで限界があり、そのうちほころびが出る。

「死んだら終わりだ、我慢ばっかりするのはやめよう」

父子家庭になって両親を失い、これから先の未来もろくに思い描けないような状況で生活している僕の、精いっぱいの現実逃避だったのかもしれないし、なんとかかんとか理由をつけて言い訳をして、解放感を得たいというささやかな欲求だったのかもしれない。

地元に引っ越してきたということで、学生時代の友人たちと会ってみたりもしたのだけれど、今の僕にとって友人たちの暮らしは眩しすぎるものだった。

それなりの立場で仕事をし、親の援助で家を建て、子供を可愛がり目を細めている。初めのうちは懐かしさもあり話に花が咲くのだが、次第に価値観の違いが浮き彫りになるのだった。友人の誰一人として、父子家庭という生き方を理解してはくれなかった。僕は楽しそうな友人に囲まれながら、言葉にできぬ孤独をいつもかみしめていた。

それはやがて苦痛に変わり、懐かしい友人に会うこと自体も億劫（おっくう）になっていき、また自分の殻に閉じこもるようになった。誰にも会わず、子供たち以外の誰とも会話せず、日々自分自身とだけ向き合いながら自問自答する毎日。

その後の数年間は、親が残してくれたいくばくかの遺産と、実家に残されていた無数のガラクタをオークションにかけて稼いだ日銭で、なんとか暮らしていくことができた。

10

父子家庭になって一年半の月日が流れ、幼稚園児だった下の子が小学校に入学することになった。

晴れて小学一年生となった下の子は、毎日元気に学校に通った。小学四年生になっていたお兄ちゃんと一緒に学校に通うのがうれしくて、二人で仲良く登校していた。

入学してしばらくは午前中授業、その後も早くに下校する時期があり、家の近くの交差点までお迎えに行き、一緒に家まで歩いて帰った。仕事をしていない僕は、毎日同じ交差点に立ち、下の子の帰りを待った。

母親のいないこの子たちのために、僕がしてやらねばならないことは山ほどある。学校での出来事をうれしそうに話す下の子と一緒に歩くこの時間は、楽しかった。


下の子が小学生になり、本当ならば家族みんなでお祝いをし、記念写真などを撮って想い出にするのが自然の成り行きかもしれないけれど、そうしなければと思えば思うほど、なぜか気持ちが押しつぶされそうになることがある。

父子家庭になってしばらくは、写真を撮って記録に残すということができなかった。子供たちの成長の記録として写真を撮るという、ただそれだけのことができないのだ。

もともとは子供たちの写真を撮り、アルバムを作ることが好きだった。父子家庭になる前はよくやっていたものだ。だけどいつしか、この子たちに未来があるのかという疑心と深憂で、写真を残すという行為が、できなくなってしまっていた。

両親がいて祖父母がいて育てられる多くの子供たちは、たくさんの目で見守られる。子供たちの成長の記録である写真やビデオは、裏にそういった感情を共有する人たちがいて、初めて成立する。

僕には、共に見守る人も、成長の喜びを分かち合う人もいない。感情を共有することのできぬ子育てで、記録を残すという行為は苦痛だった。

下の子のせっかくの晴れ舞台である小学校入学も、僕は記録に残すことができず、初々しい晴れ姿と生き生きとした表情を決して忘れまいと、目に焼きつけた。


下の子が小学生になったことで、今までより多くの時間が持てるようになった。朝起きてご飯を作り、子供たちを送り出してからは、ある程度自由になり、できることの幅も広がっていった。

当面の生活資金を手に入れた僕は、子供たちのために今何をすべきかを考えた。

外に働きに出るのはまだ難しい。子供たちは二人とも小学生だし、下の子に関しては、まだまだ目の離せないことの方が多かった。

やるべきことは、やはり家事と子育て。

母親がいないからといって、いつも家の中が汚くて、洗濯や掃除が行き届かないままの劣悪な環境で生活させてはいけない。

昔のテレビドラマでよく見た理想の家庭では、お父さんが外に働きに出て、お母さんが家のことをする。日中に掃除や洗濯をし、夕方から買い物に出かけ、晩ご飯の支度をしてみんなの帰りを待っている。これが子供たちが成長する上で必要な環境なのだとしたら、たった一人の父子家庭生活、そのどちらもやらなければいけないのだろう。

「あそこの家は母親がいないから、子供たちがどうしようもない」

とは、言わせたくなかった。

当時野菜嫌いだった子供たちのために、どうしたら野菜を食べてもらえるようになるかを考えた。

スーパーで売っている野菜は、鮮度もそれほどでもないし、海外の野菜も多く並べられている。おいしいものという観点から言うと、やはり地元産の朝採れ野菜に勝るものはない。

その新鮮な食材を料理してこそ、本来の野菜のおいしさを知ってもらえるのではないかと考え、県内の野菜直売所をくまなくまわり、その土地土地で栽培されている旬で特産のものを買い求めた。車で一時間程度のところなら足を運び、その時期その土地で採れる一番おいしいものを探して歩いた。

掃除や洗濯ももちろんそうだが、手を抜かずにもっとやれる部分があるのではないかと、何事もとことん追求していた。

晩ご飯の支度をしていると、下の子が帰ってくる。

家から外に漏れる晩ご飯の匂いを嗅いで帰宅するのが、子供たちの習慣となった。

「今日の晩ご飯はハンバーグだな」

と、子供たちも匂いだけで、僕が作っている晩ご飯が何なのかを言い当てるまでになった。

父子家庭になり、母親をなくし、お金もない。習い事などさせてあげられないし、たくさん我慢をさせなければならない。

寂しい思いもこれからたくさんしなければいけないだろうし、それより何より、もしかしたらこのまま大きくなっていくことすら危ういかもしれない子供たちのために、僕は父親として、そして母親として、今日、今、この子たちに何をしてあげられるのだろう。

そう考えたら、明日どうなるかも分からぬ生活で、やりすぎるほどやらなければ、落ち着いていられなかった。


子供たちが小学生の時は、親が学校の行事に参加しなければいけないことが多々ある。授業参観もそうだし、運動会や親子レクリエーションなどもある。二人も小学生がいれば、学校に行かなければならないこともしばしばあった。

母親としての役目もきちんと果たすと決めたからには、学校の行事にも休まずに参加することにした。お母さんは来なくても、お父さんはちゃんと来る。それでいいと思った。

下の子の授業参観に行った時のことだ。

小学一年生くらいのころは、どの子の親も熱心に学校に来る。授業参観などは母親で教室中がいっぱいになるのだ。父親が来ている子供は少数で、それも両親がそろって来ているのが常。父親一人で学校の行事に参加しているのは、僕だけと言っても良かった。

小学一年生の下の子のクラスメイトでも、それには気がついていた。

授業参観が終わり、教室の中で友人たちが下の子に近づいてきたと思ったら、こんなことを言ったのだ。

「おい、お前んち、いっつも父ちゃんしか来ないなぁ。母ちゃんいないのかよ」

下の子は何も言わなかった。

そう言ったクラスメイトも、所詮は小学一年生、言い終わるが早いかどこかに消えてしまったのだが、あの時、下の子はどんな気持ちでその言葉を聞いたのだろうか。

僕は少なからずショックだった。

これが父子家庭の、父親しかいない家庭の残酷な現実であり、世の中の仕組みなのだ。

多くの理不尽な仕打ちは、抜けない棘としていつも僕たちの体に残ってしまう。強くならなければ生きてはいけないし、いちいち感傷に浸っていては先には進めない。

僕は心の中で子供たちに詫びるよりも早く、強くなってたくましく生きろと願った。

負けてたまるか。

下の子の、言い返せぬ言葉を飲み込まねばならない心境は、察するに余りある。


子供たちが二人とも小学生になって、今までとは違い、生活の中で社会の一員であることをより強く求められるようになった。

自分たちの意思とは無関係にどんどん社会の一員として取り込まれていくことに対する不安は、それはそれで大きかった。

もう、しばらく社会とのつながりを持っていない。

つながり方すら、忘れている。

ただでさえ、家事と子育てだけで目の回る忙しさなのに、さらに地域社会の一員としてもそれなりの役目を果たさねばならないとなると、手に負えない。

どんどん成長する子供たちに伴い、目まぐるしく変化していく環境に戸惑っていた。慣れてきたと思ったころに、置かれている環境が変わってしまう。

ごくごく普通の家庭と同じ役割を求められても、とても対応することはできなかった。

子供が小さい時には、親の参加が必須条件のような行事がほとんどで、親の協力なくして子供が学校や社会の一員になることはできない。父親と母親、もしくは祖父母がいるから成り立つような仕組みができ上がっていた。

一人親では、とても太刀打ちできない。

子供たちが二人とも小学生になり、学校行事も増え、子供会にも二人で加入し、地域の班の班長も任せられ、やらねばならないことがどんどん増える。ただでさえ手が回らない父子家庭生活、とてもこんなことまでやっていられないと思った。

なんとかかんとか体裁を整えられるものはまだ良かったが、たった一人の子育て、その時その時でどうにもこうにもならないものもあったのだ。

例えば、運動会の場合。

小学校の運動会といえば、家族総出で朝も早くから場所取りをし、お昼になれば親戚一同、輪になってお弁当を食べる。

これが、恐らくごく当たり前の光景なんだと思う。

わが家は、そもそも運動会を見に来る身内が僕だけなのだから、場所取りなど必要ない。一人校庭を転々とし、お弁当の時間になれば体育館の外の物陰や、ひとけのない昇降口あたりで申し訳程度のビニールシートを広げ、三人で肩を寄せ合うしかなかった。

お重を広げるわけでもなく、一人一人に作ってやったお弁当を食べる。

子供たちがどう感じたかは分からないが、周りの華やかで和んだ空気とはちょっと違う僕たちのビニールシートが、とても悲しかったのを覚えている。

それでも、上の子が小学生のころはまだいい、三人でご飯を食べることができるから。

三つ違いの兄弟だったので、下の子が小学四年生になった年からは、運動会のお弁当は二人きりになってしまった。周りを見渡しても、父親と二人きりで運動会の日にお弁当を食べている生徒は、そうはいない。

親子レクリエーションでも、父親が来ているのはほぼ僕だけで、親子とは言っているけれど、それは実質母子なんだと痛感したものだ。レクリエーションの内容も母親と子供を想定したものが多く、父親である僕はいつも辟易していた。

これが世の中の仕組みであり、当然そうあるべきと誰もが思うコミュニティーの形なのだと、思い知らされるのだった。

本当に、世の中これで良いのだろうか。

11

両親の葬儀が一通り終わると、遺産の分配はどうするかというような話し合いになったのだが、その全てを兄が取り仕切っていた。

両親は二人とも、亡くなった後ではあるが長年住み慣れた家に戻してやることができたし、葬儀も滞りなく終わった。僕たちが実家に転居してきた理由はそれなりにあり、その役割も無事果たせていた。

両親のいくばくかの遺産を分配するにあたり、僕たちが住んでいるこの実家の土地と建物が問題になった。ここが実家であったがためなのか、「名義を個人のものにするのはどうなのか」という疑問を兄が呈してきたのだ。

「個人の名義」と言ってはいるが、その「個人」とは実質、僕のことを指している。

簡単に言えば、この家の土地と建物の名義を僕にくれてやっても良いのか、ということだ。疑問を呈されても、末っ子の僕に発言権などあるはずもなく、成り行き上、兄弟四人の名義にしようかという案が出された。事実上は四人のものであるけれど、名義を四等分するという行為は後々面倒なことになりかねないから、誰か一人が代表で名義を持とうという、曖昧な説明ののちに、実家の土地と建物の名義は兄のものとなった。

僕はなぜそういう結論になるのか釈然としなかったのだが、法的に言えば、この土地と建物は兄のものということになった。

前々からそのことは知っていたのだが、ある日、兄はおもむろに実家に姿を見せたかと思うと、唐突にこう切り出した。

「十二月に選挙に出る。選挙事務所が必要になったから、今すぐここを出ていけ」

今すぐ出ていけとは、ずいぶん乱暴な言い分である。

政治家になるのが昔からの兄の夢で、サラリーマンを辞めて「政治塾」なるところで勉強をしていたのは知っていたので、いつかは政治家になるのだろうと、何となく思ってはいた。兄の人生だから好きにすればいいし、特に関心もない。

選挙事務所が必要かどうかなど、僕には関係のない話だ。父子家庭で満足に仕事もできない僕に、引っ越し先を探して、子供たちを連れてここを出ていけというのか。

兄に、ここを出ていくことができないもろもろの事情と、納得ができない旨を伝え、お引き取り願うと、兄は最後にこう捨て台詞を吐いて立ち去って行った。

「お前がその気なら、分かった。だけどもこっちも命がかかってんだよ。お前が出ていかないなら力ずくでもここから追い出してやるから覚悟しておけ。ここは俺の家だ」

なるほど、そういうことか。初めから兄は家の名義を手に入れて、それを盾に僕たちを追い出す算段だったわけだ。

こいつには血も涙もないのか。

確かに選挙に打って出るのはお金がかかるのだろう、それは何となく分かる。

それにしても気分が悪い。

兄が掲げた政策には「子育て支援」という文字が躍っていたが、あまりの茶番に笑う気にもなれなかった。

血を分けた兄に、家を出て行け、さもなければ力ずくで追い出す、とまで言われている。この子たちのためにも、この暮らしを死守しなければいけないと思うのだが、果たしてそれは可能なのだろうか。

ここでの生活に基盤らしきものができつつある今、またここを出るというのは、金銭的にも精神的にもかなりしんどいものがある。できることならこのまま何事もなく、当たり前のようにここで暮らしていけないものだろうかと思った。

それが、僕にとっても子供たちにとっても最善の選択であるように思えたのだけれども、もしそれが叶わなかった時のための準備はしておかなければいけなかったし、今自分がどういう状況に置かれているのかという客観的な判断も必要だった。

まったく気は進まなかったけれど、弁護士に相談してみることにした。

なぜこんなことになってしまったのか、なぜ兄に家を追い出されなければいけないのか、なぜこの忙しい合間を縫って弁護士に相談しに行かなければいけないのか。ことごとく納得がいかなかったけれど、まずは専門家の意見を聞いてからだと、なけなしの五千円を支払って、弁護士のもとへ赴いたのだった。

水戸のとある弁護士事務所で、二十代後半に見える女性の弁護士に、自分なりに伝えられる全てのことを伝えた。ここにきてきれいごとを言っても仕方がないし、時間も三十分しか与えられていなかった。

一通りの説明を聞いたその弁護士は、こう言った。

「その家に今現在お住まいなんですよね」

「はい、そうです」

「家賃は払っていますか？」

「は……？　家賃……だって、実家ですよ？」

「でも、名義はお兄様ですよね」

「そうですね……でも、それには今話したように事情があって……」

言うが早いか、その弁護士は言葉を遮った。

「名義がお兄様である以上、家賃も払わずに住んでいる場合、名義人のお兄様が出ていけと言うのであれば、法的には出ていかざるを得ません」

身も蓋もないとは、まさにこのことである。なけなしの五千円と貴重な時間は、泡と消えた。

そうか、法的に守られることはないのか。

実家の立地上、選挙事務所になり得るとはそもそも思えなかった。駐車スペースも少ない住宅街。だとしたら兄の本当の目的は、選挙事務所が必要だというのを口実に僕たちをここから追い出すことだろう。こうなることは、初めから決められた筋書きだったような気さえして、吐き気がした。

万事休すか。

いや待て、子供たちのためにも、ここで諦めるわけにはいかない。

ここで僕が諦めたら、子供たちの人生はどうなる。

分かっていることは、立ち止まってはいられないということと、どんなことがあっても子供たちを育てて生きていかなければならないということ。

そしてもう一つ。

いよいよ頼るべき人がこの世に誰もいなくなってしまったということだ。


やはりどう考えても、このままここに三人で暮らしていくのが最善の選択肢だと思われたが、「力ずくでも追い出す」という言葉の意味するものは大きい。それは、こちらの意思に関係なく、ある日突然この家を追われるということなのだろうから、そうなった時には僕たち家族の損害は計り知れない。

万が一、いや、今となっては万が一よりはるかに高い確率で訪れるであろう強制退去の瞬間に備えて対策を練ることは、急務だった。

法的に僕に勝ち目がないことははっきりしたわけで、兄が力ずくの暴挙に出れば、僕たちがこの家に住み続けていける可能性はゼロに近い。だとしたら早急に引っ越し先を探さねばならず、そのためには当然仕事や学校、その土地の気候や環境なども考慮せねばならない。何しろ僕一人で転居するのとはわけが違う。

どうしてもクリアしなければならないハードルは、お金だった。

転居するにもそれなりのお金はかかるし、これからは本当の借家暮らしになるわけで、仕事もままならないのに家賃を支払っていけるのかという現実的な問題もある。考えただけで、すっかり気が滅入ってしまった。

この諍（いさか）いの果てに、何を生むのだろうか。どうせ、何も生みはしない。

本当にやらなければいけないのかという迷いと、これからどうなってしまうのかという未来への恐怖があった。相変わらずこの二つの感情に翻弄され続けていることに、いい加減うんざりしていた。

兄が出馬するのは地元の茨城の選挙だったので、当選した後のことを考えると、転居するにしても県内は気持ち的にしっくりこなかった。転居と言えば聞こえがいいが、事実上追い出されるに等しい。どうせなら遠くに引っ越さねばなるまい、と何となく考えていた。

なんだろう、この敗北感は。

日本全国、果ては海外までも候補に入れ、移住先を探すことにした。

何となく、ネットで海外の求人を見てみる。

海外など行ったこともなかったし英語もしゃべれない。それなのに、「遠くに引っ越す」と漠然と思い描いただけで海外まで視野を広げるのだから、冷静に考えればどうかしているのだが、それほど状況は切迫していた。

たまたま調理師の資格を有していることもあり、海外で調理師として働き口がないか探してみると、ネット上の求人だけでかなりの数があることに気がついた。

何の知識もなかったが、百聞は一見に如かず、とりあえず気になったところに片っ端から応募してみることにした。どうするかは後で考えても遅くはない。どうせ返信など来るはずもないと思っていた。

ネットで履歴書も送付することができ、それからしばし放置していると、一件の企業から返信があった。メールを読み進めてみると、「近々ボスが日本に行きますので、その時にお会いしたいと申しておりますが、東京まで来られますか」と書かれている。

僕に会いたいと言ってくれた企業は、オーストラリアを拠点に展開している某有名回転寿司チェーンだった。その回転寿司チェーンが、このたび超高級志向の鉄板焼き店をゴールドコーストに新規出店させるとのことで、そのスタッフ募集の求人だったのだ。以前、東京の高級焼き肉店で修業していたこともあり、軽い気持ちで応募してみたのだった。

東京で面接ということであれば行くしかなかろう。こうなったら乗りかかった舟だ。すぐさまメールに返信し、面接の約束を取りつけた。

面接は日比谷の超高級ホテルのラウンジで、ボスと呼ばれる人と昼食をとりながら行われた。パソコンでワンクリックしただけで、なぜか日比谷のホテルでランチをご馳走になっている。人生には様々な局面があるものだ。

四十分程度で面接は終わり、ランチをご馳走してくれた上に電車代だということで五千円が支給された。海外で大成功している日本人、というものを絵に描いたような貫録で、何をどうしたらこんな人生を送れるのだろうと、住む世界の違いに驚かされた。

後日、面接結果がメールで送られてきて、あっさり合格ということになってしまった。ビザの手配があるからこれとこれを用意して、書類にどうのこうの、等々と書かれていたが、やはり丁重にお断りすることにした。

ボスには気に入ってもらい、オーストラリアで働こうと言ってもらったけれど、いろいろな話を聞くうちに、今の僕にはやはり無理だろうという結論に至ったのだ。それはやはり子供たちのこともあるし、言葉の壁や生活環境などを総合的に判断した結果だった。

この一連の経験は僕にとって貴重なものとなった。それは、何の気なしに送った一通の履歴書が人生をほんのわずかではあるが動かしてくれたからだ。海外で働くなど、考えたこともなかったのに。

自分が行動すれば何かが変わる、きっと人生はそんな些細なことの積み重ねで成り立っているのかもしれないと思えたりもした。

しばらく経ってから、僕の新たな就職先になるはずだった鉄板焼き店のオープン当日のセレモニーが現地で取材されていたのを、日本のテレビで見る機会があった。カメラが何台もあり、オーストラリアのセレブが多数来賓として招かれていて、面接の時に会ったボスがタキシード姿で映っていた。やはりそれは、今の僕が住む世界ではないような気がしたのだけれど、なぜか誇らしい気持ちでその番組を見たのだった。

海外移住という甘い夢がついえた後は、現実路線で国内での移住先候補を探さねばならない。ネットで日本全国の情報を集めてまわった。

12

一言で移住とは言うものの、一体どこに行けば良いのか。

北海道から沖縄まで調べてみるのだが、ネットや雑誌の情報だけではいまいちピンとくるものがない。

そこで僕は、旅行がてら、子供たちと一緒にその土地土地を見てまわろうと考えた。

移住先の候補地を見てまわるという本来の目的よりも、家族旅行などこの先何回できるかも分からないから、子供たちとの思い出作りを優先したいという気持ちの方が強かった。

あるいは、子供たちと一緒に楽しい旅行に出かけるということにでもしておかなければ、悔しさだけの惨（みじ）めなものになってしまうから、あえてそう思い込むようにしていたのかもしれない。

現地の不動産屋とのアポを取っておき、ネットで調べた物件の内見を、考えられる最も効率の良い方法で巡ってもらえるように、予めルートを決めてもらった。

最寄りの駅まで不動産屋に迎えに来てもらい、その足で物件を何件か見てまわる。これで二泊三日の日程でも時間を有効に使うことができ、子供たちを飽きさせずに旅行的要素も入れられるはずだ。

初めは北海道函館市。

小さいころから『北の国から』をテレビで見ていて北海道への移住そのものにも憧れがあったし、何よりも食べ物がおいしそうで、行ってみたい街の一つだった。

海産物の大好きな上の子はとても喜んでいたけれど、函館は思っていたよりも寂しげな雰囲気で、四月だというのに気温二度。一体どれだけの暖房費を計上しなければいけないのかと考えたら、恐ろしくなった。

次に訪れたのは愛媛県松山市。

瀬戸内の温暖な気候は魅力的だったし、市内を走る路面電車には情緒があり、街並みもとても綺麗だった。道後温泉で足湯につかり、市内観光のバスに乗った。

甲子園を制したこともある済美(さいび)高校の校舎には「やればできる」と書かれたどでかい垂れ幕がかかっていて、この言葉が校訓だという分かりやすさに奇妙な興奮を覚えた。

次の街は宮城県仙台市。

ここは幼いころ母に連れられて七夕まつりを見に来た思い出があり、懐かしさもあったし、飛行機移動に疲れた僕たちにとって、水戸から特急列車に乗って行くことができるのはありがたかった。仙台は水戸よりもはるかに都会で圧倒されてしまった。駅前はビルが立ち並び、田舎者の僕たちが馴染めるかどうか心配になった。

こうして数回、移住先を探して子供たちと旅をしてみたのだが、いまいち決めきれなかった。僕一人で探しているのであれば、この時点でどこかの街に決めていただろう。兄に負けたのではないかという忸怩たる思いはあったにせよ、僕一人が消えることで揉め事から逃れられるのであれば、それはそれで自分の人生として受け止めることができたかもしれない。

でも子供たちの気持ちを考えると、なぜ移住しなければいけないのかという疑問が常に立ちふさがった。

子供たちにとってはこのまま何事もなく暮らしていくのが一番良いだろう。学校も友達も、父親の都合で取り上げられることもないのだから。

なぜこのままここで生活していくことができないのか、なぜこの状況で引っ越しをしなければいけないのか、不意に突きあたった自分にとって全く不必要な人生の一ページに嫌気がさしていた。

子供たちはまだまだ手のかかる年頃で、毎日の雑務と家事と子育てに追われて自分の時間などほとんどない。そのわずかな時間で、不毛にも移住先をネット検索する日々。

時間だけが刻一刻と流れていくのに、問題は何一つ解決しない。

それは、ホワイトボードにびっしりと書き連ねられた意味不明の数式のようで、もはや何を問われているのかすら、理解できない。

毎日誰かと話をするわけでもない、子供たちの成長を共に喜ぶ人もいない、体調が悪くても疲れていても誰も代わってはくれないし、ねぎらいの言葉すらかけてはもらえない。明日どうなるかも分からぬ生活は、僕から徐々に正常な判断力を奪っていくのだった。

両親が死んで、なぜか血を分けた兄に家を追い出されようとしている。移住計画のための三度の家族旅行でも引っ越し先を決めかねていたし、ネットと毎日にらめっこしていても結局埒(らち)が明かない。


こうなったら、無理矢理にでも引っ越し先を決め、強引にそこに移住してしまえば、なんとかなるのではないか。そうすれば、この問題から解放されるのではないか。


とてもまともな精神状態での発想ではない。

まことに短絡的な発想であり、ただ単に問題の先送りに過ぎないことは明らかなのだが、一向に解決の糸口の見つからない毎日に飽き飽きし、自分に都合良く物事を解釈した。

では、どこに引っ越しをするかということなのだが、さんざんすったもんだした挙句(あげく)にまったく移住先が決まらない現状で、いよいよその候補地を探すことすら億劫になってしまった僕がたどり着いたのは、「移住イコール沖縄」という小学生レベルの、何の根拠もない幼稚な発想だった。

沖縄で、いいや。

要するにこういうことなのだ。

僕はネットで沖縄の物件を探した。仕事のことも考えなければいけなかったので、やはり沖縄の中では那覇だろう。というか、那覇しか知らない。

那覇でアパートを借り、仕事を見つけて暮らせばいいや、と。

それなりに考えたつもりの、こんなもんだろうという何の根拠もない思い込みで、見たことも行ったこともないアパートを借り、とうとう夏休みを利用して引っ越す決断をした。

夏休みだから、学校の転校手続きやら何やらは向こうでの暮らしが落ち着いたらやればいいいやと、行き当たりばったりの宙ぶらりん状態で、僕たちは那覇に旅立った。

どうかしているし、常軌を逸した行動だということは分かっていたけれど、気づかぬふりをしていた。どうせそのうち追い出されて路頭に迷うくらいなら、ここでの暮らしも悪くないだろう。

父子家庭になってからというもの、物事を長いスパンで考えられなくなっていた。

それがたとえ何年先、何カ月先、何日先であろうと、僕にとってははるか遠い未来であって、今日一日をどうやって乗り切るか、それだけしか考えられなかった。

もう、どうにでもなれ。

否応なしに突きつけられる現実に、どう考えてもうまくいくはずもないこの移住計画はすぐさま頓挫した。

僕らは夏休みの数日を過ごしただけで、沖縄に移り住むことはなかった。

沖縄スタイルに馴染めなかったということもあるし、慣れない土地で子供たちを残して仕事に行くということや、知らない街での生活に不安を取り除くことができなかったのだけれども、それより何より、ここ何カ月かの移住に関するごたごたで、持ち金のほとんどを使ってしまい、この先家賃を払い続けて生活していくだけの体力が、もはや僕には残されてはいなかったのだ。

意図不明の空回りの末に、これが結局子供たちとの最後の家族旅行になった。

滅多に来ることができないであろう沖縄の海で海水浴をし、ソーキそばやラフテー、グルクンのから揚げやゴーヤのかき氷を食べた。自動販売機の三分の一はさんぴん茶だったし、タクシーがやたらと安かった。古宇利島（こうりじま）の海はきれいだったけれど、特産だという、うに丼はいまいちだった。朝から日が暮れるまでいつもいつも暑くて、道は常に渋滞し、那覇空港からは飛行機がひっきりなしに飛び立っていた。

僕たちが数日間滞在した部屋を引き払い、国際通りで買ったシーサーの置物のお土産と星の砂と泡盛を持って、また茨城の実家に戻ってきたのは、夏休みも残り数日となったころだった。


一体何だったのだろう、ここ数カ月の移住計画は。

常に最悪の状況を想定して行動した結果、もっと最悪の状況を生み出しただけだった。持ち金はほとんどなくなり、引っ越すという可能性すらなくなったわけだ。

初めから無理な話だったのだ。身寄りのない父子家庭の男が、まだまだ手のかかる子供二人を連れて移住するなんてことが、そもそも無理な話なんだ。

もう無理だ。何も持っていないし、どこにも行けない。いよいよ打つ手なしで僕の負けだと思った。

出て行けと言われても行くところもない、金を払えと言われても持っていない。もうどうにでもしてくれと、半ば開き直りでここに居座ることに決めた。この世の中で一番強いのは何も持たざるものだと、腹をくくった。

知るか、くそったれ。

13

それから数カ月を無事に過ごし、特に兄からの接触はなく、この家を追い出されるようなことも起きなかった。年末に行われた選挙で、兄は見事に当選した。

あの時のあの出来事は、一体何だったのだろうか。

ただ単に兄の虫の居所が悪かっただけなのか、本気でそう思っていたのか、もしくは僕たちを追い出すのは次の機会にしようと考えたのかは不明なままだったけれど、家を追い出されることもなく、兄も当選し、一件落着したのだった。

それにしても、この一連の騒動で失ったものは大きい。

「最悪の事態を想定して生きる」という生き方は、自分の考えや行動の如何(いかん)によっては、さらなる最悪を引き起こす可能性がある。そして、考えていたほど最悪の事態が起こらないこともある。今回の一件は、僕に新たな教訓と、子供たちとの何度かの旅行の思い出をもたらしたのだった。

引き続き、当面生活できる家は確保したが、いよいよ金が底をついた。

一つ状況が好転したことといえば、子供たちが大きくなり、僕が付きっきりで面倒を見なくても良くなったことと、学校に行っている間は自由な時間が持てるようになったことだった。

よし、この空いた九時から十五時までの時間を使って、仕事に出るか。

この時間を有効に使うしか、僕たちに生きていく道はないし、全財産は早くも残り数万円というところまで来ていた。

仕事をするにしても、言わずもがな、僕にはいろいろと条件がある。その条件を甘受してくれるところでしか働けないのだから、探すのは簡単ではなかった。

まず、職場は家から近くないといけない。車で十分程度が理想。

そうはいっても住んでいる町は都会でもなく、世の中は相変わらずの不景気、さらに僕は父子家庭という、世間では理解されにくい生活をしている三十代半ばのおっさんなわけだし、何かの時に子供を預けられる人もいない。

近所にそうそう都合の良い仕事があるわけもなく、その上、雇い主側にとっては僕を採用するに躊躇せざるを得ない材料が山ほどある。父子家庭という聞き慣れない生活スタイルだけで煙たがられたし、いくら僕たちの置かれている状況を説明したところで、理解してもらえることはあまりなかった。

「子供の面倒を見てくれる身内の一人や二人、誰にだっているでしょ？」

と言われるのがオチで、ひどいところになると、「いい歳してこんなことやっていて大丈夫か、子供たちのためにもしっかりしろ」と訳の分からぬ説教までされる始末。

仕方ないけれど、これが現実だった。

世間は不景気で、みんな仕事を探している。こんな小さい町ならなおさらだ。雇い主としては少しでも条件の良い人を選びたいわけで、誰がどう考えても採(と)る相手が僕でないことは確かだった。

長く調理の仕事をしていたということもあり、調理師としての仕事をメインに探した。

飲食店などは土日祝日が書き入れ時。できれば土日祝日は休みたいと言っている時点で、もはや採用の脈はない。

子供たちを一人で育てている以上、土日は休みたかったし、休むことでしか成り立たないものもある。働ける時間も限られていたし、正社員として働きに出ることはそもそも不可能だと悟った。こちらの都合のみで働かせてくれるような職場は、少なくともこの町には存在しない。

だとしたらアルバイト、パートの類になるわけだが、仮にアルバイトだとしても、土日祝日休み、平日も限られた時間のみという僕の条件をのんでくれる飲食店などそうそうあるはずもない。

そんなこんなで条件を譲歩しながら、駆け引きをしながらの職探しだった。

子供たちには寂しい思いをさせ、さらなる迷惑をかけることになるだろうが、生きるためにはそうするしかなかったし、働かなければ食っていくだけの金がない。とにかくその他のことは後回しにしてでも、今はなんとか一日三食、子供たちの口に食べ物を入れてあげること、それが全てだった。

もういよいよ、笑ってなどいられない。

毎日求人サイトや求人誌とにらめっこしながら、手当たり次第に電話をした。きれいごとを言っている場合ではないことは明らかだし、選べるほど多くの仕事があるわけでもなかった。

電話をして簡単な質問に答え、履歴書を見てもらえるまでで、すでに半分になっている。実際に面接までしてくれるところは一割にも満たなかった。

条件をいくら譲歩するとしても、自分の置かれている状況や、なぜ働けないのか、なぜパートなのかということは説明しなければいけない。その時点で、おおよそは断りを入れてくる。わざわざ会うまでもないということなのだろう。

応募をしたほとんどの企業に断られ、残りの金も底が見え始めてきた。とりあえず何でもいいから収入のあてを探さなければ、飢え死にしてしまう。

飢え死にしないように仕事を求めているのに、子供を預けるところもない三十代半ばの父子家庭生活の僕に容易に仕事をくれるほど、世の中甘くはないということか。

どう考えても、他の誰よりも仕事を欲していることは明らかだろうに、だからといって採用の優先順位が上位に来るかといえば、それはそれでまた話が違うようだった。

際限なく落ち続ける面接をこなしながら、どうしたら仕事を得ることができるかを考えた。

まず、条件は捨てよう。

仮に仕事を見つけたとしても、土日休み週五でアルバイトのシフトに入ることはどうやら不可能だということを察した僕は、とりあえず面接対応として、嘘でも「何でもやります、いつでも大丈夫です」という積極性を取り入れることにした。

まずはここからやらなければ話が始まらないらしい。

さすがに父子家庭ということを隠し切れないだろうから、そこは伝えるとしても、「子供たちはいざとなったら見てくれる人がいます」といった具合に、万人受けする対応をする。背に腹は替えられない。嘘も方便、生きるために相手が求めている自分を演じるしかない。

何はともあれ仕事を得られなければ、僕たちは確実に死んでしまうのだが、近所の求人は全てあたってしまっていた。もう電話をするところすらない。

どうしたらいいのか考えた末に、もうこうなったら求人がかかっていようがいまいが、電話をして聞いてみるしか方法はないと考えた。

求人サイトばかり見ているから競争相手も多くなるのだろうし、求人サイトというものが、より良い条件の人を簡抜(かんばつ)する場なのだとしたら、自ら探しに行くしかない。

もはや何のことだかさっぱり分からないが、やるしかない。

まずは自宅から車で十分程度にある、ショッピングモールのフードコートに電話してみることにした。まったく求人などなかったけれど、長年の飲食店勤務の経験から、あの手の店舗は慢性的に人手不足なことを、僕は知っていた。

電話を入れ、求人をかけている店舗はないか探りを入れてみたところ、一つの企業がアルバイトを募集する予定だということが判明し、面接のアポをとりつけた。

まずは第一段階クリアだ。

面接は好感触で、「後日、結果をお電話します」ということだったのだが、次の日には合格の連絡をいただき、早速働きに出ることになった。

だいぶ調子の良いことを面接で言っての合格だったので、実際仕事が始まると困ったことになるのではないかという一抹の不安はあったのだが、とにかく仕事にありつけたことに僕は満足していた。

父子家庭になって仕事を辞め、それからしばらくの間は定職に就くことはなく数年間を過ごしたわけで、久しぶりに味わう組織の一員という立場は悪くなかったけれど、すでに年齢は三十代半ばのおじさんで、本来ならばフードコートで高校生に交じってアルバイトをしている場合ではない。

父子家庭になる前は東京のそれなりの高級店で働いていたこともあり、調理師としてのプライドを持って仕事をしていたのだが、それから数年が経ち、今ではフードコートのへんてこなユニフォームに袖を通し、料理とも言えないようなものを作っている。悪く言えば、調理の経験がなくても、誰でもできるような仕事なわけで、修業というものを経て料理を学び、それなりの技術を身に着けていた僕にはいささか屈辱だったけれど、甘んじるしかない。

仕事が始まって現場に入ってみると、僕のようなタイプは皆さんとても気になるらしい、ということが分かった。

それはそうだろう、何事もなければ決して一緒にパートとして働くことはないであろうと思われるような人が新人で入ってくるわけだから、どんな素性でどんな理由でここに来ることになったのか、それは格好の話題であるに違いなかった。同僚は皆、おばちゃんたちか学校終わりの高校生だったから、仕事に就いてからの数週間は、根掘り葉掘り聞かれたものだ。

それは、仕事を変えてどこに行っても必ず初めに通る道で、そのカミングアウトなしに新しい職場の仲間入りをすることはできなかった。

父子家庭であること、男の子二人を育てていること、子供が大きくなってようやく働きに出られるようになったこと、なぜ父子家庭になったのかなど、興味の湧くままに聞かれたことを、隠しても仕方がないので正直に話していった。

珍しい境遇である上に、普段なら絶対に入ってこないであろう年齢の男であり、そしてたまたま僕が人見知りをしない性格であったことなどが、意外とおばちゃんたちに受け入れられて、どうにかこうにか話し相手も見つけながら、ちょっとずつではあるが職場に馴染んでいくことができたのだった。世話好きのおばちゃんからは、たいそう可愛がられたりもした。時給は八百円。労働時間は十一時から十六時まで。日によって多少の前後はあるが、こんな感じで週四日。月のお給料は大体八万円程度になる。

子供二人を育てるいい歳した父親が、月給八万円也。

移住だなんだと言ってはいたが、現実はそれほど甘くはない。今となっては家賃がないということが唯一の救いだった。

働ける時間が限られている僕としては、時間を目いっぱい有効に使ってバイトしたいところだったのだが、そうそううまくシフトに入れるわけでもない。暇な時間帯や曜日は当然シフトに入れてもらえないし、どうやったところで月八万円が精いっぱいだった。

14

仕事と、家事育児の両立は難しかった。

育ち盛りの男の子二人を抱えて、家賃はないとは言えども、光熱費、食費、教育費、その他雑費等々で、八万円などあっという間に右から左に消えてなくなる。消えるだけならまだ良いが、この程度の稼ぎでは日々の暮らしに必要なお金ですら足りないのだから、帳尻を合わせるのも楽ではない。

電気代やらガス代やらは二カ月に一回しか支払えなくなり、それが三カ月に一回になる。なんとかやりくりをしながらごまかしごまかし行くのだが、学校の給食費、教材費、積み立て……どうにもこうにもごまかせない出費がある。

実際のところ稼ぎが八万円なのだから、生活のどこで辻褄を合わせるかということになると、それは食費しかなかった。

食費といっても、まさか子供たちのご飯を削るわけにはいかない。

では、どうするか。

僕は、ご飯を食べることをやめた。

自分自身の食費を削れば、その分子供たちにご飯を食べさせてあげられるのではないかと考えたのだ。育ち盛りの子供二人に、ひもじい思いはさせたくない。どんなことでも「子供たちのため」と思えば我慢できるはずだ。

月八万円の稼ぎの中で、子供たちを生かし続けていくための手っ取り早い節約法は、これ以外に思いつかなかった。

子供たちが残したものに関しては、僕が食べて良いことにした。といっても、次の食事に回せそうなくらいの量が残っていれば、もちろん僕の口に入ることはない。冷蔵庫で保管され、次回の食卓に並ぶことになる。

それに加えて、子供たちには「出されたものは残さず綺麗に食べなさい」と幼いころから厳しく指導していたため、実際には残りものなどほとんどなく、皿や器の縁についたまま残された、スプーンなどでかき集めれば一口二口はあるだろうかと思われるおかずや、どうしてもお腹がいっぱいでこれ以上はいらない、と言って残したほんの一口の白米を口に入れる程度。それ以外で僕が家で食べ物を口にするのは、ご飯を作っている時の味見ぐらいだった。

せめて子供たちだけでもお腹いっぱいご飯を食べてもらいたかったし、お金がない現状を鑑みて親に気を遣うような生活はさせたくなかったから、

「パパ、ご飯食べないの？」

と聞かれればいつも、

「パパはお腹いっぱいだよ」

と答えていた。

冗談を言いながら平気そうな顔をして笑っていたけれど、三十数年間何の疑いもなく三食ご飯を食べていた僕にとって、いきなりの食事抜きはさすがにきつかった。

慣れないうちは尋常ではない空腹感や、時には眩暈(めまい)すら覚え、とにかく何でもいいから口に入れたい衝動に駆られる。

仕事は飲食店だったこともあり、お昼ご飯を社員価格で食べることができるのだが、その金がもったいない。社員価格といっても一食二百五十円かかり、月額にしたら相当な出費だ。

食事を抜くという行為の、そもそもの目的は自分にお金を使わないということなわけで、まさか、社割で安くなっているからと金を払ってまで食事などできるはずもない。

仕事のお昼休憩の際は、その辺をうろうろと歩きまわってみたり、水をがぶ飲みしてみたり

しながら空腹を紛らわせた。

それでもどうしても空腹を紛らわせられないとなると、店の商品をこっそりつまみ食いした。お昼休憩は順次交代で入るため、休憩終わりの十五時あたりは客がまばらということもある。店に僕一人というシフトも多々あって、そんなタイミングを見計らってはつまみ食いをする。やってはいけないと分かってはいたのだけれど、モラルなどもはや考えられないほどに腹ペコの自分がいて、お腹が満たされるのなら、その理由や手段など何でも良かった。

日々猛烈な空腹と闘い、それでもなんとか生活をしてみたけれど、それも焼け石に水で、そのうちこの程度の節約では生活費を賄(まかな)えなくなっていった。

仕事が休みの日などはつまみ食いもできないから、お腹が空いてどうしようもない時は五十円程度の即席麺などを購入してしのいでみたりしていたのだけれど、いよいよその五十円も使えなくなってきた。

さらなる節約が必要だった。

働く時間が限られている以上、さらに支出を抑えるしか生きていく手立てはない。抑えられる支出はもうすでにガチガチに抑え込んでいて、決してどこかで贅沢をしているわけではない。削れる経費がないかを考えた結果、たどり着いた答えは、光熱費だった。

光熱費といっても、電気代やガス代ではない。灯油代だ。

わが家は古いタイプの家だったため、風呂の燃料が灯油だった。さらには冬場の暖房の燃料として使っていたのが灯油だったので、この費用をカットしようと目論んだわけだ。

安い燃料の代名詞だった灯油も、一昔前と比べ数倍の価格に跳ね上がっており、レギュラーガソリン並みの値段で売買されている。これは、生活を圧迫する甚大な支出である。

夏場のクーラーなどもってのほかで、こんなものははなから使用禁止である。我慢の程度でいったら夏はお遊びで、問題は冬だった。

まず手始めに、溜めて入っていた風呂をシャワーに替えた。夏場はもともとシャワーだったが、冬場もシャワーのみにした。冬だからといって湯船に浸かろうなど、贅沢の極みである。子供たちには、シャワーを浴びる時も急いでするようにと指示した。

こうなったら毎日ご飯を食べることを目標に、それ以外の些細なことについては、子供たちにも協力してもらうしかない。

協力という点で言えば、子供たちは素直に僕の指示に従った。節約生活は子供たちの協力なくしては、成立しない。どんな理不尽なことも、文句を言わずに協力してくれる子供たちがありがたかった。他の生活スタイルを知らないため、これが普通だと思っていたのだろう。とにかく何でも言うことをよく聞いてくれた。

冬場にシャワーではさぞかし寒かろう。子供たちにも我慢を強いているのだから、僕もさらなる節約に取り組まねばなるまい。それが家長の役目だ。

僕は、一人で家にいる時に暖房器具を使うことをやめた。

北関東の茨城県、真冬ともなれば雪が降ることもあるし、かなり冷え込むわけだが、自分一人で家にいるタイミングでは一切の暖房器具を使わない。炬燵であろうとホットカーペットであろうとストーブであろうとファンヒーターであろうと、だ。その全てで光熱費がかかるのであれば、やめる以外ない。子供たちがいれば、さすがにつけて暖を取るのだが、自分一人であれば、ただ寒いのを我慢すればいいだけだ。

これでわずかばかりのお金が浮き、子供たちにご飯を食べさせてあげられるはずである。自分一人が寒い思いをすれば、子供たちが温かいご飯を一食食べられる。

仕事がある日はまだ良いのだけれど、休日ともなると逃げ場がなく、自宅でガタガタ震えながら過ごす毎日。暖を取ることもできなければ、ガソリン代がもったいないので出かけることもできない。

しんしんと雪が降っているような真冬の日、仕事が休みで子供たちも学校に行ってしまったような日中には、一切の暖房をつけずに、自宅でジャンパーを着込み毛布にくるまった。

それでも寒さをしのげない時は、子供たちが学校から帰宅するまでの間、布団の中に潜っていた。なんの生産性もないのだが、仕事もない、金もないでは、こうするしか他に手立てがなかった。

ただでさえ心底冷え切ってしまうのだが、ご飯を満足に食べていないので、体の内部でエネルギーを体温に変えることもできない。一向に温まらない体を布団に潜りこませ、がたがたと震えながら、ただひたすら時間が過ぎるのを待っていた。我慢ならぬほどに追い詰められたら、大声を出して体を温めた。

こんなギリギリの節約生活をしながら、それでもなんとか子供たちにご飯を食べさせた。レトルトやインスタントの食品は使わずに、いつも材料を買い、手作りにこだわった。

その方がお金の節約になるということもあったのだが、このころにはもう一つ別の理由で手作りのご飯を子供たちに食べさせていた。

父子家庭で、たった一人で子供を育てる上で、お金がないことや仕事がないことよりも、もしかしたらそれ以上に困るかもしれないことが実はあるのだ。

それは、病気だ。

自分が病気になるぶんにはまだいい。我慢すればいいだけだ。

子供たちが病気になれば、そうはいかない。子供の都合で仕事を長期にわたって休まなければいけないということは、つまり、そのまま職を失うということにつながる。子供が順番に感染症にでもかかってしまえば、軽く半月、仕事に出ることは不可能だ。

どんなことがあっても、どんな些細な病気であっても、子供たちの健康を損なうわけにはいかなかった。生活がかかっている。

だから僕は、子供たちの食事は手作りにこだわった。お金がないなりに、免疫力の向上が期待できる食材を使ったり、インフルエンザ予防に良いとされる食材を使ったりと、常に子供たちが健康でいられるような料理作りを心がけたのだった。

子供たちは、毎日僕が作ったご飯を喜んで食べてくれた。

今、自分にできることを精いっぱいやる。それでもダメなら仕方がない。考えられる最悪の事態を想定し、それらを回避するためにどうすれば良いのか。それは僕たちが生きていく上でとても重要なことだった。

子供たちは、それなりの不平や不満はあったであろうが、文句も言わずに毎日生活してくれた。習い事をさせてあげることもできないし、欲しいものを買ってあげることもできない。食べたいものを食べさせてもあげられないし、行きたいところに連れていってあげられるわけでもない。同年代の友人たちに比べたら、明らかに不公平な生活を強いられているにもかかわらず、子供たちが僕に不満を漏らすことはなかった。

彼らなりに父親が置かれている状況を理解していたのかもしれないし、今さらいちいち言っても仕方がないとあきらめていたのかもしれない。

そんな生活をしながらもいつしか月日は流れ、僕たちも少しずつこの生活でのペースをつかみつつあった。慣れないながらも、貧しいながらも、恵まれないながらも、それなりに生活を楽しめるようになっていったのだ。

とはいっても慢性的な金欠は相変わらずだったので、子供たちをどこかに連れていってあげることはできなかった。本当は休みの日に旅行に行ったり、遊園地に行ったり、そんなことができれば良かったのだろうけど。

だから僕たちは、夜になると連れだってよく散歩に出かけた。

三人で歩きながら今日あった出来事を話し、大きな声で笑った。学校でこんなことがあったよとか、友達とこんなことしたよとか、どこどこに行ってきたよとか、そんなたわいもない会話だったけれど、三人で持てる貴重な時間が僕はうれしかった。

散歩の時は子供たちに二百円ずつ渡し、途中で寄るコンビニで好きなものを買っていいよと言った。

たかだか二百円なのだが、二人で四百円、僕にとっては大金だ。毎日は散歩に行けないとしても、大体これだけで月に一万円弱の出費になる。

本当は食費やその他の支払いに回したいところなのだが、子供たちが喜んで楽しそうに二百円を握りしめている姿を見て、僕はうれしかったのだ。

夏になると少し遠出して、街灯のない田んぼ道まで行って三人で道路に寝転がり、星空を眺めた。虫の声を聴きながら満点の星空を眺めていると、子供たちと一緒に過ごせるこの時間がかけがえのないものに思えてくるのだった。


このままなんとかやりくりしながら、子供たちが大きくなってまた次のチャンスが来るまで、しのいでいこうと思っていた。

子供たちが大きくなれば働ける時間も増えていくだろうし、自分のことを自分でやれるようになれば、今よりもだんだんと楽になっていくだろうと、そう思っていた。

時間はかかるかもしれないけれど、どうにかこのままやっていこう。

そうやって日々を過ごし、細々と生活していけるようになりつつあったある日、全く予想だにしない事態が降って湧いたのだった。

第二章

1

その日はいつものように十一時からバイトが入っていたので、十時半ごろに仕事場である近所のショッピングモールに車で向かった。よく晴れていて、穏やかな日だったのを覚えている。

車のガソリンメーターを見るとエンプティーランプが点灯したところだったけれど、時間に遅れそうだったので、ガソリンを入れるのは仕事終わりにしようと思った。ガソリンスタンドを見送って仕事場に着くと、いつものようにへんてこな制服に着替え、仕事にとりかかった。

それほど忙しくもならず、十四時半には休憩を取ることができた。同僚はそのタイミングでご飯を食べたりするのだが、僕はお金がないので、休憩のたびに立ち読みしていた小説の続きを読もうと思い、ショッピングモールの二階にある書店に行った。

その小説は直木賞を受賞した話題の新作で、書店の一番目立つ場所に平積みされていた。毎日立ち読みで読み進めていたので、どこまで読んだか分からなくならないように、僕はこっそりしおりを挟んでおいていた。休憩中に本を読むのが唯一の楽しみだったので、時間目いっぱいまで読もうと、その日も決めていた。

しばらく立ち読みを続けていたのだが、ふと、ほんのわずかではあるが足元に違和感を覚えた。あまりにも短い時間だったけれど、今までに味わったことのない感覚であることは間違いなかった。

なんだ、これは。

足元から腰のあたりまで伝う、なんとも表現しがたい感触。時間にして恐らく一秒にも満たないほど。腰のあたりまで伝ってきた不快感が、いきなり体全身を貫き、膝から崩れ落ちそうになる。一瞬にして脳が指令を出した。

「逃げろ」

今まで三十年以上生きているが、自分の脳がこれほどまでに的確かつ迅速に「逃げろ」という指令を下したことはない。

このままこの場所にとどまったら危険だ、逃げろ、と。

これが動物としての本能なのかと思うほど、一瞬の判断だった。

店内には大きな本棚がいくつもあり、僕が立っている場所の目の前にも見上げるほどの棚があったのだが、ふと目をやると、並べられていた本が今にも落ちそうなくらい飛び出していて、棚自体もこちら側に覆いかぶさってくるのではないかと思うほど激しく揺れていた。
目の前の空間が歪んで見えているのではないかと思うほどの光景。
味わったことのない居心地の悪さと共に、強烈な戦慄を覚えた。状況は全く把握できなかったけれど、一刻も早くここを立ち去らねばならないと思った。轟轟（ごうごう）と地響きのごとく恐ろしい唸（うな）りがどこからともなく聞こえ、膝から崩れ落ちるほどの揺れを感じ、動こうにも身動きが取れない。体の平衡感覚がなくなり、頭が麻痺状態に陥った。

ここにいたら、死ぬ。

今、自分の身に何が起こっているのかはよく分からなかったけれど、これは単なる揺れではない。ショッピングモールに爆弾でも投下されたか、はたまたジェット機でも突っ込んできたかというほどの、僕の人生で経験したことのない衝撃だった。

すぐにこの建物から外に出なければ死んでしまうぞという脳からの指令を信じ、僕は読みかけの本を放り投げ、一番近い出口から駐車場へ向かって全力で走った。

何も考えずに我先にと出口を目指した。

脳が僕に逃げろと指令を出してからここまで、わずか数秒。
これは決して大げさではなく、生まれて初めて本当に「死」というものに直面した瞬間だった。
走っている時も、まるでトランポリンにでも乗っているかのように体が宙に浮きあがる。間違いなく今自分が立っているところは鉄筋の建物であり、駐車場はアスファルトであるにもかかわらずだ。脳が判断できる許容をはるかに超えた事態に、ただただ無我夢中で走った。

脳からの指令は相変わらず、「逃げろ、逃げろ、逃げろ、逃げろ」

一体何が起こったというのだ。

揺れが一時的におさまった時、僕は再びスロープを上り二階の駐車場へと向かった。それは犯人が犯行現場に戻ってくるのと似た心境だったかもしれない。どうしても戻って、先ほどまで自分がいた場所を見なければいけないような気がした。

駐車場まで上がってみると、何台も止まっていた車は跡形もなく消え、建物の出入り口付近のガラスは粉々に砕け散っていた。遠目から建物内部を覗くと、緊急作動したスプリンクラーで水浸しになっていて、暗闇となってしまった店内を確認することはできない。

これ以上近づいたら危険だと、脳が察知した。

いつの間にか閑散としてしまった、広いだけの二階部分の駐車場から外を眺めると、ショッピングモールを周回する道路に車があふれ、我先にと車を走らせようとする人たちで大渋滞を起こしていた。一階部分の駐車場にも人があふれ、行き場もなく呆然としていた。

「子供たちは大丈夫だっただろうか……」

仕事の休憩時間が十四時過ぎだったのだから、まだ学校にいる時間だろう。

ポケットから携帯電話を取り出し、上の子にだけ渡している携帯の番号にかけてみる。非常用に持たせている月額七百八十円の携帯電話。こういう時にこそ、その効果を発揮してもらいたいものだったが、一向に電話がつながる気配はなく、コール音すら鳴らない。

僕は再び下の階に下り、そこで初めて自分が仕事中であることに気がついた。同僚たちはどうしただろうか。

ショッピングモールの裏手にまわり、仕事場であるフードコート側の駐車場に行ってみることにした。そこにもたくさんの人がごった返していて、身動きも取れないような状態。人をかき分け仕事場の同僚たちを探した。

駐車場の奥に進むとそれらしき人影を見つけた。みんな無事らしい。

厨房の責任者が非常階段を伝い建物内の店舗に行ってみたのだが、ここもやはりスプリンクラーの作動で浸水して物も散乱しており、現場にたどり着くことはできなかった。

子供たちがどうしているかという不安が徐々に大きくなっていって、一刻も早くこの場を立ち去り迎えに行きたかったのだが、相変わらずの大渋滞で車を出せそうにもない。まずはお客様の安全の確保が第一の使命ということで、ショッピングモールの従業員総出でお客様の避難をサポートさせられたりしていた。

大方のお客様を無事見送った後、明日の仕事や今後のことに関しては追って連絡すると、現場マネージャーから通達があった。携帯電話も通じないのにどうやって連絡を取るのかと、そんなこともふと頭をよぎったのだが、明日になれば、いや、今晩にでも復旧してこれからどうしたら良いのか大勢が判明するに違いないと思ったりもした。

しかしながら、どう考えてもこの状況では明日から通常通りの営業は無理なのだろうということは何となく想像できるほどの被害状況。数日は収入がなくなるかもしれないと、憂鬱な気分になった。

駐車場の人混みもだいぶ緩和され、いったん落ち着きを取り戻した時、周りの会話がふと耳に入った。

「どうやら福島の海沿い辺りで、とんでもない地震が起こったらしい」

僕の仕事場だったショッピングモールは海のそばに建てられていたため、ここも津波でそのうち飲み込まれてしまうのではないかと、そんな話が漏れ伝わってきた。

福島で大地震、津波……その単語自体は頭に入っては来たものの、現実感のない空想としか受け取れず、確信にまでは至らない。

津波で町が飲み込まれるなど、そんなことあろうはずがない。

そう思ってはいたのだが、体に残る凄まじいほどの残像が僕の感情を揺さぶり、物恐ろしさで足が震えた。


平成二十三年三月十一日。

これは、やがて東日本大震災と名付けられる災害で、僕が最初に経験した出来事。

この時はまだ、三日もすれば元の暮らしに戻れるに違いないと、そう信じていた。

2

従業員専用駐車場まで皆で歩いて行き、それぞれの車に乗り込む。鍵を回しエンジンをかけると、エンプティーランプが点灯していた。

しまった……。

朝のうちにガソリンを入れておけば良かった。

子供たちの安否が気になってはいたのだが、まずは車にガソリンを入れてしまわないといけないと思った。この先どうなるか分からないという不安もある。

車の中から上の子の携帯に電話をしてみたが、やはりつながらない。

ギアをドライブに入れ、車を走らせた。二階の駐車場から眺めた大渋滞はいつしか解消され、普段と変わりない日常に早くも戻ったのかと思ったりもした。

通い慣れた道を進み、仕事場から最も近いガソリンスタンドに立ち寄ろうとはるか遠くから目視したのだが、とてもではないけれど敷地に踏み入れることができないほど、車が長蛇の列をなしている。車列は、夢中になりすぎた子供がどこまでも並べてしまったミニカーのように、果てしなく続いていた。

別のガソリンスタンドなら入れるかもしれないと、淡い期待をもって車を走らせたのだが、家にたどりつくまでにある全てのガソリンスタンドで、同じような大渋滞が起こっていた。仕方なく今日中にガソリンを入れることを諦め、まずは子供たちのもとに急ごうと思った。

ガソリンは明日にしよう。


帰りの道順だと下の子の小学校が先だったので、車を停めて学校内に入ってみると、校庭に児童たちが集まっているのが見える。どうやら迎えが来るまでここで待機させられているらしい。

小学校の入り口付近は迎えに来たお母さんたちでごった返していた。僕もなんとか校庭まで進み下の子を見つけると、担任の先生に連れて帰る旨を伝え、車に乗せた。

まずは一人、無事に引き取ることができた。

次は上の子の中学校。

ここは自宅から徒歩五分とかからない場所であったため、自宅に車を停め、下の子の手を引き中学校の校庭へ。そこでも同じように生徒たちが集められていて、迎えが来た者から順に帰宅するという段取りになっていた。

焦る気持ちを抑えて校庭に目を凝らし、上の子を見つけ駆け寄っていった。

どうやら二人とも無事だったらしい。

子供たちは興奮しながら先ほど起こった地震について話し合っていたけれど、僕は子供たちとこうしてまた会えたことに胸を撫でおろしていた。子供たちが無事だったことで、今回の出来事は一件落着であると考えていた。

三人でいつものようにたわいない話をしながら歩き、自宅に戻ってきたのだが、玄関の鍵を開け一歩足を踏み入れて、声を失った。

散乱、というような生易しい状況ではない。

物という物が倒れ、割れた食器は無数。足の踏み場もないほどリビングと廊下には物がばらまかれており、倒れてしまった冷蔵庫のせいなのか、足元には水たまりができていた。

何なんだ、これは。

とてもさっきまで人間が暮らしていた空間とは思えぬほどの変わりようで、先ほどの揺れがどれほどのものだったのか、嫌というほど思い知らされた。

「福島で大地震、津波でここも飲み込まれる……」

誰かが言っていた台詞を、僕はつぶやいた。

「嘘だろ……?」

混乱する頭で呆然と立ちすくんでいたが、このまま見ていても仕方がない。三人で手分けして、まずはここで生活していけるだけのスペースを確保しなければ。

どうやらすごいことが起こったらしい、そしてそのすごいことに、僕たちは巻き込まれてしまったようだ。


時刻はすでに夕暮れ時で、外は陽が落ちようとしている。

家の電気をつけてみる。スイッチを何度カチカチしてみても、蛍光灯の紐を何度も引っ張ってみても、電気がつく様子はない。慌てて蛇口をひねってみるが水も出ない。コンロのガスをつけてみると、どうにかガスだけは生きているようだった。

物という物が倒れ部屋中に散乱、電気と水道は寸断されていた。それでも僕は、今日中には電気も水道も復旧して、何事もなかったかのようにまた元の生活に戻れるに違いないと、そんな淡い希望にすがっていた。

陽が暮れて部屋が暗くなってきたので、両親の仏壇からろうそくを拝借し、火をつけた。三月十一日といえども陽が沈むととても寒く、ストーブをつけた。

車にガソリンが入れられないということは、灯油も買えないかもしれない。今ある灯油でしばらく乗り切らなければいけないとなると、あまり無駄遣いもできないと思った。

時間が経過するにつれ、やはり心細さは増していった。すぐにまた元の生活に戻れるのではという気持ちと、これだけのことが起こったんだ、そう簡単にはいかないという思いが、行ったり来たりしていた。

十五時ごろに起こった地震の余震なのだろうか、あれからひっきりなしに揺れが来ている。そのたびに僕たちは肩を寄せ合い、これから何が起こるかまったく見当もつかない恐怖をひたすらにやり過ごすことしかできなかった。

電気が来ていないのだから炬燵はつかない。電気を要する暖房器具の類も使えない。当然冷蔵庫や洗濯機も使えず、シャワーを浴びるのにも電気を使っているため、風呂に入ることもできない。もっとも、水道も来ていないのだから入れるわけはない。トイレも使えなければ、テレビも見られない、ラジオも聴けない。回線がつながっていないので携帯電話も使えない、インターネットを見ることもできない。

もしかしたらこのまま死ぬのかと、そろそろ楽観視もできなくなっていた。

晩ご飯をなんとかしないといけない。非常事態であろうとなんであろうと、子供たちにご飯を食べさせなければいけないことに変わりはない。

冷蔵庫はひっくり返り、食材もない。電気も使えないので、ガスで調理できるもの。とはいえ水もない。

何はともあれ、近所のスーパーに買い物に行くことにした。

上の子を家に残し、下の子を連れて近くのスーパーに歩いて行ってみると、駐車場には大勢の人だかりができ、その先を見るとどうやら店舗の外で物を売っているようだった。

スーパーの中を覗いてみるが、地震の影響でぐちゃぐちゃになっているらしく、中に入ることはできない。この非常時に食料品を買い求める人たちが後を絶たないのだろう、スーパー側も社会貢献的な意味合いもあってか、格安の値段で提供していた。そこに多くの人が押し寄せ、駐車場には長い列が伸びていた。

三月も十一日だというのに、なんでこんなに寒いのだろう。

下の子の手を握りその列に加わろうとした時、ふと下の子が薄着であることに気づき、慌てて自分の着ていたジャンパーを脱いで、着せてやった。

「寒くないか？　少し大きいけど、これ着てな」

だぶだぶのジャンパーの袖を下の子の背丈に合わせて何回も折ってから、もう一度手をつなぎ直した。

普段なら肌寒い夕方に上着も着せずに外に連れ出すことなどないはずなのだが、震災という非常事態に、冷静さを装いながらも、やはり頭はパニックになっているのだろう。

自分だけが上着を着て外出しているということは、自分のことだけしか見えていないということを意味しているようにも思えた。子供たちを助けてあげられるのは自分一人なのだから、もっとしっかりしなければと、改めて肝に銘じた。

一体どれくらい待てば、食材を買い求めることができるのだろうか。上の子を家に残してきてしまったことを今さらながら後悔した。

時刻は十八時になろうかというころで、西の空はほんのわずか下の部分が赤く染まっていて、そろそろ辺りは暗闇に包まれそうだった。その光景をぼんやり眺めて、今日は長い夜になりそうだとため息をついた。

四十分は並んだだろうか、ようやく先頭が分かるところまできた。売られている食料品はもはや残り少なくなっており、みんな必死なんだなと思った。食料を確保しなければ生きていくことなどできないわけで、もうそこには助け合いとか分け合いとか譲り合いとか、そんなものは存在しておらず、少しでも多くの食料を手に入れることに躍起になっているかのようだった。

だけれども、皆きちんと列に並んでいる。列に並んで自分の順番まで待つことで、その先の遠慮はいらないことにでもなっているのか。簡易的に作られた商品陳列棚の前だけに、異様な熱気が立ち込めていた。

後ろを振り返ってみる。まだまだ大勢の人が列をなしていた。先ほどよりもはるかに長いその列は、駐車場を出て一般道路にまで連なっていた。あの列の最後に並んでいる人は果たして買うことができるのだろうかと余計な心配をしつつも、もう少し家を出るのが遅かったら少なくとも今日は食べ物にありつくことができなかっただろうと、こっそり胸を撫でおろした。

ようやく購入の順番になった。二日分程度のパンと飲み物と果物と缶詰を買っただけで、僕たちは自宅に戻ることにした。はるか遠くまで並んだ行列を見て、この非常事態に他人のことを顧みずに自分勝手な振る舞いをするのはどうなのかという葛藤もあったし、いずれにしても、買い占めるだけの経済的余裕は僕にはなかった。

下の子を連れて家路に向かいながら、行列の最後尾の人を見て幸運を祈った。

この時の僕の全財産は八万円。

八万円とは、毎月の給料そっくりそのままの額である。

この大震災が僕にとって不幸中の幸いだったのは、発生した日が十一日だったということで、この数字がまさに生死を分けることになった。これが八日とか九日であれば、僕たちは間違いなく数日も持ちこたえることなく死んでしまったに違いない。

僕の職場であるフードコートの給料の支給日は、十日だった。もらった給料などあっという間に右から左に消えてなくなる。給料が振り込まれる口座からそのまま光熱費等が引き落とされていたため、給料日、つまり十日には全額をいったん引き上げるのが毎月の恒例だった。なぜこのような面倒なことをしなければいけなかったのか。給料の振り込み口座と引き落としの口座が同じなら、そのまま放っておけば一番手間がないと思われるかもしれないが、僕の場合はちょっと事情が違っていた。

光熱費やら水道代やら携帯代やらは、使用が停止される直前に一カ月分だけを支払うのが精いっぱいだったので、今月はどこにお金を振り分けるのか、自分で考えて支払いをしなければいけなかったのだ。そうでもしなければ、とても月八万円で生活していくことなどできない。勝手な僕の算段で、とりあえず今月は支払わなくて良いと思われるものに関してはいったん回避して、手元に残ったわずかばかりのお金で、教育費やら食費やら、その他の雑費やらの支払いをやりくりしていた。

結局はいずれ支払いをしなければいけないわけだから、根本的な解決にはまったくなっていない。それでも、そうしなければ成り立たないほど、日々の暮らしは困窮を極めていた。だから、十一日のこの日は、お金をどのように振り分ければ良いのか考える猶予日で、給料の全額が自分の手元にある唯一の日だったわけだ。

この大震災の影響で、すでに銀行口座から預金を引き出すことはできなくなっていた。給料を全額引き出す前の十日だったら、銀行口座にいくらかのお金はあるのに使うことができなかったはずだし、支払い等に振り分けてしまった十二日以降だったら、手持ちのお金がせいぜい数千円程度になっていたはずである。

十一日は、僕にとってはまさに神がかり的にドンピシャのタイミングだったのだ。

ついているのかついていないのか全く分からないけれども、僕たちは生きるために全財産の八万円を食費に充(あ)てて、なんとか生き延びるすべを得た。

もうこうなったら、支払いのことなど考えないようにしよう。

とにかく生きるためにこのお金を使わねばなるまい。生きてなんとか乗り越えることができたら、またその時に考えれば良いのだ。

だからといって無駄遣いもできないので、子供たちが今日と明日食べられるだけの食料を買い込んで、上の子の待つ自宅へと急いだ。

大丈夫だ、やれる、俺ならできる、この試練を乗り越える。

「神様、どうか僕たちを助けてください」と、下の子の手を引きながら何度も何度も祈った。


すっかり夜になって寒さが身に染みてくると、寂しくて悲しくて悔しくて切なくて、これからどうなってしまうのか、子供たちは大丈夫なのかという不安と、自分は何をしなければいけないのかという心理的重圧で息苦しく、鼓動が早くなっていくのが分かる。

案外重くなってしまった荷物を持つ指先がかじかんで、痛かった。

「まだやれる、まだやれる、俺ならできる、落ち着け、落ち着け」

必死に言い聞かせた。

自宅に戻ると、上の子が一人で部屋を少し片付けていてくれた。

窓際に置いた石油ストーブを囲むように三人で座った。電気のつかないカーテンを閉めた部屋で、ろうそくの明かりとストーブの炎だけが赤く揺らめいていた。子供たちに買ってきたパンと飲み物を渡し、寂しい晩ご飯をとった。その間も三十分に一回くらい余震があり、そのたびにまたあの揺れが来るのではないかと恐々(きょうきょう)とした。

それにしても午後にあった大地震からほぼ全てのライフラインが切られてしまい、まったく情報が入ってこない。今どういう状況なのか、明日からはどうすれば良いのか、それらを知るすべは時たま流れる市役所からの一斉放送のみで、その放送が流れるたびに家から出て、情報を聞き逃すまいとした。

やはり福島県沖で大地震が起こり、茨城県も相当の被害を受けたらしい。大きな津波が来る危険性があるので、海の近くの人は高台に避難してくださいと、そんな指示が聞こえていた。それ以外の住民も、自宅近くの緊急避難場所に避難するようにと言っていた。

僕たちの住む家の一番近くの緊急避難場所は上の子の通う中学校だったのだが、三人で話しあった結果、今晩はここにとどまっていようということになった。たまたま自宅から中学校が歩いて数分程度だったので、何かあったらすぐそこに避難すれば良いと考えたからだった。

とりあえず今晩はここにいて、散乱した荷物をできるだけ片付けてしまわなければいけない。

その日の夜は、子供たちの布団をリビングに敷いてストーブをつけたままにした。僕は寝ずに荷物の片付けをし、何かあったらすぐに子供たちを起こして外に出られるように、子供たちの着替えや夕方買い込んだ食料をリュックに詰めたりした。

夜の間中、余震は続き、そのたびに子供たちは目を覚ましていた。

外が白々と明けてきて、ようやく長い長い夜が終わった。

なんとか、リビングと一階部分の廊下に生活していけるだけの隙間を確保した。

子供たちもまったく熟睡できなかったようで、起きてもしきりに眠い眠いと言っていた。寝られるはずなどない。緊張は一切取れないし、ひっきりなしに続く余震のたびに身構えている。疲れを取るどころか、余計に疲れ果ててしまう。

昨日の残りのパンを食べ、簡単に身支度をすると、とりあえず避難場所になっている中学校に行ってみようということになった。

中学校の体育館を覗いてみると、多くの人たちが避難してきていて、各自持ち寄った毛布や布団を敷いて、自分の場所を確保している。なんとも異様な光景であり、非常事態に陥ってしまったということを改めて突きつけられたような気がして、これが本当に現実に自分の身に起こっていることなのだと考えると、あまりの怖ろしさに血の気が引いた。

これは、ただごとではない。

3

体育館の中を見渡すと、見知った顔もちらほらあった。子供たちの学校の友達や幼馴染みだった。友達に会えた喜びと、体育館に避難しているという非日常が相まって、子供たちはすっかりはしゃいでいた。

僕は近所のお母さんに今回の震災の情報がないか聞いてみた。体育館のステージに新聞の号外が置かれているとのことだったので取りに行ったのだが、そこに載せられている写真の、とてもこの世のものとは思えぬ光景にしばし呆然としたのを覚えている。

町が一つ消えてしまったかのような荒れ野原、地震で倒壊した建物、そして津波に飲まれる家や車。ここに町があり、人が暮らしていたとは到底思えないほどの景色がそこにはあった。僕の想像をはるかに超える大惨事となっているようだった。福島や宮城では壊滅的な打撃、茨城の海沿いも津波で相当の被害が出た、と。

号外を食い入るように読み、大筋の状況を理解した。

ちょっとやそっとでは元の暮らしに戻ることができないほどの出来事に、遭遇してしまった。簡単に言ってしまえば、そういうことなのだろう。

なんてことだ。こんなことが起こるなんて聞いていていない。

一体どうすれば良いのか。

自分のことはもうどうでもいい、この非常時に子供たち二人をどうやって生き延びさせるかだ。直面した現実の厳しさは計り知れない。


避難所の中学校で毎日食料と水の配給があるらしく、その時間を確認した。子供たちのお昼ご飯は、そこで配給されたパンとお菓子にした。

また明日も来なければならないだろう。

明日になれば、自衛隊による飲料水の配給が行われるということだった。なんとか飲み水も確保できるに違いない。

子供たちは友達と遊んでいると言ったのでそのまま体育館に残し、僕は食料を確保するために、昨日訪れた近所のスーパーに足を運んでみた。

スーパーに着くと、入り口には貼り紙がされており、臨時休業とのことだった。中を覗くと、関係者が片付けをしているのが見える。どうやら中の片付けが終わらないと、ここで食料品を購入することはできないらしい。ということは、他のスーパーも同じだろうか。

自転車で別のスーパーを二軒ほどまわってみたけれど、どこも買い物ができるような状態ではなかった。近所のコンビニでは食べ物という食べ物はほぼ売り尽くされていた。閑散とした店内に売り物はほとんどなく、陳列棚の至る所には「商品入荷の予定はありません」と書かれた貼り紙がされている。

僕が考えていたより、はるかに状況は悪いに違いない。食料品や日用品は売り始めたら最後、一瞬でなくなるはずだ。こうなったら早い者勝ちの取り合いになるのだろうから、そこを勝ち抜くために何をすべきか。それがすなわち、生きるためにしなければいけないことなのだ。

まず、情報を集めよう。

情報が多ければ、それだけ選択肢も増えるはずだし、チャンスも多くなる。ではどうやって情報を集めるか。

すでにライフラインが寸断されていたため、新聞の折り込みなどに商品入荷や店舗開店のお知らせが出るはずはない。恐らく、店舗に貼り出されるのだろう。僕はその情報を見逃さぬように、日に何度も近所のスーパーを巡回することにした。

地味な作業で時間も労力もかかるが仕方がない。これに勝る方法が思いつかなかった。

電気と水道は復旧のめどが立っていないらしく、相変わらず不便な生活を強いられていた。電気がつかないと明かりを灯(とも)すことはもちろん、ご飯を炊いたり洗濯をしたりもできなくなる。水が使えなくて最も困ったこと、それはトイレが使えないということ。

水が流せなければ、トイレは使えない。

電気と水道がなくなると、生活にこれほど多くの不都合が出るという、至極当たり前のことに改めて気づかされるのだった。失わないと気がつけないとは、なんと僕たちは幸せな恵まれた生活をしていたのだろうかと感慨にふけりつつも、今はセンチメンタルな感情に浸っている場合ではなく、生活用水と飲料水の確保が何より急務であると思われた。飲料水があれば、ガスを使って食事を作ることができるし、いつでも水が飲める幸せは何ものにも代えがたい。生活用水があれば食器を洗ったり、トイレを流したり、手洗いで洗濯もできる。

まずは水だ、水の確保が第一なのだ。水がなければ生きていくことすらままならない。

自衛隊が飲料水の配給に来るという予定の時間を少し過ぎたころに、避難場所の中学校に様子見がてらのこのこ行ってみたのだが、一キロはあろうかというほどの順番待ちの長蛇の列が、中学校の外周の公道を埋め尽くしていた。

ディズニーランドの人気アトラクションより、はるかに賑わっているではないか。

自衛隊の給水車が一台、中学校の敷地に停まっていて、自衛隊員三、四人が手分けしてホースから水を汲み出していた。

僕はすっかり並ぶ気も失せ、とりあえず近くにいた自衛隊関係者に聞いてみることにした。

「ずいぶん並んでますけど、これ、どのくらい並べば水をもらえそうなんですか?」

「四、五時間はかかると思います。それより水がなくなる方が早いかもしれません」

なるほど、水がなくなれば並んでいてももらえないのか。それならば今さらここに並ぶ意味もないように思われた。完全に初動における見落としであることは否めない。

一人しかいない僕にとって、この勝負は明らかに旗色が悪い。子供たちを残して一人で長時間行動することはできないし、他にもやらなければならないことが多すぎて、列に並ぶのが遅れてしまう。

とぼとぼと家路に着いたのだったが、ここで観念するわけにはいかない。なんとか考えなければ。

飲料水はひとまず置いておいて、生活用水の確保もしなければいけない。これは、近所の駐車場の隅から出ている湧水を汲んだり、井戸水が出る蛇口を持っているお宅から分けてもらったりして、どうにかできそうだった。

ひたすらポリタンクに水を入れては歩いて家まで運び、風呂や洗濯機の中に溜めていく。わずか数十メートルの距離なのに、人力での作業は煩わしかった。

僕が一個、子供たちが二人で一個のポリタンクを持ち、水を汲み家に持ち帰る。一回の往復で一時間はかかる作業だ。効率が悪すぎる。

そんな効率の悪い作業の合間に、どうやったら飲料水を確保できるのか考えを巡らせていると、一つ良い方法があることを思いついた。

近くの神社の一角に、二百年もの間枯れることなく、それはそれはご利益のある水が滾々（こんこん）と湧き出ている場所があるのだ。そこから出る湧水はまろやかでとてもおいしく、暇な時に足を運び、湧水を汲んできては料理に使ったりお茶を飲んだりしていた。

二百年も湧き続けているのだから、この程度の震災で枯れるはずはあるまい、いやそうであってくれと思いつつ、生活用水を汲み終わるや否や、なけなしのガソリンを使い、その神社へ向かった。

居ても立ってもいられなかった。

順調にいけば車で十分程度。貴重なガソリンを無駄にするわけにはいかない。結果を出して戻ってこなければなるまい。

結果を出すということは、子供たちのために飲料水を持ち帰ることに他ならない。

ガソリンの温存も考えて、目的の神社へは最短距離で行きたかった。自宅のガレージから車を出し、最短のルートに沿って車を走らせたのだが、わずか数百メートル走ったところで方向転換を強いられた。

その理由は、道路の陥没と隆起。

信じられない角度で道路が傾き、地割れのアスファルトが干からびた田んぼのようになっていた。自宅付近を自転車でまわっている時には分からなかったのだが、少し車を走らせただけで人も車も通れないような状況になっている。神社がある海の方角へ進めば進むほど、その被害は甚大になっていくように思われた。

これはもしかすると、無事にたどり着けるとは限らないかもしれない。

二車線の道路もずたずたになっており、軒並み通行止めになっていた。目で見て分かるほどに道路のあちこちが盛り上がり、アスファルトはめくれ上がって、色が変わっているところが見てとれる。

これは最短距離どころの騒ぎではない。確実に通れそうな道を探しながら、それでも何度も引き返しては道を変え、どうにかこうにか車を走らせていた。

それだけ、どうしても水が必要なのだ。もう水を手に入れるためにはあそこの神社に行くしか手立てがない。

相変わらずガソリンのエンプティーランプは点灯したままで、あとどれほどのガソリンが残っているのか、こんなところでガソリンが枯れ果てたら、この車を捨てていかねばなるまいと、生きた心地がしなかった。

こんなことなら大震災があったあの日、仕事に行く前にガソリンを入れておくべきだったと悔やんだ。給料はもらっていたのだから、二千円分程度のガソリンは入れられたに違いない。

久しぶりに車に乗って町を走ってみると、道路の至るところに亀裂や陥没がみられ、主要道路のほぼ全てが通行止めになっているという印象を受けた。まだ昼間だというのに車は全く走っていない。普段人がたくさんいるような場所にも、人影はほとんどなかった。

人類滅亡の映画でしか見たことのないような閑散とした景色を眺めていると、得体の知れない気配に感情は揺さぶられた。もしかしたらこれは映画のワンシーンで、現実に起こった出来事ではないのかもしれない、と。

いや、これは映画のワンシーンなどではない。映画など比べものにならないほどの圧倒的なリアリティーが、否が応にもそれを証明している。

間違いなくこの震災から逃れることはできない、とんでもない事態に遭遇したという驚愕で、今までの戸惑いは、ようやく確信に変わった。

湧水を汲める神社は海のすぐそばだった。そういえば海の方は津波の被害がどうのこうのと言っていたから、僕の住む市街地より被害が大きかったのだろうか。そんなことを考えながら、一時間ほどかけて神社にたどり着いた。

神社に行くには、大きな道路を右折して脇道に入っていく。そこからくねくねした細い道をしばらくたどるのだが、大きな道路を右折した時点で、ポリタンクを持って並んでいる人がざっと五十人は見える。

くねくねした道沿いに、数分の間にどんどん伸びていく人の列を車の中から眺めながら、アイスを逆さに持ってこぼしながら歩いてしまったその後ろに、蟻が一匹、また一匹と行儀良くついてくる、小学生のころに見た夏の昼下がりの情景をぼんやりと思い出していた。

町にまったく人影はなく、走っている車を見かけることもそれほどなかったのだが、食べ物や飲み物、その他の生活必需品があるところには、大挙となって押し寄せた人たちがひしめき合っている。ここまでの非常時になると、人間も蟻もやらねばならぬことに大差はない。

くそ、ここもか。

どこに行ってもそうなのだから、少し考えれば分かりそうなものだ。

子供たちを残して来ている以上、いつ順番が来るとも分からぬこの行列に並ぶわけにはいかない。その間にまた大きな地震がきたら、子供たちと二度と会うことはできないだろう。

僅少のガソリンを使い、ここまでようやくたどり着いたのだが、手ぶらで戻らざるを得なかった。判断が甘かったとしか言いようがない。

これだけの行列ができているということは、ここの水はやはり枯れていないということで、時機を間違わなければ水を手に入れることができるに違いなかった。

いったん勇気をもって撤退し、夜中の二時過ぎにもう一度ここに来ようと考えた。その時間なら子供たちも寝ているだろうし、どう考えても日中よりは人が少ないに違いない。通れる道も頭に入ったし、今よりも短い時間で行けるはずである。

チャンスがあるとしたら、これが最後。ものにできなければ、飲料水の確保は断念せざるを得ない。

丸二日飲み水がない。いよいよ限界だ。

夜中の二時に目覚ましをかけて、再び水汲みに行ってみることにした。

昼間のうちに頭に入れておいたルート通りに進み、祈るような気持ちで神社まで急ぐ。

水を汲むために人が並んではいたものの、予想していたほどではない。十人程度が列をなしていただけだったので、その最後尾につけ、無事ポリタンク二つ分の水を手に入れることに成功した。

夜中に水を汲みに行くことを計画した時に予想していた範囲内で事がおさまり、まずまずの成果を上げることができた。ガソリンも、あと一往復ならなんとか持ちこたえてくれるだろうと思っていた通りに、無事家にたどり着くことができたのだった。

なんとも言えない達成感。

早く子供たちの喜ぶ顔が見たい。

大震災というこの非常時、僕には改めて腑に落ちたことがある。

それは何万年も続く大自然の偉大さ。

自宅に電気が通っていないということは町にも当然電気は来ていないわけで、信号もついていない、街灯もついていない、民家から漏れる光もない。すっぽりと恐ろしいほどに闇に包まれた真夜中は、生涯で初めて経験する、まぎれもない夜だった。月が恐ろしいほどに光っていた。

震災で町は壊滅し、暗闇を月明かりが照らす。

何があっても枯れることのなかった湧水を汲み、命をつなぐ。

それにしても、この神社の存在を知っていて良かった。

生活用水と飲料水を確保した。後は食料とガソリンだ。

4

大震災が起きてからというもの、ほとんど寝ていない。子供たちを守れるのは自分一人だという重圧と責任感。そして、ここまで来たらどんな困難も乗り越えてやるという意地だけが、僕を突き動かしていた。

こんなところで死んでたまるか、もう少しだ、もう少しの辛抱だと、何度も何度も自分に言い聞かせた。

子供たちが成長して立派になった姿を生きてこの目で見るまでは、死ぬわけにはいかない。

震災の発生から三日経っても、電気と水道が復旧する兆しはなかった。町は徐々に平穏を取り戻しつつあり、近所のスーパーも時間限定で店を開け、わずかばかりではあるが食料品を手に入れることができるようになっていた。

「どこどこのスーパーで、一時間だけ日用品の販売があるらしい」

という情報があれば、自転車に乗ってどこまでも行った。

花粉の飛散が過去最高になったこの年の春先に、自転車に乗って移動する苦痛。薬も買えず、風呂にも入れない状況で、ひたすら自転車を漕いだ。

鼻水が止まらず、目が尋常ではないほどかゆくて、くしゃみが出そうで出ないのを繰り返し、こんなことならいっそ死んでしまいたいと思うのだが、そのたびに自転車を漕ぎながら、大声でこう叫び、心が折れそうな自分を鼓舞した。

「死んでたまるか、バカヤロー。大震災のくそったれが、俺は負けねーぞー」

ガスは通常通り使えたし、飲料水を手に入れたことで、食事の幅がだいぶ広がった。

引き続き困っていたのは、米の調達と、風呂とガソリン。

わが家の米櫃(こめびつ)は、大震災とは無関係に慢性的な米不足だったたし、給料日一日目に起きた大震災ということで、新たな米を購入する前だったため、まったく米がなかった。スーパーやコンビニ、ドラッグストアなどをまわってみたが、お米に関してはどこに行っても入手することができなかった。

米がない。

どこに行っても米がない。

毎日毎日、麺類かパンかレトルト食品。避難場所である中学校での配給も、ほとんどがパンだった。

子供たちはパンが嫌いなわけではないので、あまり支障を感じていなかったようだが、毎食となるとさすがに飽きが来て、そろそろご飯が食べたいな、ということになるのだが、どこに行っても米がない。

近所の小売店、例えば肉屋や豆腐屋など、顔見知りではない店にも足を運び、なんとかお米を分けてくれないか、と頼み込んでみた。事情を話し、ほんの少しでもいいから分けてくださいと頭を下げてまわった。

何軒も何軒もまわってみたけれど、僕に米を分けてくれる店は一軒もなかった。どこに行っても同じ答え、「私たちにも家族がいますし、他人様に分けるほどのお米は持ち合わせておりません」と。

それはそうだ。これだけの緊急事態なのだし、仕方がない。世の中映画やドラマのようにはいかない。それは百も承知で頭を下げているのだけれど、現実は甘くない。

この世から米という米が消えてなくなったのかと思うほどに、米が手に入らなかった。

そんな時、死んだ母の友人が分けてくれた糯米(もちごめ)が、僕たちを助けてくれた。糯米があまり好きではない下の子は、白米ではないことにがっかりしていたけれど、腹が減って何も食べるものがないことを思えば、これほどありがたいことはない。

分けていただいた糯米を少しずつ食べながら、なんとか生きながらえていた。


風呂に関しては、水がなければ電気もない。水浴びで済ませるほど暖かい季節でもない。なぜか自宅にあった簡易おしぼりを使って、一日一回、体を拭く。よくファミレスとかにある、あれである。

時たま銭湯に行くことが唯一の共通の趣味と言っても良いほどの風呂好きだった僕たちは、ストレスを紛らわすことができなくなっていた。満足にご飯も食べられず、これといった娯楽もない。日の大半をただ時間が過ぎるまでひたすら我慢することが仕事のような生活の中で、毎日風呂に入れないという境遇に、途方に暮れていた。

そんな僕たちに朗報が入ったのは、震災から数日経ったころだった。

「最近近所にできたスポーツジムで、お風呂に入らせてもらえるらしい」

子供たちの持ち帰った情報によれば、風呂に入るための整理券を九時から配るのだという。スポーツジムと風呂が僕の中で必ずしも合致してはいなかったけれど、今は余計なことを考えるべきではない。

情報が本当であるならば、この状況下で風呂に入りたい人は山ほどいるだろうから、九時より少なくとも数時間前には並ばなければいけないだろう。この程度の読みは、震災生活の中ですでに体得済みである。

「先に行ってるから、準備ができたら後からおいでね」

子供たちにはそう告げて、朝早く僕は一人家を出た。

近所のスポーツジムは、震災のほんの数カ月前にできたばかりの施設で、井戸水を使ってプールや風呂を運営しているのだという。わが家の近隣は昔から井戸水を使う家庭が多い地域で、このスポーツジムもその恩恵を受けていたから、断水になってからも生活用水を潤沢に賄える環境だったのだ。

スポーツジムに着くと、駐車場にはたくさんの人だかりができ、いつものように長い列が広い駐車場を蛇行するように延びているのが見える。

この程度の人だかりは予想の範囲内だったのだけれども、よりによって過去最高の飛散量となっていた花粉のせいで、僕はすでに呼吸困難に陥っていた。鼻水は遠慮なく垂れてくるし、喉はイガイガして、目がかゆくて仕方がない。震災の影響で薬を購入することもできず、持参したタオルで口元を覆い、気が狂いそうになるのを必死にこらえていた。

「くそったれ、こんなことで諦めてたまるか。俺は風呂に入るんだ」

とにかく何でもいいから風呂に入りたかった。

最後尾に列してみたけれど、これが本当に風呂に入るための列なのかはまだ半信半疑だったので、僕のすぐ前に並んでいた男の人に声をかけてみる。

「あの、すみません……これってお風呂に入れるとかいう列ですよね」

「そうだと思いますが、整理券を配る列だということなので、ここに並んだ先にすぐお風呂に入れるかは分かりませんよね」

そうか、どうにか風呂には入れそうだけど、整理券を配られてからもまだ果てしなく長い道のりが待っているのかもしれない。

もしかしたら今日中に入れないかもしれないし、お金がかかるのであれば、その金額によっては諦めなければならないかもしれない。少ない情報を手探りで吟味しながら、風呂に入れるかもしれないという微かな希望にすがりにすがって、不安ではありつつも信じてこの列に並び続けるしかないと思った。

時間いっぱいの人気相撲取りの塩のごとく吹き荒れる花粉と闘いながら、並ぶこと三時間。途中で合流した子供たちと胸躍らせながら、ようやくジムの正面玄関にたどり着いた。

正面玄関では男の職員が数字の書かれた紙きれを渡している。

配られた整理券には、「十四時集合」と書かれていた。

料金は無料。ありがたい。

僕たちはいったん自宅に戻り、はやる気持ちを抑えて用意を整えてから、十四時少し前に再びスポーツジムへと向かった。数日ぶりに入る風呂への執着と憧れと歓喜が入り乱れて、取り乱すほどに気分が高揚して待ちきれなかった。

整理券を入り口で見せると、受付で二十名程度のグループに分けられた。そこからまた列をなしてぞろぞろとジムの中を進むのだが、ここからまた二時間程度の時間を要し、ようやく風呂へとたどり着いた。

大浴場には大きな湯船があり、シャワーも完備、幸いなことにシャンプーやリンス、ボディーソープも備えつけで、わずか十分ではあったが、三人で久しぶりの風呂を満喫した。子供たちと一緒に、はしゃいで風呂に入った。子供たちの顔が生き生きとしていて、久々に味わう幸せな気分。

この無料サービスはそれからも定期的に行われ、震災で断水が続いた十日の間に三回ほど風呂に入らせてもらうことができた。

これには本当に助かった。風呂に入れないストレスは筆舌に尽くしがたい。食べるものもない、花粉もひどい、やることもない中で、これはまさに天の恵みだ。

こんなふうに震災で僕らを取り巻く環境は激変してしまったけれど、慣れというのは恐ろしい。四、五日もすれば、すっかりどうにかこうにかしのげるようになってしまった。

震災直後から続く余震も、揺れに対する免疫がついたのか、一切気にならなくなった。それどころか、体に伝わるわずかな感覚で、その先大きな揺れへとつながっていくのか、小さいまなのかまで判別できるようになり、余震に身構えることもなくなった。

人間、どんな状況にも慣れるという習性があるものだと、僕は学んだ。

震災から三日ほど経ったころから、近所のガソリンスタンドもところどころ営業を開始していた。最初はやはりものすごい大行列だったのだが、その列も次第に短くなってきたある日、念願のガソリンを補給することに成功した。

ガソリンの在庫が限られていたし、主要幹線道路の寸断により交通網が麻痺した結果、ガソリンはあるのに被災地に運べないという事態にもなっていたりして、一人十リットル制限での販売だった。未だに電気は来ていなかったので、販売員が手動で給油機内部のハンドルを回し、ガソリンを給油してくれた。非常用のハンドルなのだろう。

辛うじて手に入れた十リットルのガソリンで、その後も神社に水汲みに出かけられる状況が整い、飲料水の確保にも困らなかった。

こうして徐々に生活を立て直し、元の生活へと戻っていったのだった。


電気が復旧した日、テレビを久しぶりにつけると、報道番組で今回の地震で起こった津波の様子が映し出されていた。それは、映像で見る初めての大震災の光景だった。

押し寄せる波にいとも簡単に飲み込まれる砂城のごとく、家や車がなすすべもなく流されていく様は、この世のものとは思えなかった。生まれて初めて見る津波というものは、頭で考えていたそれとはまるで違っていた。

「何なんだ、これは」

東北の方では、大げさではなく町一つが消え失せ、何もかもがこの震災によって根こそぎ奪われていた。死者もたくさん出たらしい。

僕が体感した震災も、それはそれは尋常ではないほどの破壊力だったけれど、まだこうして家もあり電気も来るようになったということは「これでもまだ良い方だったんだな」と、つくづく思い知らされたのだった。

茨城県でもこの程度の被害はあったのだから、東北の方々の苦労は察するに余りあるもので、いたたまれない気持ちでテレビの画面を食い入るように見続けていた。実際に大震災を体験した僕でも、「こんなことが現実に起こるのか」と、テレビの映像に半信半疑だったのだから、とにかくすごい地震だったと言うほかない。

家もある、家族もいる、町もある。

まだまだこれからだと、やらねばならないことがまだまだたくさんあると、そして生きるために頑張らねばならないと、心から思った。

僕たちは生かされてここに立っている。そう考えることにした。

生きるということと、生かされているということ。

この東日本大震災を生き延びた経験は、僕の中に一つの覚悟を生んだ。

5

空前の大震災を無事乗り越えたからといって、僕たちにまもなく楽しい結末が訪れるわけではない。本当の意味で乗り越えなければならないのは実はここからだった。この何もかも失った状況から生活を立て直さねばならなかった。

先月分の給料という名の全財産八万円は、あっという間に消え失せた。

支払いの全てを後回しにしたまま、この命と引き換えに全財産を失っただけでなく、ここから本当の生活苦が始まるのかと思うと、気が滅入ってくる。

もしかしたら、ほんの少し死ぬのが遅くなっただけという考え方もできなくはなかったが、これだけの震災を命からがら乗り越えたのだから、全財産の八万円は有意義に使われたということにしなければ、とてもじゃないけど浮かばれない。

大変なのは今に始まったことではないのだから、ここで諦めるわけにはいかない。

子供たちを一人前になるまで必ず育ててやる。その思いを今一度心に刻みつけた。


とりあえず金を稼がなければいけない。稼ぎたくても以前働いていたショッピングモールは震災により営業停止状態に陥っていて復旧のめどは立たず、求人をかけている企業もまだそれほど多くなかったし、線路も寸断され電車も不通となったままであったため、隣町の県庁所在地である水戸市まで仕事を探す範囲を広げることもできなかった。

ただでさえ不景気な上に、この震災で多くの人が再び職探しをしている。気になった求人に手当たり次第電話をかけてみたが、色よい返事はもらえなかった。仕方がないので、以前働いていたショッピングモール内の震災後の後片付けの日雇いに何度か足を運び、日銭を稼いだりしていた。

ショッピングモールは見るも無残な惨状で、天井は抜け落ち、壁ははがれ、窓ガラスは割れ、まさに廃墟と化し荒れはてていた。

仕事場であるフードコートは、棚が崩れ落ち、厨房内に割れた皿や調理器具が散らばり、冷蔵庫、冷凍庫の類が機能していなかったせいで中のものが腐り、異様な腐敗臭に満ちていた。その一つ一つを片付け、駐車場まで運ぶ。残骸を整理し、まだ使えるもの、食べられるものは室内にひとまとめにされ、その時日雇いでバイトに来た元従業員たちに無償で振る舞われた。

そこで僕はとうとう念願の米を手に入れるに至ったのである。米や調味料類、レトルト食品、ペットボトルの飲み物、マスクやアルコール消毒液に至るまで、とにかく使えそうなものは全て持ち帰ったのだった。

この日雇いのバイトは時給千円で昼食、飲み物つき。その日のうちの現金支給だったので、ありがたかった。バイト中に支給された昼ご飯の弁当と飲み物には手をつけず、家に持ち帰って子供たちに食べさせた。震災から三週間程度が過ぎようとしていたが、まだまだ十分に食料を確保できるような環境ではなく、何よりもそれを買い求めるお金がなかった。貴重な食料と飲料を僕が口にするわけにはいかない。

日雇いバイトの給料と持ち帰った食料で、なんとか子供たちの食事だけは賄っていたのだが、当時の食費は一日数百円。それを捻出するだけでひと苦労だった。

後片付けの仕事もそうそうはない。三回も行ったら大方の片付けも終わり、その場で正式に全員解雇の旨を告げられ、数カ月後のリニューアルオープンに向けて建物は一時閉鎖された。リニューアルに伴うアルバイト募集では前従業員を優先的に採用する、と言ってくれてはいたのだが、とてもそれまで仕事をせずに暮らしていくことはできなかったし、そこまでしてまた戻る意味もよく分からなかった。

慢性的な金欠にはいよいよ拍車がかかり、光熱費の支払いも数カ月滞ったままで、とりあえず何でもいいから仕事をしなければ、すでに餓死寸前の状況だった。毎日の食費ももちろんそうなのだが、電気代、水道代、その他もろもろの支払いを一カ月分でも捻出しなければ、いくら震災直後での情状酌量があるにしても、止められるのは時間の問題のように思われた。

とにかく片っ端から、求人を募集している飲食店に電話をかけまくった。そのほとんどが採用見送りとなる中、捨てる神あれば拾う神あり、某有名うどんチェーンが僕を採用してくれる運びとなったのは、四月のある日のことだった。

そのうどん店は、自宅から車で十五分程度の場所にあり、仕事が忙しいので有名な繁盛店らしかった。震災ではやはり大きな被害を出したのだが、復旧は早く、慢性的な人手不足だったため、求人募集をしていたということだった。

あまりにも忙しく、かつ人手不足。よほどのことがない限り不採用にはならないような条件で、僕は父子家庭やら何やら、ある程度消極的な情報も伝えたのだが、無事採用ということになった。

店長は僕より十歳も若い、いかにもチェーン店の店長といった感じのはきはきとした青年だった。

彼曰く、採用の理由は第一に男であるということ。僕が働きたいと言っている九時から十五時は女性がほとんどで、男性のアルバイト応募はなかったそうだ。しかも三十代という年齢は、この業種では待っていてもなかなか来てもらえないらしいのだ。第二に、休みはいらないのでとにかくシフトに入れてほしいという積極性が、人手不足の繁盛店を任されている店長には格好の人材だったということだ。

父子家庭という生き方にはあまりピンと来ていなかったようだが、僕の希望と店舗側の思惑が一致したらしく、早速週明けの月曜日から仕事に来るようにと言われたのだった。

時給は七百八十円。九時から十五時で週五のシフトは確約してくれた。

早速、月曜日の指定された時間に事務所に出向き、ささやかなオリエンテーションのようなものが行われ、従業員の心得とか、会社の成り立ち、規模、考え方などの講義があり、数枚の紙にサインをさせられ、もろもろの書類を提出したりした。

その中で、交通費の申請手続きがあり、僕は当初から車での通勤を希望していたのでガソリン代を交通費として申請しようとしたのだが、ここで大きな問題があった。

申請にあたり任意の自動車保険の被保険者証のコピーを提出するよう言われたのだが、僕はこの時、自動車保険に加入していなかった。震災の混乱で更新ができず、すでに失効しており、新たに保険料を支払って契約するだけの財力もない。

それでも車検が切れているわけではなかったので、無保険状態で車に乗っていたのだが、被保険者証のコピーがなければ車通勤は認められないし、交通費も支払われないとのことだった。

初めはしらばっくれて、なんとかごまかして交通費をいただこうと目論んでいたのだが、そんなことができるはずもなく、あえなく通勤難民になってしまった。

新たな仕事場は、車で十五分。自宅からは決して近いと言える距離ではなかったのだが、車通勤ができないのであれば仕方がない。それに何より、万が一のことを考えたら車に乗るのも危ないには違いない。

当初は車でしか通勤できないと思い込んでいたが、時間をかければ自転車でもいいんじゃないのかと思えてきたりもするのだった。今さら、車に乗って仕事に行けないという状況を悲観して考え込む余地はなかったし、煩悶（はんもん）するくらいなら、先に進むためにどうしたら良いかを考えた方がいい。

こうしてあっさり車は諦めて自転車で通勤することに決め、店長にその旨を伝えた。

自転車で約四十分。できないことはなかったし、これも最近よく聞くエコというやつに違いないと、前向きに考えることにした。

なんだって、やればできるはずだ。

父子家庭になり五年ほどの月日が流れ、生きるか死ぬかの大震災を乗り越えた僕は、生活のレベルが下がったり、さらなる不都合が発生したり、予想外の事態に直面したりしても、それはそれで考え方一つでどうにかなると思えるようになっていた。

今置かれている状況を受け入れなければ、僕たちに明日はない。車に乗れないのであれば、それを受け入れた上で、なおかつどうやったらベストを尽くせるのかを考えれば良いだけだ。

仕事は目が回るほどの忙しさで、覚えることの量が半端ではなかった。なるほど、これで絶えず人を募集しなければならない理由が分かった。

僕と同日に入社した人が他に二人いたけれど、三日も経たないうちに辞めてしまった。九時から十五時までが僕のシフトで、その間はトイレに行く暇もないほどだった。慣れるまでは、ふと気がついて時計を見ると十四時過ぎ、なんてことがよくあった。

僕がこのバイトを辞めなかったのには理由があった。それは、仕事終わりに食事をとることができたのだが、うどんや天ぷら、ご飯など、組み合わせ自由で六百円相当までなら九十円で食して良いということになっていたからだ。

もともと安価な値段設定の店であったため、六百円分といえばなかなかのボリュームで、なおかつ自分で食べるものは自分で作ることになっていたので、適当にご飯やうどんの量をごまかして大盛りにして食べた。九十円で一日一食、とにかく仕事が終われば腹いっぱいご飯が食べられるというメリットだけで、新しい人が入ってきてもすぐに辞めてしまうこのバイトを続けていた。

一日一回でも、お腹がいっぱいになるということはありがたかった。毎食の九十円は給料天引きだったので、お金がなくても食べることはできたし、シフトにもコンスタントに入れてもらえていたので、たとえバイト終わりに九十円分ご飯を食べても、前の仕事と比べたら給料も若干ではあるがアップしていたのだった。

ここでの昼ご飯のおかげで、僕は朝ご飯も晩ご飯も食べずに生活することに、それほど苦悶しなくなっていた。

震災が終わり、新たな生活が始まったのだと思った。

6

仕事に行くために僕は、雨の日も風の日も、晴れの日も嵐の日も、毎日毎日自転車を漕いだ。自転車を新調する経済的余裕はなく、自宅に置いてあったおんぼろ自転車を修理して乗らざるを得なかったため、途中でよくパンクした。帰りならゆっくり歩いても良いのだが、行く途中でのパンクとなると、自転車を捨てていくわけにもいかないので、自転車を押しながら小走りで仕事場に向かうことになる。普段でも四十分かかるのだから、小走りではどのくらいかかるか分からない。パンクした自転車を押して行くだけでもかなりの重労働で、運動不足の体にはだいぶきつかった。

天気が良い日ならそれでもなんとか対応できるのだが、雨でも降っていようものなら、今から仕事をするのかと、ずぶ濡れになりながらの足取りは重かった。

いい歳したおっさんが朝っぱらから雨に濡れながらパンクした自転車を押している。雨具のようなものがあればまだましなのだが、そんなものはとても買えない。自分の普段着る洋服でさえ、もう何年も買っていないというのに。

ご飯も食べられず、自分のやりたいこともできない。毎日お金の心配をしながら不安で押しつぶされそうになる。それでも、雨に打たれながら歯を食いしばらなければならない自分の運命に、僕は本当に、日に何度も絶望した。

早くこんな生活から抜け出さなければいけなかったけれど、その手立ては一向に見つからなかった。歯を食いしばるたびに「子供たちのためだ」と呪文のようにつぶやいた。

止めたくても逃げたくてもこの生活を続けていかなければいけなかった僕にとっては、自転車のパンクですら大問題だった。それはもちろん、出勤するにあたり士気が下がるという理由もあったが、それ以上に自転車のパンクは、生活に直結する由々しき事態を生むのだった。

連絡をすれば若干の遅刻はなんとか大目に見てくれるだろうけど、それよりもそのわずかな遅刻で給料をカットされる方を僕は嫌った。

金額にして百円か二百円程度だろうか。普通の人にとってそれは缶ジュース一本分の、さして気にすることもないほどの微々たるお金に違いないが、毎日のご飯も食べられない僕にとっては、重大な損失なのだ。くだらないと思うかもしれないが、そうやって小さく小さく積み重ねていかなければ、生活をすることができなかった。

自転車がパンクすれば直さなければいけない。さらに遅刻分の時給がカットされるのだから、考えただけでも恐ろしいのだ。パンク修理代八百円と合わせると千円の損失。千円。今の僕にとっては目のくらむほどの大金である。

約四十分自転車に乗り、仕事場に着くと白衣に着替え、指紋認証式のタイムカードで出勤し、トイレに行く暇のない十五時までの激務を乗り越える。

自転車通勤を選択したは良いが、それは考えていたほど容易ではなかった。

仕事が終われば遅めの昼食の時間で、六百円分のうどんをたらふく食べて帰宅する。

また自転車を漕ぎながら、朝と同じ道を通って帰った。帰り道ですれ違う電車を眺めるのが、仕事終わりの楽しみ。

家に着くのが十六時過ぎごろで、子供たちの帰りを待ち、無事帰宅して遊びに行く姿を見送ってから近所のスーパーに買い物に出かける。買い物といってもお金もないので、安売りのものを物色する程度。一日にいくらまでと決め、それ以上は使わなかった。

月に一万円程度を食費プラス雑費に充てていたため、その中でやりくりしなければいけない。この一万円で食費も賄うし、シャンプーや洗剤といった日用品も購入する。やりくりを間違うと大変なことになるため、お金の使い方には毎日気を遣った。

給料日の三日前くらいになると、所持金はゼロ。

買い物ができないため、少しずつ作りだめして冷凍しておいた食材を使うことになるのだが、それもなくなると、素麺(そうめん)、素うどん、そば、といったものになる。おかずは買えないから、それだけで腹にたまるものを食べるわけだ。家中の小銭をかき集めても、一袋八十円のこれら麺類に手が届かなくなったら、今度は具なしのおにぎりになる。

この時点で米櫃が空っぽならジ・エンドなわけだから、給料日一週間前くらいになると、残金と米櫃の中の残量との真剣勝負となるわけである。

子供たちは、僕の置かれている状況を知ってか知らずか、給料日前の三日間も文句を言わなかった。

毎月毎月辛うじてその勝負に勝ち、晴れて迎える給料日には、米櫃も残金も冷蔵庫もすっかり空っぽになっていた。そうして、今月もなんとか乗り越えたと胸を撫でおろすのだった。自分のご飯は一切食べずにこの有様なのだから、僕が家で食事をとるなど、夢のまた夢だった。

食事が終わり洗い物をした後、子供と散歩に出かける。上の子はそろそろ一緒に行動しなくなってきていたけれど、下の子は喜んでついてきてくれた。僕はこの時間が何より楽しくて、下の子を連れて暇さえあればよく散歩した。

近所のコンビニに行く程度の時もあれば、自転車に乗り、一時間程度サイクリングをして帰ることもある。星を眺めたり川を覗いてみたり、通り過ぎる電車を眺めたり、かけっこをしたりした。

散歩から戻ると今度はお勉強の時間。宿題やら何やらを三人でテーブルを囲んで一緒にやるのだ。上の子はまじめに勉強したけれど、下の子はさっぱりだった。

僕は子供たちの勉強を見てやり、分からないところは教えてあげた。塾や子供たちがやりたがっていた習い事は、一つも通わせてあげることはできなかった。

お金があれば、両親がそろっていれば、子供たちを可愛がってくれる祖父母がいれば、優しい親戚がいれば、あの子たちの人生は変わっていたのだろうか。

僕たちには、その全てがなかった。

僕にできることは、子供たちに毎日ご飯を食べさせ、時間の許す限り子供たちを見てやることしかなかった。もっともっとやらなければいけないことが山ほどあったはずなのに、毎日本当に疲れていた。

もしかしたら、疲れているということを言い訳にして逃げていただけかもしれないし、お前のやっていることなんて全部間違っていると言われれば、反論するだけの自信も根拠もない。

お金もなく時間もなく、ただただ毎日疲れ切っていて、やらなければいけないことが次から次へと押し寄せて、それでいて子供たちの成長は待ってはくれない。

育ち盛りの子供たちは、親の仇（かたき）のように毎日大量の洗濯物を出してくるし、金曜の夜ともなれば、学校から持ち帰った体操服やら給食の白衣やら、上履きやら何やらでとんでもないことになる。それでなくとも毎日これでもかというほどの洗濯物があり、いつまで経っても終わることがない。

洗濯をしないわけにはいかなかったけれど、洗剤を買うお金がない。使う洗剤量を半分にするといった節約もしなければいけなかったし、柔軟剤など、はるか遠い存在。

「洗濯物がいつもゴワゴワだ」

と、子供たちはぼやいていた。

風呂に入りながら上履きを洗い、その間に洗濯機を回し、風呂から出たらご飯の支度をし、子供たちに食べさせている間に洗濯物を干してしまう。

子供たちがご飯を食べ終わったら、食器類を洗ってしまわなければいけない。それと並行して二回目の洗濯機を回し、子供たちに宿題を済ませるよう指示をして、取り込んだ前日の洗濯物をたたんでしまう。それから子供たちの勉強を見てやり、その間に洗濯が終わるので、また干す。

こんなことをしている間に子供と散歩になど出かけているわけで、代わりのいない生活である以上、どんどん家事は夜にずれ込んでいく。それでも僕は子供たちとゆっくり話ができる時間を作りたかった。

仕事から帰ってきても家の中で座るということができない。冗談みたいな話だが、やることが次から次へと押し寄せてきて一向に終わらないのだ。

学校関係の洗濯はまとめて土日の間にやってしまわなければならないのだが、仕事は休めないし、天気でも悪かろうものなら、夜のうちに前日の洗濯物をコインランドリーで乾燥させるという手間まで加わってくるのだから、たまったものではない。ただひたすらに週末に雨が降らないよう祈るのだが、梅雨の時期にはやはり僕の願いは通じなかった。

飲食店勤務のアルバイト店員である僕は、基本的に土日祝日を休むことができなかったため、金曜の夜から日曜の夜にかけては、家事と仕事でてんてこ舞いだった。

それでも、週のうち一回か二回は仕事が休みの日がある。

その日は朝から家事を片付けなければいけない。前の日にこなし切れなかった家事は次の日にずれ込んでいくわけだから、どこかで清算しなければ立ち行かなくなる。それらの家事在庫一掃セールを、仕事の休日に充てなければならないのだ。

母親がいないことが子供たちの人生において負担にならぬよう、男が育てているからとか、父親しかいないからとか、そういう言い訳はしないように自分自身に言い聞かせていた。

仕事が休みの日は、朝起きてご飯を作り、子供たちに食べさせて学校に行くのを見送るまでは毎日のことだが、そこから洗濯機を回しつつ掃除をし、家中の床の雑巾がけをする。二階に上がり子供たちの布団を干して、上の子が中学校に着ていくワイシャツにアイロンをかける。トイレ掃除、風呂掃除をし、水回りもピカピカにした。

在庫として塩漬けにされた洗濯物が風呂場の脱衣所に山積みになっているわけだから、休日はそれを片付ける絶好の機会ということになる。午前中だけで四回洗濯機を回し、お昼までに全て干さなければいけなかった。わが家の庭の物干し竿は、あまりの重量のため、ぐるぐる回る体操選手の鉄棒のようにいつもしなっていた。

午後になったら買い物に出かける。スーパーまで自転車で行き、食材を調達するのだが、その時に考えなければいけないのは、安くて量がとれ、何品も違う料理が作れて、かつ保存がきき冷凍に耐えうる食材を買うということ。

無駄遣いはできない、ここは真剣に考えなければいけない。

元プロ料理人の腕とアイディアを生かして、お金をかけずにボリュームを出し、同じ食材で味や見た目を変えつつ、保存食として日持ちもするように工夫を凝らした。

休んでいる暇などなかったし、自分の時間などまったくない。

日々目まぐるしいほどの雑務に追われながら、どうにかやりくりしようと悩んでみるのだけれど、やはり考えれば考えるほど、これら全てを一人でこなすのは無理があるように思えてくるのだった。


うどん店への転職を機に自転車通勤にシフトしたのは車の保険料が払えなかったからで、それ以降も車自体は所有していたのだが、平成二十三年六月の車検満了日をもって、正式にわが家から車がなくなった。

どう考えても車検を通すだけの経済力はなく、車を手放すことはやむを得なかった。

そして、この年に僕たちはもう一つ大切なものを失うこととなる。

それはテレビ。

「地デジ化」という名のもと、アナログ放送が終わるという話はちらほらと聞こえてはいたが、先の震災でこっちはそれどころではない。テレビのコマーシャルでは楽しそうに「地デジ、地デジ」と言っていたけれど、「いやいや、このタイミングでテレビが見られなくなるなんて、まさかそんな無茶苦茶なことをするはずないよ」と思っていた。

震災で生活は大打撃を受け、仕事を失い、食うや食わずの毎日。

大規模な停電が何日も続いた後、やっと見られたテレビは僕たちの生きる希望だった。いや、これは決して大げさではない。

僕は本当に疑うことなく、地デジ化でテレビが見られなくなるなんて冗談だと信じていた。世間では地デジチューナーだのデジタルテレビだの、液晶だのプラズマだのシャープだのソニーだのと言って、地デジ化になれば素晴らしい未来がやって来るみたいな感じだったけど。無理だよ、無理。

ところが、地デジ化は予定通り執り行われ、平成二十三年七月二十四日正午をもって、わが家の長年連れ添ったテレビは映らなくなってしまった。

僕たち三人は、その瞬間をブラウン管の前で正座をして待っていた。予定通り正午ぴったりにただの箱と化したブラウン管の前で、

「地デジ化って冗談じゃないんだね……」

と乾いた笑いと共に言葉を絞り出すのが精いっぱいだった。子供たちはがっくりとうなだれたまま、何も言わなかった。

行政に相談すれば、何らかの打開策が見つかったのかもしれなかったけれど、調べることも相談することもできなかった。いよいよ普通の精神状態ではいられなくなりつつあった僕には、今さら行政を頼るなどという選択肢すら浮かばなかった。

「よし、お前ら、今日をもってわが家からテレビがなくなったことは仕方がない、それはもう、受け入れるしかないだろ。テレビは近いうちに必ずパパが取り戻すから、心配するな。だからそれまでしばらく我慢してくれ、すまない」

そう子供たちに告げて、しぶしぶ納得してもらった。というより、子供たちも今までの生活状況や経験を考慮して、ごねても仕方がないと悟っていたかのようだった。

「近いうちに必ずパパが取り戻すからな、その時はなぁ、みんなの家にあるようなでっかくて薄いかっこいいテレビ、買ってやるからな」

子供たちに約束した。いつものように冗談を言って笑うだけの余力も、もはやない。

こんな生活を押しつけられて、子供たちは何を思っただろうか。

飽食の時代と言われ、両親がいて祖父母がいる家がほとんどで、同年代の子供たちはお金に困ることもなく、食べるものに困ることもなく、塾や習い事に通い、今時のかっこいい服を着て、高価なゲーム機で遊んでいる。家に帰れば食べきれないほどの食事が並び、テレビを見ながら家族団欒(だんらん)の時間を過ごす。

くそったれが。

自分の置かれた環境で文句を言わずにベストを尽くすというのは、こんなに大変なことなのだろうか。

三月十一日の大震災からわずか四カ月足らずで、僕たちは全財産と車とテレビを失ったのだった。

7

八月の猛暑の日などは、炎天下の午前中、四十分自転車を漕ぐだけで汗だくになった。時給七百八十円で週五日、六時間。何だかんだ引かれて手取り九万円ちょっと。毎日自転車でせっせと通ってはいたが、この給料では子供たちにテレビなど買ってやれはしない。

子供たちのために、転職すると決めた。

転職して今よりも時給の良い仕事場を見つけ、長い時間働かなくてはならない。そうはいっても働ける時間帯は限られているが、その時間を目いっぱいアルバイトに充て、休みを週一日にする。これでなんとか当面やりくりし、少しずつお金を貯めるしかないだろう。

そんなに都合良く仕事が見つかるとは思えなかったけれど、どんな時でも、今自分が置かれた環境でベストを尽くす。子供たちに常々言って聞かせていることだ、やるしかない。

車がないというのが、職探しの大きな負担になっていた。自転車か徒歩で通える範囲での求人は、そう多くはない。車がなければ生活していけない程の田舎なのだから、当然誰もが車を持っている体(てい)で求人しているのだ。

ただ唯一、今までの職探しと違うのは、安定というにはほど遠いものの、毎月わずかばかりの収入があり、明日もまた仕事に行くことができるということ。アルバイトではあったが、仕事を持ちながら次の仕事を探せるという環境だった。ほんの少しではあるが自分自身、前に進んでいるような気がしていた。

うどん屋の仕事も、最初は雑用しかできなかったけれど、慣れてきたら様々な仕事をさせてもらえるようになった。

とりわけうどんを打つポジションは楽しかった。客がひっきりなしに訪れるからとにかく大変だったけれど、小麦粉を練ってプレスし、裁断してうどんを茹でるという工程は集中力を必要とし、ほんの一時ではあるが、時間を忘れて没頭できるのがありがたかった。絶えず頭の中は不安と迷いと焦りでいっぱいだったから、良い気分転換になっていたりもしたのだ。

このまま、ここでアルバイト暮らしをしていてもいいのではないか、という気持ちも絶えず持ち合わせていた。

新しい職場に三十代半ばのおじさんが転職するということは、なかなか簡単なことではない。仕事を探すだけでも相当のストレスだし、条件に合う仕事がないという現実も受け入れがたかった。うどん屋で仲良くなったおばちゃんたちから食事に誘ってもらったり、野菜を分けてもらったりと、それなりに楽しくやっていたから、今さら新しい環境で仕事を覚え、新しい人間関係を作っていくのが、なんだかとても面倒なことのように思えるのだった。

三十過ぎのおじさんがアルバイトというだけでも、相当好奇の目で見られるわけで、根掘り葉掘り聞かれたら、ある程度は自分の素性を話さなければならないだろう。果たしてそれを受け入れてくれる職場なのか、好意的に思ってくれる人たちなのか、そんなことを考えると、どんどん憂鬱になっていくのだった。

しかし、今のままの生活ではテレビも買えないどころか、いつかまた破綻してしまうだろう。明らかに収入より支出の方が多いのだから。環境を変えなければ新しい道が開けないのも、また事実だった。

僕のささやかな決断の一つ一つが、子供たちの人生を左右する。それがたった一人で挑んだ父子家庭という生き方だった。

新しい職場の候補地を、自転車か徒歩で通える範囲内から、思い切って隣町の水戸市まで広げてみることにした。さすがに近場ではいくら探しても埒が明かないので、茨城県の県庁所在地である水戸市に託してみようと思ったのだ。運が良いことに、自宅は最寄りの駅から近かったので、交通費の支給があるバイト先なら、電車に乗ってさほど苦もなく行けるのではないかと考えた。

僕は求人情報誌をめくり、水戸市のアルバイトを探し始めた。数件の求人があり、どれも似たり寄ったりで決めかねていたのだが、そんな中で一件、僕の目に留まる求人があった。それは、水戸駅南口の駅ビルに入る飲食店の求人で、「新規オープンにつき追加スタッフ十名募集」と書かれていた。

どうやら最近、水戸駅南口が再開発され、大きな駅ビルが完成したらしいという噂は耳にしていた。駅ビルの中の店ならば、水戸に着いてから歩く必要もないし、雨にも濡れない。駅に直結しているから電車通勤にも便利なのではと思った。

僕の目に留まったのは、「新規オープン」ではなく、「十名募集」の方だった。

一名しか採用しないアルバイト先では僕が勝てる見込みは少ないだろう、しかし、十名となればチャンスありなのではないかと、淡い期待を抱いたからだ。

早速書かれていた番号に電話をかけ、担当者に面接してほしい旨を告げると、曜日と時間と場所を指定され、面接の運びとなった。

自転車に乗っていても時たま秋を感じさせる涼しい風に吹かれるようになっていた九月の上旬、その飲食店を訪ねた。まだうどん屋の仕事は続けていたので、休日を利用しての面接にしてもらった。

定食屋のような雰囲気、新潟から直送した米と魚を使った料理が売りで、駅ビルは初出店ながらフランチャイズ展開を目論んでいるらしく、オーナーは新潟の米屋ということだった。なぜ新潟の米屋が水戸の駅ビルにテナントを出店しているのか疑問を覚えたが、余計な詮索かと思い直した。

到着するとすぐに奥の個室に通され、しばらく待たされた後、マネージャーを名乗る、年のころは僕とさして変わらないスーツ姿の男性が面接官として現れた。履歴書に目を通し始めたので、こちら側の個人的な事情も伝えねばならぬだろうと思い口頭で説明すると、意外にもすぐに採用が決まった。面接官は僕の境遇に感心しながら一定の理解を示した上で、「できる限り協力させてもらいたいと思います」と僕に告げた。

自分でも拍子抜けするくらい、あっさりと転職先が決まった。どうせ落とされるだろうと思っていたので、慌ててうどん屋の店長に九月いっぱいでアルバイトを辞めたい旨を伝え、十月から新しい職場へと転職することにした。

震災で仕事もお金もなく、子供二人を抱えた父子家庭の三十過ぎの僕みたいな者を雇ってくれたこのうどん屋と若い店長には、感謝してもなお余りある。ただ、このままここにとどまってもいられない。どうしても先に進まなければならない事情が僕にはあるのだった。

うどん屋の仲間は、みんな寂しがってくれて、「別のところ行っても頑張るんだよ、子供たちを大切にね」と声をかけてくれた。

長袖を羽織らなければ肌寒くなってきた十月の頭から、新しい職場での勤務が始まった。

それはたかだか、時給にして七十円アップのための転職だった。

勤務地が水戸ということで、地元の駅から水戸までの電車賃は交通費として全額支給してもらえることになった。勤務時間はシフト制になっていて、基本的には十時から十七時まで。土日祝日とかその他繁忙期は九時から十七時、または十八時までの勤務。お昼はメニューの中のものなら何割引かで食べられるということだったが、割引でも数百円はしたので、やはり食べないことにした。

時給は八百五十円。

ざっと計算しても月十万はもらえるだろう。ほんの少しずつではあるが収入はアップしている。これでいい、少しずつでも前に進めればそれでいい。

仕事の内容は厨房内での作業で、入社当初は洗い場だったが、数日もしないうちに調理を任されるようになった。新潟から直送したというホッケと、黒酢をベースにしたタレを絡めたから揚げが一番人気で、一日中魚を焼きながらから揚げを揚げたりもした。

仕事は単調で、あまり面白くはなかった。

厨房には僕以外に二人の男性がいた。どちらもアルバイトらしく、一人はいずれ自分の店を出すためにいろんなところで働きながらお金を貯めていると言い、もう一人は司法書士になるために日々勉強中なのだそうだ。二人とも僕より少し年上で、慣れてきたら親しくしてくれた。

他にもパートのおばちゃんや若い高校生のバイトなどたくさんの人が働いていたが、僕と同時期にアルバイトとして入社してきた者はいなかった。「十名募集」の求人は一体何だったのかと思ったし、実際には求人に書かれていた「新規オープン」でもなく、店舗自体は水戸駅南口の駅ビルが開業した半年前から存在していた。

フランチャイズ展開を目論んでいるわりには管理がずさんで、本社から派遣されている店長は、料理未経験の人だった。

働き始めてすぐ、なんだかおかしなところがちらほら見受けられる店だと思ったが、まあ、こんなもんかとあまり気にもしなかった。どうせ長くいるつもりもないし、しばらく働いてまた落ち着いたら転職するつもりでいた。僕にとっての興味は、時給が八百五十円ということと、希望通りのシフトに入れるという点のみだったので、「こんな店でも駅ビルのテナントに出店できるんだなぁ」などと感じてはいたのだが、正直、そんなことはどうでも良かった。

厨房の人たちと雑談をしながら料理を作る。この店での仕事に対する向き合い方なども、その都度レクチャーしてもらった。

炭酸水なら飲み放題で、従業員が炭酸水のサーバーの隣の壁に吊るされたウイスキーのボトルから少量混ぜて勝手にハイボールにしたり、管理のずさんな在庫の品を、お客の少ない暇な午後の時間あたりに、焼いて食べたりしていた。

そんなことを教わりながら適当に仕事をこなし、同僚とも打ち解け、職場にはすぐに慣れた。

休憩時間は、ただぶらぶらして過ごした。お金もないから駅ビルの別のテナントをぐるぐるまわってみたり、電器屋のマッサージチェアで居眠りをしたり。天気の良い日などは外に出て、学校帰りの高校生とか、サラリーマンをずっと眺めていた。椅子に座り、ただぼんやり時間が過ぎるのを待つだけの休憩。行き交う人たちが皆幸せそうに見えた。

こうして一人で街を眺めるなんて、いつからしていないだろう。

華やかな服を着て、みんな楽しそうに大声で笑い合っている。そういえば最近あまり笑っていない。駅ビルの並びには映画館もあり、その建物の壁には大きなモニターがあって、そこに流れている最新映画の宣伝や、流行りの歌手がリリースした新曲のプロモーションビデオなんかを眺めてみたりする。テレビのない生活をしている僕にとって、初めて見るものばかりだった。

一人の時間は僕にそれなりの安らぎを与えてはくれたが、街を行き交う人々とはやはり住む世界が違うように感じられた。

目に見える範囲だけでもたくさんのお店がある。食べるものも飲むものも娯楽商品も、見飽きるほどあるのに、そのどれもが僕には手の届かないものであり、水戸駅南口のロータリーの角にあるパン屋さんと向かいの喫茶店から漏れるいい匂いに、改めて空腹が身に染みてくる。

ガラス越しに見える喫茶店でお茶を飲みながらケーキを食べる女性客と僕との間には、一体何があるのか、なぜ自分だけがこんな暮らしをしなければならないのか、考えても無駄だということは分かっているのだが、空腹の中で考えれば考えるほど、街の景色がぼやけて見えるのだった。

ご飯はおろか、飲み物を買うことすらできない。喉が乾いたらトイレに行って水を飲んだ。

みんな死ねばいい。

空腹で朦朧（もうろう）とする頭で、いつも思っていた。

8

仕事の行き帰りが電車になったので、その時間は本を読んだ。

テレビがなくなってからというもの、図書館で本を借りてきて読み漁っていた。もともと本を読むのが好きだったので、家にいるふとした時間や、行き帰りの電車の中で読んだ。いままでダラダラテレビを見ていた時間を使って読書をする。これで時間を有効利用しているのだと、テレビのない生活を自分なりに肯定したりしていた。

話題の本はもっぱら仕事の休憩時間に立ち読みすることにして、普段は図書館で借りた昔の名作を読んだ。

何か少しでも、毎日自分のためになるようなことをしなければいけないと思っていた。そうでもしなければ、社会の一員であるということすら忘れてしまいそうで、いつの間にか自分が自分でなくなってしまうような気がしていたからだ。

他人と関わることが特別好きなタイプではなかったし、関わるのにもお金がかかる。今の僕には人付き合いさえ贅沢品だった。だから電車の中で本を読みふけるこの時間が、意外と気に入っていた。

若干給料が上がったとはいえ、日々の暮らしは一向に楽にならなかった。

それは、子育ての方向性が変わってきつつあったから。どんどん成長する子供たちによって、生活パターンが変わってしまったのだ。

上の子は中学二年生になって半年が過ぎ、学校生活にも慣れて、すっかり成長期というか思春期というか反抗期にさしかかり、自分を監視する唯一の大人である父親が毎日仕事に出ていて、帰りの時間はだいたいこれくらいだと分かるようになると、一通り悪いことをし始めるのだった。

今までは僕の顔色をうかがいながらも、言いつけはいつも守っていたし、こちらはこちらで何かあったら注意したり怒ったりすることで統率できていたけれど、中学生になると体もどんどん大きくなり、興味や好奇心も旺盛になって、行動範囲や交友関係も広がり、僕の言いつけなどどこ吹く風で暮らすようになった。

僕の言うことが絶対でなくなったら、他に緩衝材となりうるものがない関係性であるわけで、家族がうまく機能しなくなってきた。父親が怒れば問題が解決する時期は、終わったのだ。

学校に呼び出されるなんてことは常々だし、警察沙汰になって身柄を引き取りに行くこともあったりと、僕にとっては新しく、そして面倒な手間が増えていった。

土日祝日は僕が仕事を休めないので、上の子は朝から出かけては、友達と一緒に悪いことをしてよく警察に補導されていた。仕事中に電話がかかってきて身柄を引き取りに行かなければいけないこともあった。そんな時は無理を言って早退し、上の子のいる交番に向かうのだった。

時給で働いているわけだし、そもそもアルバイト店員なのだから、急に、しかも土日に早退などしていたら、いつクビになってもおかしくない。

「クビになったらお前たちも、ご飯食べたり学校行ったりできなくなるんだぞ」という言葉が毎回喉元まで出るのだが、僕は何も言わなかった。

それは、親として父親として、何も言わずに自分の背中で子供たちに生き様を語るなどというかっこいいものではなく、ただでさえ毎日毎日歯を食いしばって我慢して生活しているのに、ちょっとでも気を緩めてネガティブなことを口にしてしまったら最後、もう二度と元には戻れないのではないかと思うほどに、知らず知らずのうちに追い詰められていたからだ。

「もうやめたい」「もう嫌だ」「お前たちのせいで俺の人生が」などと、思っていても決して口に出してはいけない。

口にしてしまったら最後、全てが音を立てて崩れてしまいそうな動揺が、僕の中にはあった。

勘弁してくれよと思ってみても、子供たちに不憫な思いをさせてしまっているのは間違いない。

子供たちも好き好んでこんな生活をしているわけでは決してないだろう。欲しいものも食べたいものもやりたいことも、全てにおいて我慢させてしまっているのも事実だった。もしかしたら僕よりも、もっともっと子供たちは我慢しているのかもしれなかったし、それは分かっていた。

そんな暮らしを強いられるのも、僕の子供として生まれてきてしまったからで、もがいても出口を見つけることができないでいるのは、きっと子供たちも同じなのだろう。子供たちには、その表現方法がないだけなのかもしれない。

全ての原因を作っているのは僕なのではないだろうかと考えると、情けないやら悔しいやらで胸が締めつけられるのと同時に、何が正しいか分からぬままのこの生活に嫌気がさすのだった。

僕たちが向かおうとしている未来そのものまでが、間違っているような気がしてならない。

お互い不平や不満を口に出さぬことによって、ひびが入ってしまったけれど割れるまでには至らないガラスのように、辛うじてそのままの状態を維持させていた。

たばこ、バイク、喧嘩、万引き、自転車泥棒。

上の子に友達が増えていくたびに、僕の面倒も増えていったのだけれども、それは思春期の壁であり、大人になっていく上では必要な過程である。自分もそうであったように、子供たちもそうなのだ。そのうち一通り経験したら、落ち着くだろうと腹をくくった。

まさか金がないから友達と遊ぶなとは言えないし、着る服だって、履く靴だって自分の好みのものを身につけたくなる年頃だろう。

上の子が散髪に行く回数は増え、シャンプーやリンスにこだわりを持つようになり、ヘアワックスとドライヤーが必需品になった。それらを購入する資金の出どころは、やはりどう考えても僕の財布しかなかった。

それに伴い、電気代やら水道代やらもかさむようになり、月に数時間程度、働く時間を増やしたからといって状況が改善されることはなく、むしろ生活の困窮には拍車がかかり、大好きだった散歩も、徐々に回数が減っていった。

新しい仕事場では、僕が父子家庭で子供を育てているということは伝えていたのだが、それ以上の立ち入ったことについてはお茶を濁していた。言っても伝わらないだろうし、細かく説明するのも、もう面倒だった。

同情されるのは嫌だったし、仮に誰かが手を差し伸べてくれたとしても、すんなり心を開いて「助けてください」と言えるほど、僕の精神状態はもはや健全ではない。

職場の同僚たちとは仕事中に口をきく程度で、プライベートでの付き合いはなく、仕事が終わればまっすぐ家に戻るの繰り返し。誰かと遊ぶわけでもなく、特段親しい友人関係になる人もいなかったし、むしろそうならないように距離を置いていた。

それでいいと思っていた。


ある日、僕が仕事を終えて家に帰ろうとすると、一緒に働いたこともなければ口をきいたこともない系列店の店長から声をかけられた。

その人は何年もそこで働いているかなりのベテランで、僕が働いている店舗にも時折顔を出していたので、知ってはいたのだ。

僕の仕事が終わるのを待って、彼はこう言ってきた。

「良かったら、今から少し飲みに行きませんか」

あまり気が進まなかったけれど、系列店の店長さんから直々に声をかけられたら無下(むげ)にするわけにもいかず、子供たちに連絡し、少し遅れるから、ご飯は今日だけ適当に冷蔵庫の中のものを食べるようにとお願いした。

この職場に来てから、こんなお誘いを受けるのは初めてだったし、ましてやしゃべったこともない人だったので多少戸惑ったのだが、この日は少しだけ、誰かと話したい気持ちが僕の中で大きかったのかもしれない。

店長さんも僕と同じ町から電車で通勤しているらしく、二人で電車に乗り、お互いの自宅がある町の、行きつけだというスナックへ向かったのだった。念のため、父子家庭であるためあまり遅くまでは付き合えないことと、申し訳ないのだがお金がないので今すぐ飲み代を支払うことができないことは伝えたのだが、特に驚く様子もなく、

「今日は誘ったんだし、僕がおごりますよ」

と言って、その人は笑った。

がっちり体型のずんぐりむっくり、顔は少々強面(こわもて)。電車の中では、結婚して子供がいるんだとか、そんな話をしてくれた。

外で酒を飲むのは、本当に久しぶりだった。

行きつけだというスナックは、カウンター四席と四人掛けのテーブルが二つあるだけの小さな店だった。僕たち以外の客は、カウンターに一人とボックス席に二人。よく聴く懐メロがカラオケから流れ、仕事帰りのサラリーマン風の男性が気持ちよさそうに歌っていた。

カウンターの中には店員の女性が二人いて、そのうちの一人はどこかで見覚えのある顔だった。

「ほら、見たことあるでしょ、一緒に働いてる誰々ちゃんだよ」

と店長さんが言ったので、なるほどと思った。そういえば昼間の時間帯にたまにお見かけする、ホールで働いている女の子だった。聞けば、アルバイトを二つ掛け持ちしていて、昼は水戸のレストラン、夜はスナックで働いているのだという。同じ職場だと言われれば、確かにそんな気もするという程度の面識で、口をきいたことはなかった。

店長さんとその人は昔から一緒に働いていたらしく、そんな縁でここが行きつけのスナックになったらしい。キープされていた店長さんのボトルと、サービスしてくれたビールを飲んだ。

店長さんは、僕が父子家庭だということや、子供たちを一人で育てているということをこの女性店員から聞いていたらしく、せっかくだから飲みに誘ってみよう、ということになったと言うのだ。

やはり新しい仕事場でも父子家庭という話題性は抜群で、皆それなりに気にはなっていたらしい。

「何でも好きなものを頼んでいいよ」と言われたけれど、お金も持っていない分際だったので遠慮していたら、店長さんは適当に、食べきれないほどのつまみを注文した。

自分だけこんなことをしていていいのかと、子供たちの顔がちらついて申し訳なく思った。どこで何をしていても、心から楽しむことはできないような気がした。

二十一時を回ったところで、店長さんは気をきかせて僕のためにタクシーを呼んでくれた。店長さんはまだ一人でここで飲んでいくということだったので、僕だけ先に帰らせてもらうことにしたのだが、呼んでくれたタクシーはここのスナックでいつも利用しているタクシー会社の車で、タクシー代金は飲み代と一緒に店長さんが支払うということで、すでに話がまとまっていた。

このお付き合いがきっかけとなり、僕はたまに店長さんと酒を飲むようになった。それは僕にとって日々の生活からほんの少しの間だけ解放される息抜きの時間となり、多少なりとも精神バランスの維持に役立ってくれていた。

こうして友達も増え、新しい職場での居心地も徐々に良くなっていった。

転職して一カ月、給料は予定通りアップしたものの十万円を少し超える程度で、使えるお金は若干増えたのだが、支出の質が変わってしまったために生活は安定せず、目標であるテレビの購入のための貯金など、できるはずもなかった。

9

職を変え、十月に半月分の給料をもらい、十一月の末日に二回目の給料が支払われる直前だったと思う。

仕事に慣れたことにより、働ける目いっぱいの十八時までシフトを入れてくれるようになっていたため、前月と比べて給料のベースアップが見込めると、楽しみにしていた。

それでも、生活が立ち行かなくなる一歩手前でなんとか踏ん張って生きているのは相変わらずで、給料日前にはやはり財布の中も冷蔵庫の中も空っぽになってしまう。光熱費の支払いも滞ったままで、電気、水道、ガス、携帯、そのどれもがいつ止まってもおかしくない状況にまで追い込まれていた。

仕事はつまらなかったし、毎日の家事や子育ては逃げ出したいほど辛かったけれど、給料日だけは特別だった。僕にとって給料日は、頑張って良かった、生きていて良かったと思える唯一の日で、その日を指折り数えて生きていた。

僕はいつものように電車で仕事場である水戸の駅ビルに向かった。

九時過ぎの電車に乗り、読みかけの本を開き、十分経ったら電車を降りる。駅ビルに入り、従業員用のエレベーターを使って六階まで上がる。いつもだったらエレベーターを降りて仕事場であるレストランへ向かうと、僕より先に来ている人がいて、厨房の奥に明かりが見えるはずなのだが、その日に限っては明かりがついている様子がうかがえなかった。

どうも様子がおかしい。変な違和感がフロア全体に漂っている。

もしかしたら僕が時間を間違えて一時間早く来てしまったのかと携帯を見てみるが、間違いなくいつもの時間だった。店舗の裏にある厨房に向かうため、ホールの前の通路を通り過ぎようとしたその時、明らかにいつもとは違う光景に出くわしたのだった。

間口の広い店の入り口は巨大な衝立（ついたて）でふさがれていて、そこに無機質で事務的な文字がプリントされたA４の紙が貼られている。その貼り紙のサイズは、衝立の大きさに対してあまりにも不釣り合いだった。


「まことに勝手ではございますが、本日をもちまして閉店いたします」


しばし呆然とその貼り紙を眺めた後、真っ暗な店内をうかがってみると、早番で入るはずの人が二人、店内の椅子に腰かけていた。

店内は昨日と何も変わった様子はなく、一体この貼り紙が何を意味しているのか、思案した。

「何なんですか？　これは」

「お店がなくなっちゃったんだって。さっきマネージャーに電話したら、そういうことらしい」

早番で来ていたうちの一人のおばちゃんに聞いてみたけれど、いまいち状況を飲み込めなかった。

「だって昨日まで普通に営業してたじゃないですか……僕、昨日も仕事に来たんですよ」

「そうだよね、シフトも二週間分出てるしね」

「で、なんで今日になって急にこんなことになるんでしょうかね？」

「今からマネージャーが来るっていうから、その時詳しく説明があるみたい」

そんな会話をしながら、これは悪い冗談だと思いたかったけれど、冗談にしてはあまりにも趣味が悪すぎる。

十時を回ったところでマネージャーが店に到着し、ようやく、ぼんやりではあるが状況が分かった。店舗を運営している会社がテナントの家賃を未払いしていて、駅ビル側から店舗を差し押さえられたらしい。

いや、ちょっと待ってくれ。

本当にそんなことが現実に起こりうるのだろうか。

頭の中を整理した。

何度も家賃を支払うように駅ビル側が催促をしていたらしく、昨日が最終期限だったというのだ。最終期限を過ぎても支払いがなされなかったために、駅ビル側が実力行使に出たということなのだが、もしそれが本当なのだとしたら、駅ビルのテナントに入居させるのに、そんなずさんな管理体制なのだろうか。家賃を支払えるのか、その会社にそれだけの体力があるのか否か、大した審査もしないでテナント契約を結んでいたということなのか。それとも運営会社の方が一枚上手の詐欺集団で、計画倒産みたいな話なのだろうか。

とにかくその運営会社の社員であるマネージャーでさえも寝耳に水なのだという。誰の言っていることが本当で、責任がどこにあって、これから僕たち従業員はどうなってしまうのか、分からなかった。

マネージャーは情報収集に追われ、続々と出勤してくる他の従業員たちはこの急転直下の状況に皆うろたえていた。実はこのマネージャーも社長とグルで芝居を打っているのかもしれない、などと考えてしまうほど、事態はあまりにもドラマチックで、現実離れしていた。

開店時間の十一時を過ぎても店に明かりが灯ることはなく、その日集まった二十名ほどの従業員は、ホールの椅子に腰かけ、マネージャーからの報告を待っていた。

最近できたばかりの真新しい駅ビルのテナントの入り口が、いつまで経っても衝立でふさがれているという不可解な光景を目の当たりにすると、本当に閉店してしまうのかと思わざるを得なかったけれど、きっとそのうち家賃が支払われて、明日か明後日にはまた通常通りの営業が再開されるのではないかと、頭のどこかでは、無意味だとは分かっていつつも、そんなことを考えたりした。

何かの手違いで一時的にこうなってしまっただけなのかもしれないと、何となく従業員同士で話がまとまりつつあったその時に、マネージャーから報告があるとのことで、僕たちは全員ホールの真ん中に集まるよう指示された。

マネージャーはいつになく神妙な面持ちで、僕たちに向かってこう言った。

「皆様には大変ご迷惑をおかけしております。今、状況を確認いたしましたところ、会社側から家賃の支払いがされているという確認はとれておらず、社長とも連絡が一切つかない状況であります。私どもの集めた情報によりますと、社長が会社のお金を全て持って行方をくらましているということでありまして、全力で社長の行方を追っているところでございます」

暗い店内からレストラン街の通路を見ると、お客さんが数人、衝立の前に立ち止まり、貼り紙を眺めて立ち去っていくのが見えた。

マネージャーはその後も話を続けたが、僕の耳には入らなかった。

現実逃避した後に、もはや逃れることのできない現実を再度突きつけられると、人間の思考は停止する。

どうやら、今僕が置かれている状況が、決して楽観視できるものではないということは、どうにかこうにか、ようやく理解したけれど、これが現実だとは受け入れ難かった。

それにしても、妻と別れ父子家庭になってからのこの目まぐるしい環境の変化は、一体何なのだろうか。

父子家庭生活に慣れる間もなく、両親は立て続けに死んでしまった。実家に転居してきたはいいが、血を分けた唯一の兄に追い出されそうになり移住を目論むも頓挫。震災に遭って、車とテレビと全財産を失いながら職を転々とし、こんなところにたどり着いてはみたものの、挙句の果てにこの有様。

次から次へと巻き起こる無茶苦茶な事態はあまりにも唐突で、まるでコントだ。

全く想定外だったけれど、どうやらまた職を失ってしまったらしい。こんな理不尽な職の取り上げられ方が、あって良いのか。いや、良いはずがない。

暖房のつかない店内は寒々しくて、体がガタガタと震えていたけれど、これが寒さから来るものではないということも気がついていた。

カウンターの上には、裏返しにされたグラスがきれいに並べられていて、テーブル席に配置してまわるはずだった調味料のセットがそのままになっている。

もう、あのグラスに水が注がれることはないのかもしれない。

マネージャーは最後に、

「皆様の給料も支払われるかどうか微妙な状況ですので、その点に関しましては、追ってご連絡差し上げます」

と、そんなことを言って話を締めくくった。

そうか、給料が支払われないのか。

僕の思考は完全に破綻した。

所持金はほぼゼロ。楽しみにしていた今月の給料日は、永遠にやってこないかもしれない。

頭の中の感情は、無理やり乗せられた遊園地のコーヒーカップで出鱈目(でたらめ)にハンドルを回されているかのように翻弄され続け、怒りや悔しさをはるかに通り越した感情が湧き起こった。

自分自身に対する憤り(いきどお)で涙があふれてきたけれど、泣いてたまるかと、辛うじて自分に言い聞かせた。

自分のしてきた選択を後悔しても始まらないことぐらい、よく分かっている。自分自身に起こる全てのことを受け入れ、前向きに努力する。どんな時でも愚痴を言わずにベストを尽くす。分かっている。

子供たちにいつも言って聞かせているこの言葉の覚悟を、僕は思い知らされていた。

言うは易(やす)く行うは難(かた)し。

そもそも僕に、子供を育てる資格などないのかもしれない。

ふと、そんなことまで頭によぎるのだった。

もし、人生が旅だというのなら、僕はどうやら行き先を間違えてしまったらしい。

後戻りの許されぬ僕たちの旅路は、この先一体どこに向かうのだろうか。

震災から八カ月。

父子家庭として子供たちを育てる傍(かたわ)ら、許された全ての時間で仕事をして稼いだわずかばかりの金銭と引き換えに、子供たちと過ごす時間を失った。

成長して思春期を迎え、全く監視されることのなくなった子供たちは、成長の過程として、だんだん悪いことをするようになった。どこにも連れていってあげられず、欲しいものも買ってあげられず、毎日我慢我慢で、それでも立ち止まっていられなくて、電気代を払うために、水道代を払うために、子供たちにご飯を食べさせてやるために、歯を食いしばってやってみたけど。

僕は間違っていたのか。

間違っていたのだとしたら、一体、どこから間違ってしまったのか。生きるという、ただそれだけのことが、どうしてこうもうまくいかないのだろう。


昨日までのタイムカードはマネージャーによって回収され、追って連絡をする、というなんとも宙ぶらりんな状態で、その日は解散となった。従業員同士で連絡先を交換し合い、新しい情報が入ったら連絡し合おうと約束した。

仕事場に来て二時間しか経っていなかったけれど、仕事を失ってしまった以上、次にやることは一つしかない。

新しい仕事を探すこと、それだけだ。

「もうだめだ、こんな生活、やめてしまいたい」と思う自分と、「いや、ここで弱音を吐いたら子供たちはどうするのか、まだやれる、頑張れ、俺ならできる」と、願う自分がせめぎ合っていた。

僕は店舗を後にすると駅構内に戻り、求人のフリーペーパーを全種類バッグに押し込んで、がらがらの下り電車に飛び乗った。

いつもだったら読みかけの山崎豊子の小説を開くはずなのだが、その日は求人のフリーペーパーのページをめくった。もう何度目だろう、こうして仕事を探すのは。

「もうだめかな、生きていくのは」

ページをめくりながら、思わず言葉が口をついて出た。

今まで溜め込んでいた弱気な感情が、明るい日差しで満ちた車内に漏れてしまった。

どんよりとした僕の感情とは裏腹に、車窓からは、秋晴れのまぶしいほどに輝く太陽に照らされた水戸の街並みが見えた。

大きくため息をついて、フリーペーパーを閉じた。

たった一人で子供たちを育てるという僕の挑戦は、まことに不本意ではあるけれど、このまま終わってしまうかもしれない。

子供たちに事の顛末（てんまつ）は話さなかった。話しても伝わらないだろうし、話したからと言って事態が好転するわけでもない。

本当に困った時、本当に迷った時、誰かが助言をしてくれるだけでも助かるものである。助言とまではいかなくても、話を聞いてくれるだけで心が落ち着くものだ。

子供たちではまだ荷が重すぎるし、他にその役目を果たしてくれる人も思いつかない。

どんな状況のもとでも、自分一人で考え、決断し、行動し、責任をとるという生活スタイルは、次第に僕からまっとうな考え方を奪っていった。頭の中は常に最悪の事態しか想定できなくなり、この決断で正しいのかどうかを見きわめる術（すべ）がないため、常に疑心暗鬼だった。

仕事を失った僕は、それでもやっぱり仕事探しをした。

もはや万事休すかと思っても、諦めて死ぬわけにはいかなかった。僕が死ぬだけならいい、子供たちを死なせるわけにはいかなかった。子供たちを生かすために僕が生きなければならないのだとしたら、働くしかない。

この際、仕事をさせてくれるのならどこでも良かったのだが、転職からわずか二カ月での職探し、前回見ていた時の求人内容とさして変わりはなかった。所詮は田舎の求人情報、目新しい求人もなく、あまり乗り気でもない店に適当に電話をかけ、断られる毎日。

二日が過ぎ、三日が過ぎ、一週間が過ぎた。

このままでは死んでしまう。

冗談や例え話ではない。このままあと数日もすれば、僕たちはご飯を食べることができなくなり、餓死するだろう。

二十一世紀に男三人が餓死では笑えないし、間違いなく誰にも伝わらない。

世の中は飽食の時代だというのに、明日まで生きていられるかどうか分からない生活。残り少ないお金をなんとかやりくりして、子供たちにご飯を食べさせた。

明日という確実な未来でさえ、もはや信用できない。

今の僕の財力では、米がなくなったら購入することができないので、子供たちに食べさせるご飯の量を少しずつ減らしていき、なんとかしのいでいたのだが、切り詰めても切り詰めても、それでも子供たちの食費に一日三百円程度の出費はやむなしで、仕事の確保は急務だった。

毎日片っ端から電話をかけているので、もはやかける先すらない。残っている求人は、恐ろしく条件が悪いか、遠いか、もしくは深夜のバイトだけだった。車も持っていないし、子供たちを置いて深夜のバイトに出る気にはなれなかった。今ここで深夜のバイトなどしていたら、味を占めた子供たちが何をしでかすか分かったものではない。

日中働けて、家から車がなくても通えて、シフトに多く入れるバイト。この条件は外せないので、どうしても仕事探しは苦労した。

職を失い、仕事を探し求めながらお金の心配もしなければいけない。前に進まなければいけないという焦りは、日々の暮らしからささやかな憩いすら奪っていく。

二十四時間、常に追い詰められているような精神状態。本当に生きた心地がしない。

毎日求人サイトとにらめっこする中で、ある日ふと一件の求人に目が留まった。

それは水戸駅の駅ビルの四階にある店舗で、時給八百五十円、交通費支給、時間応相談というもので、今まで働いていた駅ビルなら勝手が分かっているし、生活パターンもそれほど変わらなくて済むだろうと思ったのだ。早速電話をかけると後日面接の運びとなり、履歴書を持って面接に臨んだところ、あっさり合格になった。

ここ一年でアルバイトの面接を数十件繰り返してきたおかげで、どうやらコツをつかんだようだった。面接で言ってはいけないこと、どのようなキャラクターでいれば好感を持たれるのか、果ては履歴書の書き方に至るまで、アルバイトの面接に合格する秘訣をいつの間にか体得したに違いなかった。

一通りの同情を誘いつつ、「働けない時間帯はあるにはあるが、それ以外は年中無休で働けます」といった具合に、相手が望む自分を演出することによって、面接での合格率が格段に上がったのだ。早い話が嘘をついているわけで、そのことに多少の躊躇はあったのだが、生きるための必要悪だと割り切って嘘をつき続けた。

こうして僕は新たな仕事を得ることができ、面接の次の日から、試用期間ということで働きに出ることになったのだが、一つ困ったことがあった。それは、子供たちと接する時間が極端に少なくなるということ。土日祝日も、朝から十八時まで仕事に行くようになるので、子供たちに目が行き届かなくなる。

結局、嘘をついているわけだから、どこかで弊害が出るのは仕方がない。今の状況では、子供たちと接する時間を確保するのは不可能に思えた。とりあえず時間の許す限りアルバイトをしてお金を稼がないと、そもそも生活していけない。

それでも満足に生活するだけのお金には足りないのだから、本当に困ったものである。

10

仕事が見つかったのは良かったけれど、給料をもらえるまでには一カ月ある。もう僕の財布に残金はほとんどなく、給料日まで生きながらえることができるのかは定かではなかった。

水戸の駅ビルまで通う電車賃は、運良く以前働いていた時の定期券がまだ残っていたので、それを使うことができた。

当然のように必要経費、光熱費その他雑費の類の支払いを遅らせているわけで、特にこの時点で二カ月滞納していた電気代は、いつ止められてもおかしくない状況だった。とにかく払えないものは払えないのだから、諦めるしかない。いよいよ止められるとなったら、その時考えようと思った。

今の僕には、それ以外にも考えなければならないことが山のようにある。


前の職場のマネージャーからは、その後、一度連絡があった。相変わらず社長の行方は分からぬままで、会社には一銭の金もなく、現実的に給料を支払うのは難しいとのことだった。労働基準監督署に状況を説明し、給料未払いの申し立てをすると、数カ月後に八割程度の給料が立て替えられるからどうのこうの、とも言っていた。

今の僕にとって数カ月後の給料など、もはやないも同然だったので、真剣に話を聞く気にはなれなかったけれど、従業員全員で申し立てをしなければならないということだったので、その申し立てについては了承した。

数カ月といっても、一カ月や二カ月の話ではないらしく、半年とか、もしかしたらそれ以上先の話になるかもしれないということだったから、とても現実感を持てない。仮にその時に給料の何割かが支払われるということになったとしても、僕たちがその時まで生きていられる保証はないわけで、今すぐに支払ってもらわなければ何の意味もないと思った。

これで、給料日までの一カ月余りの収入の見込みがなくなったのだが、だからといって子供たちにご飯を食べさせてやるだけのお金が残っているわけではなかったし、お金を借りるあてなどない。

お昼ご飯は学校の給食で賄ってもらえるので良かった。朝ご飯は白米と海苔がせいぜいで、晩ご飯にだけ三百円程度のお金を使う。それでも単純計算で月九千円程度の支出があるわけだが、とても九千円などという大金を持ち合わせてはいなかった。

新しい仕事場の給料は月末締めの十日払いということらしかったので、その日まで生き延びるためのお金が、なんとしても必要だった。

大震災から、まったく生活を立て直せないでいる。もちろん被害が甚大だった地域の方々は未だにわが家にすら帰れないといった状況であることは知っていたが、所持金がなくなること二度、職を失うこと二度、車もテレビもない中で、子供たちの食事代を稼ぐこともままならない。水道、電気、ガスといった生活に必要な経費ですら滞納し、仕事と家事と子育てに追われ、精神的に心安らぐ時間などない。

毎日、仕事場に向かう電車の中で、あと一カ月、どうやったら子供たちにご飯を食べさせてあげられるのか、悩んでいた。

当然、労働意欲などみじんもなく、惰性と緊張で毎日が終わっていく。

けっして無駄遣いをしているわけでもなく、切り詰められるところはこれ以上ないほど切り詰めているのに、こんな生活をいつまで続けなければいけないのか。

せめて日本国憲法で定められた健康で文化的な最低限度の生活とやらを手に入れたかった。

僕が新しく見つけた仕事場は、この界隈ではちょっと名の知れた老舗酒蔵が水戸駅南口の駅ビル内で展開する、ハンバーガーと地ビールの店だった。僕にはバーガーショップのホール店員という役割が与えられた。他に蕎麦屋も経営しており、人手が足りない時にはそちらに回されることもあるということだった。

今まで通り水戸の駅ビル。以前は六階だったけれど今度は四階。環境的にはさして変わらないので、すんなり仕事を始めることができた。

仕事の内容は基本的に接客だったのだが、茨城という田舎者の県には、高級ハンバーガーと地ビールというコンセプトが当時まったく浸透しておらず、勤務時間の朝十時から十八時まで、お客が一組しか来ない、なんて日もあった。

なぜアルバイトを募集していたのかも疑問に感じるほど、とにかく暇だった。

駅ビルの四階はラーメン屋街ということもあり、昼時に四階を訪れる客はほとんどがラーメン目当てで、僕はいつも暇な店内から、行列の絶えない、茨城初上陸だという目の前のつけ麺屋をただ眺めていた。

そのつけ麺屋は東京ではかなり名の知れた店らしく、いつも行列が絶えなかった。

店先では必ず一人の店員が毎日毎日、決まった宣伝文句を唱えて客につけ麺をアピールするのだが、それを僕も一字一句間違うことなく暗唱できるようになるほど、毎日が暇だった。

ハンバーガー屋の店内は、満席になれば二十名以上は入れるのだが、従業員は二人。一人が店長で、もう一人が僕。

キッチン一人にホール一人。その一人が、入ったばかりの新人の僕でも何の問題もないほどに暇を極めており、年下の店長は斜向かいのクレープ屋のバイトの女子高生とおしゃべりするのが大好きで、話が盛り上がった時などは、店内に僕一人なんてこともよくあった。

仕事は決まって朝十時から十八時まで。

仕事が終われば決まった時間の電車に乗り、本を読む。駅の改札に向かうまでに通り過ぎる数々の惣菜屋の品がおいしそうで、購入することのできない僕はただただいつも眺めていた。

ハンバーガー屋は平日も土日祝日もずっと暇だったので、一カ月を過ぎたあたりから、水戸の街中にある別の店舗に行かされるようになった。

そこは、水戸ではちょっとした高級デパートの地位にある百貨店内の蕎麦屋で、水戸駅からはバスで十分程度。土日祝日はそちらの蕎麦屋に行くように命じられたのだったが、いくら交渉してもそこまでのバス代が支払われず、行きも帰りも歩いていかなければいけなかった。

季節は冬。年の瀬はすっかり冷え込んでいる。バス代は片道せいぜい二百円程度なのだが、そのお金がもったいない。往復で四百円、これでは日々の食費よりも多いではないか。

とても自腹を切ってバスに乗ることはできなかったし、なぜ業務命令で遠いところに行かされているのに交通費が出ないのか理解できなかったけれど、だからといって仕事を変えるわけにもいかない。仕事を探すだけで一苦労なのに、また労働していない空白の期間を作れば、どんどん生活が困窮していく。理不尽だと思いながらも、片道三十分かけて寒空の中を歩くしかなかった。

蕎麦屋の仕事も主にホールだったのだが、仕込みや忙しい時間帯はキッチンに入って手伝った。ここはまあまあ忙しくて、お昼時ともなれば高級志向のご婦人方がこぞって訪れるのだった。

従業員はみんな感じの良い人ばかりで、仕事は楽しかった。

お昼休みになったら賄いを作って食べさせてくれた。本当は食事代をタイムカードに自己申告で記入し、給料天引きになるらしいのだが、「書かなければ分からないから」という理由で、タダで食べさせてくれた。他の従業員は全員漏れずに申告していたので、みんな僕の状況を知って気を遣ってくれたのだろう。

仕事中にどうしてもお腹がすいたら、冷蔵庫のスイーツをつまみ食いして蕎麦湯をがぶ飲みした。専属のパティシエが作る創作スイーツは、どれも絶品だった。

土日祝日は寒空の中、三十分かけて仕事場まで歩き、また三十分かけて歩いて帰るわけなのだが、仕事は楽しかったし、みんなと話をしていると気が紛れた。何よりご飯がタダで食べられるというのは、僕にとっては何ものにも代えがたかった。

土日祝日に一食は必ずお腹いっぱい食べられるようになったことで、生きることに対する前向きな感情もだいぶ甦りつつあった。

相変わらず上の子はちょくちょく学校に呼び出されたり、警察にお世話になったりを繰り返していたが、僕はもう考えないことにした。もう少し経てば受験生になるわけだし、そうなったらさすがにおとなしく勉強を始めるに違いないと、信じてみることにした。

よく考えてみたら、僕だって同じ年頃のころは似たようなものだったし、とにかく信じるしかない。信じることでしか前に進めないのなら、後は考えても仕方がない。

以前の仕事場の給料未払いの件はその後、進展があった。

ハンバーガー屋の仕事を始めてすぐのころにマネージャーから連絡があり、その後の経過と今後のことについて話がしたいので、以前の店舗に集まれる人は集まるようにと言われた。僕は幸い同じ駅ビルで働いていたということもあって、仕事終わりに参加することにした。

話の内容はこうだった。

家賃未払いで店舗閉鎖になった後、依然として社長の行方は分からず、給料の支払いはおろか、店舗再開のめども立っていない。未払いの給料に関しては全員分のタイムカードを添えて労働基準監督署に提出してきたので、何カ月か後に給料の何割かが戻ってくるはずである、と。その後の店舗再開に関しては、現在多方面で協議中であり、なるべく早いタイミングで店舗を再開したい、その際には前従業員を優先的に採用する、などということが伝えられた。

僕は「だいたい、家賃も払わず追い出されるような会社の社員が何を言っても、説得力ないけどな」と冷めた感情で聞いていた。

僕以外の当時の従業員は、職を失ってもそれほど切羽詰まった状況の人がいなかったのか、まだ新しい仕事を見つけていない人がほとんどだったので、「店舗が再開したら、またここで雇ってもらうか」というのが大方の意見だった。

数日が経ち、新たな展開があったとのことで、従業員に連絡があった。

閉鎖された店舗の向かいにあった中華料理屋の社長が、その店舗を引き継いで経営するということで大筋合意し、その中華料理屋で食事会を催すので、参加できる人は参加するように、ということだった。なんだか分かったような分からないような話だったのだが、タダ飯が食えるということだったので、迷わず参加することにした。

その日はバイトがなかったので、わざわざ夕方電車に乗り、駅ビルに向かったのだった。子供たちには、二人でご飯を食べるようにと言って、食事を作って置いてきた。

僕が着くころにはほとんどの人が集まっていた。約一時間程度の宴（うたげ）はそれなりに盛り上がり、皆それぞれ家路につくことになったのだが、そんな中、一人寂しく駅に向かう僕に声をかけてくれた人がいた。

それは以前、僕を飲みに誘ってくれた系列店の店長だった。「良かったら、これから少し飲みに行きませんか」と言うので、どうせ帰り道だし子供たちにもご飯は作ってあるし、せっかくなので久しぶりに飲みに付き合うことにした。

僕たちは連れ立っていつものスナックに行き、いつものように店長さんのご馳走で酒を飲み、これからの仕事のこととか、生活のこととか、そんなことをつまみにした。

店長さんは引き継がれる中華料理屋の社員として働くことが決まっているらしく、僕にもそこに来るよう熱心に誘ってくれたけれど、仕事が決まったばかりなのでと、丁重にお断りした。店を引き継ぐという社長も信用できなかったし、今回の店舗閉鎖の一件の全容が分からないうやむやのままで、元の鞘におさまるのにはやっぱり抵抗があったのだ。

店長さんは「気が変わったらいつでも話してくれ、俺が頼んであげるから」と付け加えて、それからはもうその話をしなかった。

いつものように、店長さんは一時間ちょっと飲んだあたりで僕に気を遣い、そろそろ帰る時間だろと言ってタクシーを呼んでくれた。

貴重な時間を使って誘ってくれた上に、お酒をご馳走してくれた礼を言ってタクシーに乗り込もうとした時に、店長さんはおもむろに僕の胸ポケットに一万円札をねじ込んだ。

戸惑いながら立ちすくむ僕をタクシーに押し込むと、そのままの勢いでドアを閉める。

「あの、これは……」

タクシーの窓を開け、戸惑いの表情を見せると、

「気持ちだから、少ないけど」

そう言って、店長さんは強面に似合わぬ笑顔で笑った。

「あげるって言ったら気が引けるだろうから、貸してあげる。返すのはいつでもいいから。あって困るものでもないだろ。何もしてあげられないけど、これからも頑張って」

そう言い終わるが早いか、店長さんはタクシーを出すよう運転手に告げ、お礼を言う暇もな

いままタクシーは走り出した。

後ろの窓ガラス越しに振り返ると、店長さんはもういなかった。

胸ポケットに入れられたくしゃくしゃの一万円札を取り出し、タクシーの中で深く頭を下げた。


本当は、これが目的だったのかもしれない。

初めから僕にお金を渡すために、今日は誘ってくれたに違いなかった。

職を失った父子家庭生活の僕を、気遣ってくれたに違いない。

「何もしてあげられないけど」と言って渡してくれた一万円は、新しい仕事を見つけたものの次の給料日まで約一カ月の間、食っていくだけの金を持っていなかった僕にとって、間違いなく一万円以上の価値のあるものだった。

この一万円がなかったらと考えると、本当にぞっとする。

店長さんが貸してくれた一万円は、決して大げさではなく、僕たちの命をつないでくれたのだ。

頑張らなければいけない。

折れそうになっていた僕の心は、店長さんの思いやりでなんとか持ちこたえることができた。

その後一度、蕎麦屋まで足を運んで「一緒に働こう」と熱心に誘ってくれた店長さん。僕はやっぱり辞退して、その後、店長さんと会う機会がなくなってしまった。

あの時僕たちの命を救ってくれた一万円を、未だに返していない。

だいぶ時間が経ってしまったけれど、今でも心に引っかかっている。

一万円を返していない上に、ずいぶん昔のことなので店長さんの名前は失念してしまったのだけれども、あの日の出来事は今でもはっきりと覚えているし、あの人は間違いなく僕たちの命の恩人だった。いつかまたどこかで会うことがあれば、お礼を言ってあの時の一万円をお返ししたい。

こうして僕たちは、震災から二度目の破産の危機もどうにかこうにか乗り越え、なんとか無事に新年を迎えることができたのだった。

11

平日は駅ビルのハンバーガー屋、土日祝日は蕎麦屋でバイトという生活も二カ月が過ぎようとしていたころだった。

年が明けてもハンバーガー屋は相変わらず閑古鳥が鳴いていて、活気の「か」の字もない状態。空調で快適な温度に設定された店内で、ただぼんやり外を眺める日々。客が来るのは十一時から十八時までで一組か二組。

ただのアルバイトでさえこれでいいのかと思うくらいなのだから、経営者がそう思わないわけはない。至極当然な成り行きなのだが、年が明けた一月の末に、僕はアルバイトを解雇された。向かいのクレープ屋のお気に入りの女子高生と会話するのが楽しみの、年下の店長から話があると切り出され、こう言われたのだった。

「会社の方針で、この店舗は社員で回すことに決まりましたので、これからは本当に人手が足らないと思われる時にしかバイトのシフトに入れてあげることができなくなりました。蕎麦屋の方は引き続き大丈夫かと……」

はっきり解雇と言われたわけではない。シフトに入れませんと言われたのだが、つまりそういうことなのだろうと僕は受け取った。土日祝日だけ働いても仕方がないし、駅から遠く交通費も出ない蕎麦屋に行く意味は見出せなかった。

二月からシフトに入れず収入が途絶えることが、今の僕にとって何を意味するのかは、深く考えずとも分かる。

一難去ってまた一難。

新しいバイト先を見つけてわずか二カ月、またしても僕は仕事を失うこととなった。

震災から一年も経過していないのに、この一年で三回も職を失った。

職を失うことにすっかり免疫のついてしまった僕は、あっさりこの事態を受け入れることができたのだが、さしあたっての収入の見込みはなく、新しい仕事のあてもない。

車もなければテレビもない。そのどちらも購入のめどは立っておらず、生活に何か進展があったということもない。

毎度毎度の繰り返し。いい加減こんな暮らしも疲れてきたけれど、今回の解雇での唯一の救いは、来月の十日過ぎには今月分の給料が支払われるということ。

そんなことかと思うかもしれないが、僕にとってその当たり前すらない状況での転職が続いたせいで、給料の十一万円が満額支払われるというそれだけのことに、妙に救われたのだった。

こんなことで救われている自分が、惨めで仕方がない。どん底、底辺。これ以上の底があるなら見てみたいものである。

震災から約一年、生きるために必死に職を探し、自分に与えられた全ての時間を労働に費やし、自分の食べる分の食費を削って子供たちにご飯を食べさせ、死に物狂いで歯を食いしばってやってはみたものの、現実は厳しかった。

職を失うたびに生活は困窮し、子供たちの成長を見守ることもできず、テレビも買ってやれなかった。またここから先同じ論理での生活を繰り返したら、今度こそ、いつか破綻する。

この一年で電気は二度止められたし、水道も一度止められた。

ろうそくの明かりしかないリビングで夜を明かし、風呂にも入れず朝ご飯も作ってあげられないまま、子供たちを学校に送り出した。そのたびに有り金をかき集めてなんとか支払いをし、復旧させるも、有り金をはたいたせいでご飯が食べられなくなる。

吐き気がするほどの、負の連鎖。

一切の無駄遣いをせず、切り詰められるところは目いっぱい切り詰めてこの有様。どう考えてもこの生活には無理がある。

全てを一人でこなすことなど、土台無理なのだ。

僕はとうとうそれに気がついてしまった。

無理だ、どう考えても何をどうしても、無理なものは無理だ。

いくら無理だ無理だ無理だと念仏のように唱えても、無理を承知で生きていかなければならないこともまた事実。

では、どうする。

いつも同じ結論になるのにもほとほと疲れたのだが、やめるという選択肢もない。

何かを犠牲にしなければ、何かを手に入れることはできない。そのどちらも両立しようと考えていた僕の考え方に、そもそも無理があるのではないだろうか。

それでなくても、どうせ両立などできていない。

子供たちに関わってやれる時間などほとんどなく、仕事が終わり家に帰ってご飯を食べたりするわずかな時間だけしか接点がなくなって、唯一の監視がなくなった子供たちはろくに言うことも聞かず、好き勝手に悪いことをするような方向性になりつつある。

でも待て、とにかくここはいったん子供たちとの時間とか、食事とか、子供の成長とか、そんなものは忘れて、生活を立て直さねばならないのではないだろうか。

死んでしまったら、成長も方向性もへったくれもない。

金を稼いで、滞っている全ての支払いを済ませて、震災から続くこの負のスパイラルを断ち切り、新たに再出発できるような態勢を整えなければいけないはずだ。

窮地に追い込まれた時に、その状況を打開する有効な方法は、開き直ること。

父子家庭となって生活していく中で得た、唯一の教訓。


では、早急に手に入れなければならないものの優先順位を決めよう。

優先順位が上位のものを手に入れるために、それ以外のものは諦める。そう開き直って考えてみよう。

僕たちが今一番手に入れなければならないものは何かを考えてみる。

それはどう考えても、お金だった。

上の子と下の子はちょうど三つ違いだったので、卒業、入学が同時期に来るのだが、これから成長していけば学費やら何やらでお金がかかるだろう。食うや食わずの生活では、子供たちの進学など夢のまた夢だ。

次に車。

やはり車はなければ不便だと感じた。車が当たり前のようにあった時は気がつかなかったけれど、茨城のような田舎では、車を持たなければもはや日常生活が送れない。ましてや、わずか数十円でさえ切り詰めなければならぬ貧困のどん底にあって、さらに車がないという生活は、不便などというお手軽な言葉では表現できない。

仕事探しに行き詰まるのはもちろんなのだが、他にも車を持たぬ不都合としてこんなことがあった。

冬場には、唯一の暖房器具である石油ストーブに入れる灯油を買いに行かなければならないのだが、車がない。近くにガソリンスタンドは数件あるのだが、わずか数十円をも切り詰める生活、そこは一円でも安い灯油を購入しなければならない。灯油の配達もあるが、これは通常よりも割高で販売されているため、やむを得ない状況以外では手を出せない。

わが家の近所で最安値の灯油は、車で一分、徒歩十分程度のところにあるセルフのガソリンスタンド。歩いて十分とはいえ、帰り道は重い灯油を持って歩かねばならない。しかも季節は真冬。

灯油がなくなるたびにこれを繰り返すのだが、これがしんどい。

重い灯油を持っての帰り道は、歩いて十分の距離になんだかんだで四十分かかる。しかも交通量の多い道路脇を歩かねばならず、通り過ぎる車からは、「何してんだ、あいつ」といった目で見られる。

車を所持していないことの方が珍しいこの界隈で、わざわざ真冬に重い灯油のポリタンクを持って歩くなど、とても正気の沙汰ではない。

重いので満タンの十八リットルは持ち帰ることができず、約半分の十リットルにするから、すぐに灯油が枯渇し、また寒空の下、ポリタンクを抱えて歩く。

夜も遅い時間になってから灯油がないことに気がつくとなると、ガソリンスタンドが閉まっていてどうにもならず、その夜は寒さに震えることになる。なくなる前に早めに購入しておけば良いのだが、そこはいかんせん貧乏人。備蓄することなどできず、いつも空になってから購入していた。

それでも、暖房器具の灯油ならまだいい、我慢すればなんとかなる。寒いだけだ。

もっと困るのは、風呂の灯油だった。

古い家のため、風呂の燃料が灯油であったこともあり、灯油が切れてしまうと風呂に入ることができない。風呂の灯油が切れているかどうかは、ほぼ入浴中にしか気がつくことができず、シャワーを出して数分後に灯油がないことが発覚し、お湯が出なくなろうものなら、風呂場を出ていったん体を拭いて着替え、真冬の寒空の下、ポリタンクを持って歩くことになる。

仕事から疲れて帰宅し、経済的理由から湯船に浸かることができない生活で、真冬にシャワーを浴びていたら突然お湯が切れて水が出てきた時の悲嘆。

拷問としか言いようがない。

まさか子供たちに風呂に入るなと言うわけにもいかないので、灯油を買いに行くわけだが、その間の一時間は誰も風呂に入ることができず、ご飯の支度もできず、洗濯もできない。

とにかく、全ての仕事を一人でやらねばならないのだから、不測の事態が起こると全てが停滞し、先に進まなくなる。

これが辛い。

そんな状況の中、真冬の寒空の下、濡れた髪を乾かすのもそこそこに灯油のポリタンクを持って一時間歩かなければいけないのだから、まともな人間のすることではない。

泣こうが文句を言おうが誰も助けてはくれない。情けなくて悔しくて気が狂いそうになるのだけれど、歩かなければ風呂にも入れない。

当たり前のことが当たり前のようにできない生活は、人間としての尊厳すら、いとも簡単に奪い去る。

車は必要だ。間違いない。どんなぼろ車でもいい、走れば車として認めよう。車のない生活など、これ以上考えられない。

それと、テレビか。

これは必要とか不必要とかではない。地デジ化という名目のもと、お上に取り上げられたテレビを奪い返さねば子供たちに申し訳が立たないし、薄くてかっこいい今時のテレビを必ず買ってやると約束したのだから。これは親としての最低限の責任であり、意地だ。

よし、ではそれ以外の全てのものはしばらくの間、目をつぶろうではないか。

どの判断が正しくて、どの判断に従えば正しい道に進めるのかなど、もう全く分からない。どんな時も一人で判断し、一人で決める。誰かに相談することもできず、全て自分で責任を負う。それしか前に進む方法を与えられていない僕にとって、いつも決断することは苦痛だった。

自信がないのだ。

決めなければならないことが多すぎる上に、その決断は自分以外の人生にも大きな影響を与えてしまう。

実はこのころの僕は、前に進むことが怖くなっていた。

怖くなっていたけれど、立ち止まることも許されてはいないから仕方なく前に進んでいる。決断をして道を切り開くと言えば聞こえはいいのだが、実際は惰性で前に進まされているだけに過ぎなかった。そのくせ、迫られる決断の数が多いのだから始末が悪い。熟慮に熟慮を重ねて決断することもあれば、くだらない理由でなし崩し的に決めることもある。


こうなったら気は進まないが、とりあえず正社員になってある程度の給料をもらえるところで働こう。

これがこの時出した、僕の結論だった。

労働時間が今までより長くなることで何かしらの弊害は出るだろうけど、それはもう仕方がない。

数カ月だけでもいい、とにかく多くお金を稼いで、生活を軌道に乗せる。飯が食えない惨めさはもううんざりだし、定期的に電気や水道を止められたのでは、生きていく決意そのものがくじかれてしまう。そのためにはいつ職を失うかもしれないアルバイトではなく、職を失うリスクの少ない正社員として働くしかない。

しばらくの間ハローワーク通いを続け、いつものように履歴書の改竄（かいざん）とキャラの徹底で、正社員として海沿いにある日帰り温泉施設の和食の板前の職を得ることに成功した。

ヨシモトブックス　愛読者カード

ヨシモトブックスの出版物をお買い上げいただき、ありがとうございました。
今後の企画・編集の参考にさせていただきますので、
下記の設問にお答えいただければ幸いです。
なお、お答えいただきましたデータは編集資料以外には使用いたしません。

本のタイトル

お買い上げの時期

年　月　日

■この本を最初に何で知りましたか?

1 雑誌・新聞などの紹介記事で（紙誌名　　　）
2 テレビ・ラジオなどの紹介で（番組名　　　）
3 ブログ・ホームページで（ブログ・HP名　　　）
4 書店で見て
5 広告を見て
6 人にすすめられて
7 その他
（　　　）

■お買い求めの動機は?

1 著者・執筆者に興味をもって
2 タイトルに興味をもって
3 内容・テーマに興味をもって
4 書評・紹介記事を読んで
5 その他（　　　）

■この本をお読みになってのご意見・ご感想をお書きください。

■「こんな本が読みたい」といった企画・アイデアがありましたらぜひ!

★ご協力ありがとうございました。

post card

160 - 0022

恐れ入りますが
切手をお貼り下さい。

東京都新宿区新宿5-18-21

吉本興業株式会社
コンテンツ事業本部 出版センター

ヨシモトブックス編集部行

フリガナ	性別	年齢
氏名	1.男　2.女	

住所　〒□□□-□□□□

TEL　　e-mail　　@

職業　会社員・公務員　学生　アルバイト　無職
マスコミ関係者　自営業　教員　主婦　その他（　　　）

自宅近くから電車が通っていて、時間はかかるけれど車がなくても通うことが可能で、交通費も全額ではないが支給されるという。

仕事は九時から二十一時まで。休憩が一時間で、実働十一時間の十二時間拘束。シフト制、週休二日の残業手当あり。八時間を超過した分は残業代として計上され、給料は手取りで二十五万円。

どうなるか分からないけれど、とりあえず行けるところまで行って、生活の安定を取り戻すことにした。

これが、僕たちが生き延びる唯一の解決策なのだと信じて。

12

年が明けてひと月が過ぎようとしていた。

数年ぶりに正社員として働くことに若干の戸惑いはあったものの、ここまで来たらやるしかないと覚悟を決めたのだが、新しい職場に入る初日は、どこに行っても緊張する。

子供たちには事情を簡単に説明し、これからは仕事で帰りが遅くなるからいろいろと迷惑をかけるだろうけど、我慢してほしい、そして協力してほしいと伝えた。

他に何らかの打算があったのか、聞き分けが良い子に育っているのかは微妙なところではあったが、子供たちは僕の申し出を快諾し、協力を約束してくれた。

仕事が二十一時までで、そこから電車に乗り、自宅まで三十分以上はかかるわけだから、帰ってくるのは二十二時ごろになる。晩ご飯は作り置きしたものを冷蔵庫に入れ、適当な時間になったら食べてもらうことにした。

平日はとりあえず晩ご飯だけ用意すれば良かったけれど、土日祝日は学校が休みのため、それに加えて昼ご飯もあり、二食×二人分のご飯を用意して冷蔵庫に入れておかなければいけなかった。

レトルトやインスタント食品、コンビニ弁当などで負担を軽くすることはもちろん可能だったけれど、僕はそれでも子供たちのご飯は、温かいまま出してあげられなくても、一人で食べるとしても、手作りにこだわった。

もちろん、コンビニ弁当を毎日食べさせる経済的余裕がなかったというのもあるのだが、他に何もしてあげられない僕が、忙しいという理由で子供たちに手作りのご飯を食べさせることをやめてしまったら、親として存在する意味そのものをなくしてしまいそうな気がしていたし、後々振り返った時に、ものすごく後悔するような気がしたのだ。

朝起きて子供たちの朝ご飯を用意する。学校が休みの時はそれと同時進行で昼ご飯のお弁当作り。晩ご飯は、休日にまとめて作り置きしている冷凍のストックから解凍して冷蔵庫に入れておく。

子供たちを学校に送り出すより早く、自宅近くの駅に向かわなければいけない。仕事は九時からだったけれど、ちょうどいい電車がない。朝七時半発という少し早めの電車に乗らなければいけなかった。

下の子は七時二十分ごろに家を出るので、それを見送ったら僕も家を出る。上の子の中学校は自宅から徒歩三分のところにあるので、八時ごろ家を出ても間に合うのだ。戸締まり関係は上の子に全部任せて家を出なければいけない。

仕事場までは車ならばわずか十五分の距離だったけれど、電車だと倍の三十分かかる。時間を無駄にしている感は否めないのだが、車がないのだから仕方がない。目的地の駅は小高い丘の上にあって、駅を降りたらそこから徒歩。歩いて五分程度の場所に、僕の新しい職場はあった。

面接に合格していよいよ初出勤という日、仕事場へ着くと、僕と同日に入社するもう一人の男性がいた。歳は僕よりだいぶ若い。ロッカーで白衣に着替え、支配人に連れられて厨房へと向かった。

軽い気持ちで入った厨房で、僕は早くも衝撃を受ける。

年のころ六十を少し過ぎた、一見するとそちらの筋の方かと思う迫力の親方が、仁王立ちしているではないか。

「やばい、来るところを間違えたかも……」

長らく料理人の世界にいた僕は、直感的かつ瞬間的に結論を出した。

ここはまずい、絶対に違う。

ここからどうやって逃げ出そうか、頭をフル回転させたが、時すでに遅し。仁王様のような親方にとっつかまり、有無を言わさずいきなり仕込みをさせられるのだった。

聞けばこの親方、腕は確かなのだが、ガチガチの板前気質、その一言で黒いものも白くなるという、古き良き時代の親方を絵に描いたような人なのだとか。

和食の世界で親方と言えば、神である。

親方の他に二人の板前がいたのだが、そのどちらもこの界隈では名の知れた和食料理屋やホテルで親方を張っていたとかいう方々。二人とも六十歳前後で腕は立ちそうだし、話は合わなそうだし、厳しそうだしレベルが高そうだしで、とてもこの職場ではやっていけないと、すでに初日にして思うのだった。

それでなくても、正統派の料理屋での仕事などすでに何年も遠ざかっていて、近々の仕事は時間が過ぎるのを待つだけのアルバイト。とてもじゃないけど、ここで毎日十二時間も拘束されては体がもたないという思いしかなかった。

同日入社の若い男の子は、わずか一日で退職。次の日から仕事場に姿を現すことはなかった。

この凄腕の親方は、半年前にこの厨房に来た新しい親方で、あまりの厳しさゆえに、入る人入る人、皆すぐに辞めてしまうのだという。

分からないでもないけれど、それは仕事を選べるという余裕のある人に与えられた権利であって、僕のような身動きの取れないものは、一度決めたら最後、腹をくってここに居座るしかなかった。

子供たちのために頑張らなければいけないと思えば、後ろ向きな感情など邪魔になるだけだ。どうせ明日も明後日もここに来るしかないのなら、さっさと仕事を覚えて仲間を作って、怖ければ怖いなりに飛び込んでやろうと、そう考えてみることにした。

煮て食おうが焼いて食おうが好きにしろ。お前らはすぐ辞めちまうのかもしれないけど、僕は辞めない。車とテレビを買って滞っている支払いを完済するまでは、辞めてたまるかと覚悟を決めた。

こうなったら、やるしかない。


仕事はとにかく大変だった。

今までのアルバイトなど比ではない。拘束時間が長いうえに、仕事の内容は高度で、覚えることがたくさんあった。

親方衆と僕では明らかにレベルが違うし、求められることの半分も応えることができない。この板場の長であり神である親方は、良くも悪くも昔気質（むかしかたぎ）、まず親方が言う前に察して先回りして動かないと怒鳴られてしまう。緊張と忙しさで、毎日毎日神経をすり減らし疲労困憊（こんぱい）した。それに加えて寝る時間を削って家事をこなし、睡眠時間もそこそこに、また仕事へ向かう。

拘束時間が長いということは、つまりこういうことか。

仕事から帰れば最低限の家事をこなして寝る。気がついたら朝の六時になっていて、いつの間にか新しい一日が始まってしまう。どんなに疲れていても、どんなに眠くても、休むわけにはいかなかった。休んだら最後、二度と職場に足が向かなくなってしまうだろう。

子供たちに朝ご飯を食べさせ、自分の身支度をし、早々に家を出る。電車に乗って仕事場に着くのは就業の三十分以上前。

親方が到着する前に朝の準備を終わらせ、温かいお茶を出すのが日課だったので、到着するや否や着替えを済ませ厨房に直行する。十五時の休憩まで神経を研ぎ澄ませて親方の言うことを漏らさず聞き取り、夕方から夜のピークに向けもうひと踏ん張り。二十時にラストオーダーを取るので、それを作り終えたら急いで後片付けをする。

ラストオーダーをこなしたら親方はご帰宅となるので、ここからは時間との勝負。帰りの電車が二十一時十分で、それを乗り過ごしてしまうと一時間、電車がない。二十一時十分の電車に乗ることは、もはや至上命令で、乗り過ごしたら最後、ひとけのない真っ暗な無人駅で一時間、時間をつぶさなければならなくなるのだ。

二十一時きっかりにタイムカードを押し、二分で着替えを済ませ、海岸よりはるか高い位置にある駅まで猛ダッシュする。疲れた体に鞭打って丘を駆け上がるのだが、これがしんどい。しかも時間は超ギリギリなので、走ることをやめるわけにはいかない。何としても電車に乗り遅れるわけにはいかなかった。

心臓が飛び出そうなほどのスピードで走り、毎日なんとか電車に飛び乗っていた。他に誰も乗っていない車内で、ぐったりと目を閉じる。

家に着くのは二十二時。

本当に毎日毎日クタクタだった。

13

仕事は大変だったけれど、勉強になることが多かった。茨城はアンコウが有名で、季節になるとアンコウ鍋を出す。朝一で市場から仕入れたアンコウを捌く手際の良さを盗み見ては、感心していた。

僕は主に揚げ物を担当させられた。天ぷらを揚げることが多く、一日中、天ぷらを揚げ続けるなんて日もあった。

今までは労働の拘束時間が短かったために、家に帰って晩ご飯の支度をしながら、味見がてらつまみ食いをして僕の晩ご飯としていたのだが、二十一時までの拘束となり、さすがに朝も食べず昼も食べずでは体がもたなかった。子供たちに食べさせる朝ご飯用のお米を気持ち多めに炊いて、残ったお米でおにぎりを一個、ラップに包んで仕事場に持っていき、休憩時間になったら一人外に出て、海岸の防波堤に腰かけ、白飯だけのおにぎりを食べる。

従業員専用の休憩室もあったのだが、さすがにそこで白飯のおにぎりを出して食べるのは気が引けたので、外に出て海を眺めながら一人で食べた。

休憩室で一緒になった他の従業員からは、

「お昼はここで食べたらいいのに」

と言われたりしたけれど、

「お弁当を持ってきてるんで、せっかくなんで外で食べますよ」

と言って外に出た。

いろいろと説明するのは面倒だったし、誰にも心を開く気にはなれなかった。

この職場に転職してからは、父子家庭だということは支配人以外の誰にも言っていなかったし、みんなは僕のことをごく普通の、いわゆる誰もが考える平凡な家庭で暮らしていると思っていた。子供がいるということだけは伝えてあったので、他の従業員たちとは、適当に話を合わせて過ごしていた。

僕はこの何年かで、学んだのだ。

父子家庭だの一人で育てているだの、誰かに言ってみたところで共感などしてはもらえないし、助けてくれるわけでもない。

父子家庭であることを伝えたとしても、結局何も得るものはなかったし、仕事となると、逆にその情報は足かせとなり、だんだんと身動きが取れなくなる。融通のきかない人よりは便利な人を雇いたいと思うのが普通だろうし、僕が雇い主でもそう考える。

さらには、父子家庭という生き方自体が世間ではあまり認知されておらず、「男が一人で子供を育てているなんておかしい。何かあるに違いない。お前がひどい人間だから、母親が子供を置いて出ていかなければならなかったのだろう」という、僕にはおよそ理解できない解釈をする心ない人もいた。

それはあんまりだ。

いつしか僕は、父子家庭で子供たちを引き取って一人で育てているということを、人に伝えることができなくなっていた。

今まで出会った人たちは、僕が「一人で子供を育てています」と言っても、それは単に妻と離婚したという意味での「一人」だと受け止めていた。本当に「一人」だとは誰も信じてくれなかった。今時、この世の中に自分以外頼る者がおらず、誰にも助けてもらえずに子供を育てている人がいる、ということにそもそも現実感が持てないのだ。

誰にだって一人くらい、頼れる身内がいるものだ。親兄弟なり、祖父母なり、親戚なり。本当に誰もいないと僕が力説しても、言えば言うほど大げさで、真実味をなくすだけだった。

「そうはいっても、一人くらいいるでしょ」

と一笑に付されるのがオチだった。

だからいつしか、言うだけ損をするこの情報をあまり相手の耳に入れないようにして、相手が望む自分を演じることにしたのだ。

人によって、環境によって、その都度キャラを変えていくから、「ここではどの自分を演じてたんだっけ?」と戸惑うこともしばしばだったけれど、大して中身のある話などしていなかったし、適当にごまかしながら過ごしていれば良かった。話しても分かってもらえないことは嫌というほど経験したし、もう話すのも面倒だ。

仕事場では、幸せそうな父親役を演じた。社割がきく昼ご飯を食べないのは、お金がないからではなく愛妻弁当があるから、という設定だ。

海を眺めながら、味もそっけもない冷えた白飯のおにぎりを食べなければいけない。

腹がいっぱいになどなるはずもなく、満足感も満腹感もみじんもなかったけれど、この程度の惨めさはもはや日常になっていた。打ち寄せる波の数を数え、それと同じ数だけ、ため息をついた。


仕事に慣れてくると、親方以外の板前さんは友達のように接してくれるようになり、だいぶ気がまぎれるようになった。なにせ拘束時間が長く、朝からずっと同じ場所にいるわけだから、そのうちいやでも打ち解けてくるものだ。

二十時のラストオーダーが終わり親方が帰ると、一緒に働く板前さんが、

「腹減っただろ、遅い時間だからな。天丼食べるか?」

と言って、僕のためだけに天丼を作ってくれたりした。もちろん支配人や親方に知られたらクビになってしまうので、作ってもらった天丼を作業台の陰で隠れて食べた。

毎日というわけにはいかなかったけれど、僕はこうして週に何度か豪華な晩ご飯にありつけるようになった。

一カ月くらい働いたころだろうか。夜、親方が帰った後、その板前さんが僕に天丼を食べさせてくれながらこう言った。

「悪いんだけどさ、俺、辞めようと思ってるんだよね」

「辞めるって、何をですか？」

「ここの仕事だよ」

よくよく話を聞いてみると、本当はだいぶ前から辞めようと思っていたという。しかし、辞めようにも新しい人が入ってこない。入ってきてもすぐに辞めてしまう。だから辞めるタイミングをつかめないでいたというのだ。なるほど、確かに同日入社の彼も一日でいなくなった。そこに、そこそこ若く、そう簡単に辞めそうにない僕が入ってきた。この機を逃してなるものかと、そういうことらしかった。

そうして板前さんはあっさりと辞めていき、僕はその板前さんがやっていた親方のサポートポジションにおさまった。人手がなくなったうえに、前にも増して毎日が緊張の連続となり、親方の一挙手一投足を見逃さぬように十二時間張りつめたまま仕事をせねばならなくなってしまった。

通常の板前としての業務に加え、在庫の管理、品出し、その他雑用。僕の仕事量は一気に増え、加えて家事に忙殺され、電車通勤の疲れや、睡眠不足、空腹もたたって、すっかり仕事に行くのが嫌になってしまった。

疲れが取れない上に、日々の緊張感が尋常ではないのだ。

多くを語らぬ親方の目を見て、次の指示を予測する。先回りして仕事をこなさなければ怒鳴られる。親方の動きを注意深く観察し、今何を欲しているのか、神経を研ぎ澄ます。

これでは、あの板前さんも辞めたいと思うはずだ。

うまくいく時もあれば、全く違う時もある。怒られ怒られ仕事をするのだが、僕には親方が望むほどの技術はない。仕事を命じられるのが怖くて、不得意分野やできないことを申しつけられると、どうやってこの場を逃げるかを考えてしまう。

しかし、そのおかげでたくさんの技術も学べた。今後役に立つのかどうかは分からなかったけれど、料理はもともと好きだったので、一流の技術を間近で見られるということには、一定の高揚感もあった。


そんなこんなで、朝になると毎日仕事に行きたくない病にかかるのをどうにかこうにかやり過ごし、二カ月が過ぎた。

ひと月の給料が約二十五万円。二回給料をもらい、二カ月で五十万円近くのお金を稼ぐことに成功した。月給八万円で自分の都合とは無関係に職を失っていたあのころから比べたら、なんということだろう。

二カ月で五十万だ、五十万。まさに、血と汗と涙の結晶である。

あの大震災からだいぶ時間が経ってしまったけれど、僕は子供たちのために念願の薄型テレビを購入することを決めた。

地デジ化が行われてテレビを失い、早九カ月。

とうとう僕はテレビを自宅に置くという子供たちとの約束を成就したのだ。それは国宝級の美術品よろしく、貫録十分でリビングに鎮座した。

自分の働いたお金で、とうとうテレビを買ったのだ。

食うや食わずの生活、職を転々とし、子供たちには迷惑をかけ、我慢をさせた。決して自分一人の力では成しえなかったであろうこの偉業を成し遂げ、全ての人に感謝したい気分だった。

近所のドン・キホーテで五万円。現金一括でテレビを購入した時、テレビを失ったあの日から今日までの苦労が、挫折が、怒りや悔しさが、名場面集のように編集され瞼の裏に浮かび、口にはできない思いが胸に交錯し、涙した。

型落ちのテレビだったけれど、子供たちとの約束を果たすことができて僕は満足していた。

子供たちは大喜びし、その日は三人でいつまでもテレビを見た。戦後じゃあるまいし、家族そろってテレビ鑑賞でもないのだが、それは紛れもなく、歯を食いしばって生きてきた努力と家族の愛の結晶だったに違いない。


何を思っただろうか。

子供たちはテレビを見ながら、一体何を思っただろうか。

当たり前のことが当たり前にできない生活を強いられ、だいぶ長い時間が過ぎた。わが家にテレビが来たあの日は、ほんの少しだけ僕たちに平穏と希望をくれたのだった。

忘れようにも忘れられない記憶である。

第三章

1

テレビを購入したことで、親としての最低限の役目を果たしたつもりにはなったのだが、だからといって子供たちが望む生活を提供しているとは言い難い。

週五日は九時から二十二時まで子供たちだけで過ごさなければならないわけで、さらに今まではテレビもない家で子供たちだけで留守番をさせていたわけだ。

テレビを購入してほんの少し罪悪感は消えたけれど、子供たちに申し訳ない気持ちは相変わらずで、このままの暮らしを続けていて良いのだろうかと思うのだった。上の子は高校受験を控えているし、下の子も小学六年生、大人が近くにいない環境であまり長い時間過ごさせるのは、気が引ける年頃だ。

お金を稼いで子供たちを食べさせるということと、子供たちが成長するために良い環境を作るということ、その二つの責任を両立させるのは難しかった。

両親がいて、祖父母がいればそれぞれが役割を分担できただろうが、僕にはそれができない。本来なら、車の両輪のように同時に回し続けなければ安定しないところを、僕はどうやっても片方ずつしか回せないのだ。

あっちを回したらこっちが止まる。こっちを回したらあっちが止まる。

本当は永遠に先に進むことのない車に乗って、僕たちは旅を続けているのかもしれなかったけれど、自分を信じる以外に道はない。

今度は止まったままのもう片方の車輪を、回さなければならない時期に来ているのかもしれない。

滞っていた光熱費等の支払いもほとんど軌道に乗せたし、この生活を維持できるだけの最低限の収入がある仕事、かつ拘束時間が今よりも短い仕事に転職しようと決めた。

少しばかりお金を手にして、生活の安定みたいなものを知ってしまった僕は、今さらまたアルバイト生活をする気にはなれなかったし、確実に前に進んでいるという認識を得るために、どうしてもアルバイトに戻るわけにはいかなかった。

たとえ気のせいだったにせよ、それがあるかないかで、今後の意気込みに相当の差が出る。明日も生きてゆけるという実感、これが僕にとっては重要かつ必要だった。二十五万円も給料をもらっていたのに、また月十万円の生活に戻ったのでは、もう二度と「生きよう」という意欲が湧かないような気がした。

アルバイトは違う。お金は余らなくても、最低でも三食まともに食べさせてあげられる生活。これは死守しよう。そして、子供たちと過ごす時間も大切だ。

求人雑誌やインターネットをくまなく探し、僕がたどり着いた一つの答えがこれだった。

営業。

営業などやったことはないし、実績もない。もっと言えば、スーツを着て出勤し、土日祝日が休みなどという暮らしを、僕はしたことがなかった。

高校を卒業してからというもの、やってきた仕事は飲食店がほとんど。他の仕事ができるかどうか分からなかったけれど、目先を変えて新しい環境に飛び込むことで、何かを打開できるのではないかと考えてみた。

すでに行き詰まりの感は否めないたった一人の父子家庭生活。方向性を大きく変えていかなければ、僕たちには明日すらないようにも思えていた。だからといって判断が正しいかどうかは相変わらずの手探り状態で、情熱も信条もない。それでも新しい世界に飛び込まなければと思うほどに、選択肢はなくなりつつあった。

求人の募集内容を信じるのであれば、週休二日で、十七時には退勤でき、給料も悪くなく、これはなかなか今の自分に合っている職種のように思えてきたのだった。

ただ一つ困ったのは、車がないということ。

数社、面接に行ったのだが、車がないということが相当な支障になっており、それによって不合格になることもたびたびあった。

一度、不動産屋の営業に応募して面接に行き、宅建の資格もなければ営業経験もないのに、持ち前のなりきりキャラの面接術ですっかり社長に気に入られ、その場で合格になったことがあった。しかしその会社も、車がないためにあえなく辞退することになった。

そこは、マイカーを使って営業する方式の会社で、車を持っていなければ仕事はできない。そんなことを僕は知らなかったし、社長も、この車社会の地方において、まさか車も持っていない人が面接に来るなどということを想定していなかったようで、なんだかお互い変な空気になってしまったのを覚えている。

この経験を教訓に、職探しと並行してマイカーの購入に向け動き出した。

幸い、今は正社員として働いているし、ローンぐらい組めるだろう。生活が安定しない中での借金に二の足を踏んでいたのだが、そんなことも言っていられない。これは未来の自分への投資であると考え、ローンによるマイカー購入へと舵(かじ)を切った。

そうと決まれば善は急げで、休日を使って近所の中古車屋を物色し、十年落ちのホンダストリーム、二十五万円を三年ローンで購入することにした。

これで何となく人並みの生活らしい体裁は整ったけれど、月額一万三千円のローンが残り、僕の生活は新たな段階へと突入した。

これからは、光熱費と食費だけでなく、借金返済も加わる。車体価格は二十五万円だったけれど、保証とか金利とかその他もろもろで五十万円近くの総額になってしまったために、ローンの支払いは月額一万三千円となった。車を購入したということはガソリン代もかかるし、税金もある。任意の自動車保険にも加入しなければならないだろうし、車を所持するだけで相当の出費が予想された。是が非でも、この出費を回収できるだけの生産性を確保しなければならない。

車を購入したことによって生活スタイルは激変し、職探しの範囲も広くなった。

僕はこうして、水戸の中心部からは少し離れた、車がなければ絶対に通勤できない場所にある人材派遣の会社に、営業マンとして転職することになった。

日帰り温泉施設の板前の仕事は四月いっぱいで辞めるつもりだったのだけれど、ゴールデンウィークは混雑が予想され、人手が足りないということで、それまでいてくれないかと支配人に頼まれたので、快く承諾した。僕を拾ってくれた恩もあるし、入社してすぐに退社する負い目もあった。何よりも、これだけの給料をくれて生活を立て直させてくれたのは、間違いなくこの仕事のおかげなのだから。

ゴールデンウィークは、信じられないほど忙しかった。

この仕事を始めて最も忙しい数日間で、朝から晩まで人が途切れることはなく、息つく暇もない。家に帰れば卒倒するほど疲れ果てたが、なんとか乗り切り、僕は日帰り温泉施設を円満退職した。

退職の際、支配人に、

「お世話になりました、ありがとうございます」

と告げると、

「またいつでも戻ってきてください、待ってますから」

と声をかけてくれた。怖かった親方にもお礼と感謝の気持ちを伝えると、

「お前がいなくなると寂しくなるな、なんだか」

と言ってもらえて、うれしかった。

一日のほとんどをここで過ごし、仕事も大変だったから、辞める時はやっぱり寂しかった。


ゴールデンウィークが明けるとすぐに、人生でほぼ初めてに近いスーツ姿となり、マイカーに乗って通勤することとなった。通勤はだいぶ楽になったのだけれど、そのおかげで行き帰りのひどい渋滞に巻き込まれるようになった。スーツにネクタイという身なりは着慣れていないためにとても窮屈で、革靴を履いて歩くのは難しかった。

今度お世話になる人材派遣の会社は、個人のオーナー企業で、夫婦二人が社長と専務という形の家族経営だった。

営業職として採用されたのに、初日は一日中履歴書をシュレッダーにかけるというなんともいえない仕事を命じられ、ひたすら単純作業を繰り返した。

仕事といえば事務所の雑用と社長の買い物に付き合うことと、よく分からない資料のファイリングのみだったけれど、約束通りの給料二十万円はきっちり支払われた。

事務所内での仕事に慣れ、営業に出始めるようになると、夜遅くまで家に帰れない日も増え

た。初めから終業時間が遅いと確定していれば、それなりに対応のしようがあるのだが、その日急に帰れなくなるというのが営業の慣例で、次第に無理が生じてきた。子供たちはいつ戻るやも知れない父親を待ち、心配しながら空腹を紛らわせているに違いない。

そもそもこの仕事が好きなわけでもない。営業などやったことがなかったし、いまいち営業成績が上がらない中で、夜中まで仕事をしなければならない日が続き、気分は次第に落ち込んだ。

家のことも子供たちのことも自分の思うようにはいかなくなっていった。仕事中に車に乗って遠くまで営業に出かけている時に子供たちに何かあっても対応できず、だからといって仕事を取ってこられるわけでもなく、帰りたくても家に帰れない。

そんな生活が何日か続き、僕は何もかもが嫌になって人と会うのも煩わしくなってきていた。必ず毎日誰かと話をしなければいけない営業という仕事が苦痛で仕方なくなり、そのうち近くの公園で昼寝をしながら時間をつぶすようになって、何かをしようという意欲そのものが失われていくようだった。

着慣れないスーツ、履き心地の悪い靴、堅苦しいネクタイ、週五日勤務、週末の二連休、何もかもが気に食わなくなっていき、体と頭の整合性は失われていった。

ある日、僕は心の中の何か大事なものがぷっつりと切れてしまったような感覚に気づき、それからというもの、仕事に向かうのが嫌で嫌で仕方なくなり、頭痛、吐き気、倦怠感まで重なり、自力で感情を制する術を見失った。

一体僕には何ができるのだろうか。そんな根本的な疑問まで湧き上がってきて、自分が誰からも必要とされないちっぽけな存在に思えてくるのだった。

仕事を探すことも、新しい仕事を覚えることも、新しい職場で人間関係を構築することも、生活スタイルに無理があるからと言って仕事を辞めなければならないことも、自分の都合や考えとは無関係に仕事を辞めさせられることも、働ける時間が少ないから稼ぎも少なくなり、食費を削って食べるものがなくなり毎日朦朧としていることも、子供たちにご飯を作ったり洗濯したり掃除したりすることも、もうそんなことの全てがどうでもいいように思えてきて、やめてしまいたいという渇求が抑えられなくなってしまった。

もう、やめたい。

何もかも投げ出してしまいたいという感情を自分一人でどこまでコントロールできるのか、もはや分からない。

新しい仕事を探すこともなく家に引きこもり、外の世界とのコミュニケーションを断ち切って、物思いにふけるようになっていった。何もする気が起きないし、自分自身でも感情を制御することが難しくなっていくのが分かった。

ある日、無気力のまま家でぼんやりしていると、何やら見慣れぬ封書が一通、郵便受けに入っていることに気がついた。差出人は労働基準監督署で、開けてみると、未払いの給料を支払うので書類に必要事項を記入して返信してくれとのこと。

読み進めてみると、突然閉店に追い込まれた水戸の駅ビルの飲食店で未払いとなっていた一カ月分のバイト代のことらしかった。

当然もらうべき権利のある正当なお金なのだから、こんなにありがたい天からの恵みは他にない。僕はその九万円をありがたく受け取り、渡りに船とばかりに、これはきっと「仕事を辞めて、今はゆっくり休みなさい」という神様からのお告げに違いないと決めつけ、勝手に自分の背中を押したのだった。

僕の提出した退職願はあっさりと受理され、そのまま数日後にはめでたく退職の運びとなった。

季節は夏になっていた。さわやかな解放感とは真逆の感情で、僕は何度目かの無職になった。このころにはすっかり無職になるのにも慣れてしまって、またこれか、程度の感情しかなかったのだけれども、震災から続くごたごたに、もう心も体も限界だった。

その年の八月末日、三カ月間お世話になった人材派遣会社を退職した時には、最後の給料二十万円と未払いだったアルバイト代で、三十万円近くのお金を持っていた。

月八万円の給料で、支払いの全てを先延ばしさせながら、食事をとることさえやめてなんとか生きながらえていたあのころに比べたら、なんという恵まれた環境だろうか。

仕事を辞めたのに金がある。

「そうだ、俺は頑張ったんだ。これでいい、少しゆっくり休んでもバチはあたらないだろう」

そう、思った。

2

仕事を辞め、家にいるようになったけれど、毎日それでも家事をした。今まで子供たちともゆっくり時間を過ごせていなかったし、久しぶりに手の込んだ晩ご飯でも作ろうと、せっせと料理をした。すっかり大きくなった子供たちも、僕が作ったご飯は「おいしい」と言って食べてくれた。

よく考えてみたら、もうずいぶん子供たちと一緒に晩ご飯を食べていなかった。もしかしたら、父子家庭になってからというもの、子供たちと食卓を囲んだことなど数えるほどだったのではないかと思うのだった。

父子家庭になりたてのころは、効率良い家事のこなし方が分からず、自分の食事は台所で立ったまま済ませるのが常で、座ってご飯を食べたことがなかった。父子家庭生活が長くなるにつれて、お金がなくなりご飯そのものを食べなくなったので、晩ご飯は子供たちの二人分しか作らなくなった。

三人でテーブルを囲み、たわいもない話をしながら食事をする。それがいわゆる家族団欒(だんらん)とかいうものに違いないのだろうが、そんなささやかな家族の形すら味わうことがなく、また子供たちにも味わわせてあげることができないでいたのだ。生きていくことに、子供たちを生かし続けることに必死で、そんなことすら忘れてしまっていた。

仕事を辞めて、ふと一息ついてみると、今まで見ようとしなかったものが見えてきて、ありがたく感じると共に、それと同じくらい子供たちに対する申し訳なさとか、自分に対する苛立ちとか、虚無感のような感情が湧き上がってきた。子供たちに対して何かをしてあげるということの、はるか以前のことすら満足にできていない。

一生懸命自分なりにやってみたつもりだったけど、これで良かったのか、これからどうしていけば良いのか、それを思うと気持ちが混乱し押しつぶされそうになる。

本来なら、気分転換すると共にもうひと頑張りするための英気を養うべきなのだろうが、そのような前向きな感情にはどうしてもなれなかった。

一人になって立ち止まってみると、改めて自分の無力さみたいなものが浮き彫りになった気がして、「こんな生活をしていて良いのだろうか」という感情だけが、心の真ん中でいつまでも居座り続けた。

年齢も四十歳目前となり、こんな転職生活を繰り返してもいられない。

そろそろ求人によっては年齢制限に引っかかる歳になっていた。上の子は高校受験を控えているし、下の子は中学校に入学する。ここ数年で最も高いハードルを前に、怖気（おじけ）づいていた。

お金がないから進学できないなどという局面は、なんとしても回避しなければいけない。

安定した仕事と安定した収入。それと、家事と子育てをストレスなくこなせるだけの時間。これらの要素を最大公約数的に満たさなければ、僕たちの生活は今度こそ間違いなく破綻する。愚直かつ慎重になったおかげで及び腰になり、感情の整理もできぬままで職探しは一向に進まず、焦りの感情とはあべこべに、無職の日々が長くなっていた。

季節はすっかり秋の気配。

探せども探せども一向に良い仕事は見つからず、お金は無情にもなくなっていき、やっとの思いで手に入れたささやかな生活の安定も脅かされるようになり、やらなければいけないことがなくならない生活の中で、将来に対する不安とか、迷いとか、焦りとか、後悔とか、そんな悶々としたものが、ふと秋の風に乗って僕の心の隙間の闇に入り込んだに違いない。

ある朝突然、目が覚めた瞬間に、何の前触れもなく唐突に、僕はこう思った。

それは四十年弱の人生の中で、初めて抱く感情だった。

「死にたい」

「死にたい」

「死にたい」

「死にたい」

とんでもない倦怠感と疲労。考えが一つもまとまらず、無気力の極み。寂しさと恐怖と諦めと脱力と憤りにまみれた、えも言われぬ胸懐。

僕は生まれて初めて、心から「死にたい」と思った。


目が覚めた瞬間から、負の感情が最高潮に達している。生きる希望とか活力とか、そんな前向きの気持ちはどこか彼方に消え失せてしまったかのように、思い出すことができない。思い出すきっかけすら分からない。

悪い思考が一気に加速する。

「死にたい」という単語しか頭に浮かんでこなくなり、呼吸をすることすら不快になっていた。何もかも捨てて、何もかもやめてしまえばいい、だんだんそれしか考えられなくなる。精神を病んだなどという、月並みな表現で一括りにはできぬほどの鬱屈。別人格の自分が体に宿り、僕の頭を支配する。鎮めようにも鎮められない思考に、僕の体と頭は乗っ取られた。

辛うじて、子供たちに悟られてはいけないという感覚のみが残っていて、一つの体の中でせめぎ合っていた。

「死にたい、死にたい」

頭の中がぐるぐると回り、体が思うように動かない。

出鱈目に昼間から酒をあおるようになった。お金もないのに安物の焼酎を買ってきては、浴びるように飲む。酒を飲んで酔っ払っている時だけは、気持ちが少し落ち着くような気がした。

酒を飲む量は徐々に増えていくのだが、緊張と不安と焦りが勝ると一向に酔えなくなる。それを凌駕(りょうが)するためにさらに大量の酒をあおり、どんどん精神と家計が圧迫される。

死にたいと思う感情と、今死んだら子供たちはどうなるんだという強迫観念が入り混じるたびに、酒の量は増えていった。それにつれて、さらに正常な精神状態ではなくなり、まともな人格は僕の中から消え、散らかったままの部屋で過ごすようになった。

手抜きのご飯を作るようになり、レトルト食品になりインスタント食品になって、最後は子供たちにお金を渡してそれで終わりにした。

そんな時は必ず、「どうした、どんなことがあっても子供たちにおいしい手作りのご飯を作るんだろ」と、正常だったころの僕が僕に語りかける。

頭では理解しているような気がするのだが、今の僕にとって、なぜかそれが適切な指示だとは認識できない。

「もうやめちまえ、こんな生活してて何になるんだ、くだらないからやめちまえ」

強迫観念の中の僕は、凄腕の催眠術師のように、昼夜問わず語りかける。

日に日に複雑化する雑念が虚しく空回りし、もはや適切な回答を導き出すことはない。

このままではいけない。

それだけはぼんやり分かっていた。

3

「自分は生きる資格のない人間だ、誰にも必要とされない人間だ、世の中の人全てが僕がいなくなればいいと思っている」

常に語りかけられるこの文言に対し、こちら側も相当強い意識を持たないと、いともたやすく飲み込まれてしまう。

「生きる資格がないのなら、生きていても仕方がない。死んでしまえ」という問いかけと、「お前がここであきらめて、子供たちはどうなる」という問いかけは、一定の周期で逆回転を繰り返すコインランドリーの巨大な乾燥機のように、一日中反復した。

しかし慣れてくると、執拗に繰り返されるこの回転がほんの一瞬停滞し、気持ちを操舵できる瞬間ができたりもした。

その一瞬の停滞に、精いっぱいまともな僕が、抵抗する。

「病院に行こう、病院に行って治療してもらおう。そうだ、一刻も早く病院に行こう」

医者と坊主の言うことは信用しないと勝手に決めて生きていた僕でさえ、これは自力では無理かもしれないと思うほどの症状だったし、現代医学の発展したこの二十一世紀、もしかしたら僕が知らないだけで効果覿面、たちまちのうちにこの憂鬱を解消してくれる特効薬があるかもしれない。

人に会いたくないし、人としゃべりたくなかったけれど、体中の力を振り絞り心療内科に電話した。

受診の予約は二週間後だったけれど、その日まで生きていられるのか、それだけが気がかりだった。眠れない夜を指折り数え、昼も夜も分からなくなって、煩わしさと戸惑いと苛立ちで押しつぶされそうになりながらも、なんとか一日一日をやり過ごし、受診の日になった。


病院は水戸にある心療内科で、風邪も引かない僕はただの内科にさえほとんど行ったこともないのに、心療内科にかからなければならないことに納得がいかなかった。

長椅子が何個か置かれているだけの、白い壁の殺風景な待合室に、平日の真っ昼間だというのに多くの人が座っていて、ほぼ満席状態。ここにいる全ての人が病んでいるのかと思ったら、さらに具合が悪くなってきた。

まわりを見ているだけで気が滅入る。

保険証を出し、空いていた席に腰かけてみたのだが、どうにも落ち着かない。自分も精神に異常をきたし病院に来ているのに変な言い方なのだが、ここにいる人たちと同じように自分も病んでいるのかと思うと、余計に気分は落ち込んだ。

初診ということもあり、問診票やたくさんの質問が書かれた心理テストのようなものをやらされた。素直に書き入れて提出し、さらに一時間程度待たされたのちに診察の順番となった。三つある小部屋の一つに通されると、白衣を着た医師が待ち構えていた。

僕の書いた問診票やテストの回答を眺めている。先生はしばらく何かを説明したのちに、こう僕に言った。

「これ以上悪い状態の患者さんは病院には来ませんよ。病院に来る患者さんの中では最も重い症状の部類です」

「そうですか、これが一番ひどい症状なんですね、分かりました……」

辛うじて相槌を打った。

最も重い症状と言われ、なぜかホッとした。これで軽い症状だと言われるよりは良いと思った。

「どうしてあなたの症状より重い症状の患者が病院に来ないか、分かりますか?」

「いえ、分かりません」

「それは、死んじゃうからですよ」

と先生は言った。

「先生、僕、このままだと死んでしまうのでしょうか?」

「これ以上ひどくなっていけば、そういうこともあり得るかもしれませんね。でも大丈夫です、今は良い薬もありますし、それを飲んで、とりあえず様子を見てみましょう」

診察は五分程度。自分の症状がだいぶ重い方だということは分かった。

病名は「うつ病」。

うつ病という名前くらいは聞いたことがあるけれど、まさか自分がそちら側の人間になるとは思ってもいなかった。

でも、やっぱり今はよく効く薬があるのだ、良かった良かった。

とりあえず、それをもらって飲んでみよう。


診察が終わってさらに一時間近く待たされたのちに会計をし、思わぬ出費に戸惑ったのだけれど、これも生きるためだと、なけなしのお金を支払った。隣接する薬局に寄って薬を処方してもらい、また支払いをした。健康ではなくなるというのは金がかかるものだ。薬を飲む時の注意事項の説明を受け、なんとか家にたどり着いたのだった。

外出するだけでも気分が滅入って仕方ないのに、よくもまあみんな何時間も待って受診するものだと感心した。

家に着いたら、早速薬を飲んでみたくなるのが人情というものだ。これを飲めばどれほど楽になるのだろうと、期待も込めて一錠飲んでみることにした。藁（わら）にもすがる思いで大嫌いな病院に足を運び、何時間も待たされ高いお金を払ったのだから、きっと良くなるのだろう。

薬を水で流し込み、一息ついてリビングのソファーに腰を下ろした。

それにしても毎日これほど憂鬱なのだろうか、うつ病というのは。話には聞いていたが、これはなかなか手ごわい。

父子家庭になってから、いつでも、どんな時でも、最悪の事態を想定して行動するということを心がけてきた。

想定していた最悪の事態というのは僕が死んでしまうことで、たった一人で育ててくれた父親が死んで、哀れな子供たちだけが取り残される、というドラマのワンシーンのような状況になった時に、残された子供たちはどうやって生きていけば良いのか、というあらすじは常に考えていた。

けれども、死にたいと思いながらそれでも生きていかなければいけないという状況を、僕は想定していなかった。死にたいと思いながら生きることが、これほどまでに狂おしいということを、僕は知らなかったのだ。

小さいころから健康だけが取り柄だった。風邪一つ引いたことがない。

もしこの先、死にたいのに生きていかなければいけないのだとしたら、一体これからどうすれば良いのだろうか。僕には死にたい死にたいと思う自分を克服し、それでも生きていくという精神力もないのだろうか。

そんなことをぼんやり考えていたら、いつの間にか眠ってしまったらしい。

自分が寝てしまったことすら気がつかず、起きるという行動をもってして初めて自分が寝ていたと知るくらいに、寝入ってしまっていた。

どのくらい眠っただろうか。目を覚ましてみるとすっかり辺りは暗くなっていて、子供たちが学校から帰ってきた形跡もある。

体をソファーから起こそうとするけれど、思うように動かない。


ダルい……


体が鉛のように重くて、頭がすっきりしない。

一体どうしたというのか。

時計を見ると、帰宅してから三時間は経過している。その間の記憶は一切なく、三時間も寝ていた割には爽快感もない。どうにかこうにか体を引きずり起こし、転げるように起き上がってリビングの電気をつけた。


無気力。

何もやる気が起きない。考えることも面倒なくらいだ。

買い物もしていないし、晩ご飯の用意もしなければならないのに、どうしたというのか。

そういえば薬を飲む時の注意事項として、眠気が襲ってくることがあるので薬を飲んで車の運転はしないように、と言われていた。

そうか、こういうことか。

まあ、今日は久しぶりに外出して人に会ってきたわけだし、ここのところ夜もほとんど眠れなかったから、疲れが出たのかもしれない。朦朧とする頭を何度も振って、晩ご飯の支度にとりかかった。

薬を一錠飲んだからといって、内面的な何かが劇的に転じたかといえば、全くそんなことはない。いつものように窮屈な気分だし、ふとした時に死にたい願望が出てくる。体に力が入らず疲労感もある。

どこかすっきりしない。

薬は一日三回服用する形態だったので、次の日の朝も、昼も、一錠ずつ飲んではみたのだが、薬を飲んだら最後、三十分もしないうちに自分でも全くコントロールできない猛烈な睡魔に襲われる。体がどんどん重くなって頭が回らなくなって、疲れたのとはまた少し違う気だるさがあり、思考能力も低下し何にも考えられなくなる。

自力で立っていることもままならず、ソファーに腰を下ろしたら最後、そのまま一瞬のうちに眠ってしまう。それは、眠りに落ちるというような心地の良いものではない。自分の意思とは無関係に、いや、むしろ強制的に眠らされている感じ。

言うなれば、気絶だ。

気絶したら最後、三時間はどんなことがあっても目覚めることがない。そこだけ時間を切り取られてしまったかのような感覚。

わずか一瞬の出来事なのだ。

目が覚めても不愉快極まりない。体の疲れが取れるわけでもなく、気分が爽快になるわけでもない。むしろ、強制的に眠らされたことへの嫌悪感、鬱陶しさの方がはるかに勝っていて、悔しいほどの後悔にさいなまれるのだった。

一日三回服用し、その都度三時間気絶させられていたのでは何にもできはしない。掃除、洗濯、食事の準備、一日にやらなければいけないことは山のようにあるのに、そのほとんどが手につかなかった。

一日が過ぎ、二日が過ぎても、この症状は全く緩和されない。

薬を飲み慣れていないせいだと考えていたのだが、どうやらそうでもないらしい。

薬を飲み始めて三日目に、僕はこれ以上薬を飲むことをやめた。

それは、こんなことがあったからだ。

十四時ごろに昼の薬を服用し、いつものように強制的に気絶させられた僕は、リビングのソファーに横になっていた。

三時間を過ぎたあたりでいつもなら何となく目が覚めるのだが、その日はなぜか目が覚めなかった。

日中に強制的に数時間昼寝をさせられているせいで、夜中まったく眠れない日々が続いていた。一日の睡眠は薬を飲んだ後の気絶のみで、体は休まらなかった。疲れが体の中に蓄積されていたのだろう。僕が目を覚ましたのは、二十時過ぎだった。

約六時間、ピクリともせずに寝ていた僕を揺り起こし、「何回か起こしたんだけど、全然起きなかったよ」と、上の子が言った。

「そうか、悪かったね。今からすぐご飯作るから待っててね、お腹空いたよね」

そう言って晩ご飯の支度にとりかかったのだが、猛烈な自己嫌悪に陥ってしまった。

晩ご飯も食べずに、僕が起きるのをただ子供たちは待っていてくれた。


一人で子供を育てるということは、代わりがいないということ。代わりがいないということは、自分がやらなければ生活の全てが止まってしまうということ。

生きるために、やらなければならないことがたくさんある。その全てが止まってしまう。

例えば風邪を引いて熱が出て、安静にする必要があったとしても、代わりがいなければ安静にしているわけにはいかない。やらなければならないことはなくならないのだから、風邪を引かぬよう気をつけなければならない。

たった一人で子供を育てる、そして生きるということは、そういうことなのだ。

風邪ならば気をつけようがある。うがいをしたり手を洗ったり、栄養のあるものを食べたり。

僕が勝手にうつ病になってしまったおかげで迷惑をこうむっているのは、間違いなく子供たちだった。

うつ病は、知らないうちに僕の体を蝕(むしば)んでいた。一人で子供を育てていく以上、どんな病気にもかかるわけにはいかないのだ。

僕がやらなければ、一体誰がやってくれるというのか。

4

油断していた。まさか、この僕がうつ病とは。

「薬を飲んで、あまり考え込まず、ゆっくり休養を取って、時間をかけて治していきましょう」

心療内科の先生はこう言ったけれど、たった一人父子家庭として生きる僕には、そのどれもが治療としては適切ではないことに気がついてしまった。

薬を飲めば気絶してしまうので、家のこと、子供たちのことが一切手につかず、仕事が山積みになり、結局自分自身を苦しめる。

考え込むなと言われても、僕には考えねばならぬことがたくさんありすぎる。ゆっくり休養を取れと言われても、家事や子育てに休みはない。時間をかけて治せと言われても、時間のかけようがない。具合を悪くすることもできないという自分が置かれている状況を、改めて思い知らされた。

やらねばならぬことを先送りしてしまっている無念と、子供たちに迷惑をかけている悔悟、そして、こんなことをしている場合ではないという焦り。

どれほど憤ってみても、その矛先は分からぬままだった。

後悔と強烈な嫌悪感を知った僕は、薬を飲むことをやめ、病院に通うこともやめて、自力でうつ病を克服することに決めた。

それしか僕に残された道はない。こうなったら、頼れるものは自分自身以外ない。

そんなことが可能なのかどうなのか分からなかったけれど、心療内科の先生に今僕が置かれている状況を説明しても、仕方のないことのように思えた。

そもそも、病院に行って治療を受け、薬を飲み、その力に頼ってこの状況を脱却しようなどという考え方自体、虫が良すぎたのかもしれない。今までだって、一体誰が助けてくれたというのだろうか。

僕たちが生きるか死ぬかの瀬戸際にいても、助けてはくれなかった。一笑に付されるか、批判されるか、相手にされないか、良い反応をとってくれたとしても「大変だね」と声をかけてもらうのがせいぜいで、ひどい時になると「自分だけが大変だと思うなよ」とか「世の中にはもっと大変な人がいるんだから」とか「こんな生活していて、まともな子供が育つはずない」とか言われる有様。

何も分からないくせにと、どんな時も唇を噛んで、歯を食いしばって我慢してきた。

何が正しいのかなんて、とっくの昔から分かってはいない。それでも自分を信じて、いや、自分だけを信じて生きてきたのだ。

それが僕の生きる道だ。理解されないなら仕方がない。

良いか悪いかではない。明日も生きていけるのかどうか、子供たちにご飯を食べさせてあげられるかどうか、ただそれだけなのだから。

ただそれだけのことに、正しいも間違っているもあるものか。

「人を頼ってはいけない、誰も助けてはくれない、どんな時も自分の力で乗り越える」

そのたびにこう唱え続け、悔しくて涙があふれそうになるのを、歯を食いしばってこらえてきた。

「よし、大丈夫だ、俺ならできる。子供たちのために、ここからまた先に進む」

晩ご飯の支度をしながら、僕は心に誓った。


先に進むためには、生活も少しずつ改善しなければいけない。

まず薬を飲むことをやめよう。薬に頼るというそもそもの自分の考え方を改めなければいけない。

だからといって朝から酒を飲んでいても仕方がない。体調をみながら庭の草むしりをしたり、部屋をきれいに片付けてみたり、天気の良い日は散歩に出かけたりと、なるべく体を動かすことにした。

季節は秋になり、体を動かすことは苦ではなかった。

どうやら家にいると考え込んでしまう傾向があると気がついた。気分がふさぎ込んできたら思い切って外に出る。近所に広いグラウンドがあったから、そこに行って何時間もひたすら歩き続ける。家のことは先に進まないけれど、薬で気絶させられるよりはよっぽど健康的であるに違いない。

そうすることによって体は程良く疲れ、時間も過ぎ、あまり考え込まなくなるので夜も比較的眠れるようになっていった。

うつ状態でいると熟睡ができなくなる。眠れないし、寝たとしてもすぐに目が覚めてしまう。目が覚めると日々の患いが怒涛のように押し寄せ、夜の闇に震えることになる。こうなると気休めに酒を飲んでも眠れない。酒も入り、なお眠れないとなると過剰に気分が不快になり、不安定になっていく。夜の間起きているわけだから考える時間もたっぷりあるわけで、悪いことを考え出すとキリがなくなり、決して良い方向には向かわない。

これは悪循環である。

睡眠は大事だ。毎日きっちり睡眠をとれるように体を酷使した。生活の周期を整えることが、健康への第一歩であると考えた。そのため日中はもちろん、夜中だろうと明け方だろうと、気持ちが滅入ってきた時には外に出た。悪いことを考えそうになったら、外に出る。

夜の町を流れ歩き、明け方の駅前商店街を徘徊した。

気分がふさぎ込んだら汗をかき、残りの時間は図書館に行って本を読んだ。どんな本でもいいから没頭して読み進める。なるべく考えごとをしないように集中するのだ。

仕事もしていなかったし、子供たちが学校に行ってしまえば夕方まで時間がある。

近所のグラウンドを何周も何周も無心で歩いて汗をかき、図書館に行って本を読むことの繰り返し。

一日に二冊は軽く読めてしまう。どんな本でもいいから、気になったら読んでみる。本を読むことは嫌いではなかったので、良い気分転換になった。うつ病の関連本も漁るように読んだ。まずは敵を知らなければ、勝負のしようがない。

それでもどうしようもないほど気分が落ち込んで外に出られない時は、布団をかぶってうずくまっていた。

雨の日は特に気分が落ち込んだ。外に出ることもできず、家にいても気分がさえない。掃除や洗濯もはかどらないし、しゃべる相手もいない。もしかしたら自分は一生こんな暮らしをしなければいけないのかもしれない、誰からも必要とされない人間なのかもしれないなどという考えが、頭の中をぐるぐるするのだった。

いつものように散歩に出かけ、ふらっと立ち寄ったコンビニで何気なく手にした本に、こんなことが書かれていた。

「全ての感情は脳の錯覚である」

仏教関連の教えを説いた本だったと思う。

怒りだったり悲しみだったり、人間が抱く感情の全ては脳の錯覚だ、というのだ。

脳の、錯覚……。

そうか、もしかしたらこの憂鬱で死にたいと思う感情もただの錯覚で、単なる僕の思い込みに過ぎないのではないか。だとしたら、逆の思い込みによって症状を改善させられるのではないのか。

良い錯覚を脳に与え続けるということ。

またある日、古本屋に立ち寄って読んだ本に「引き寄せの法則」なるものが書かれていた。それは、自分の成りたい姿、望むものを強く頭に思い描くことにより、願いが引き寄せられてくるといった趣旨の話で、ポジティブシンキングのすすめのようなものだった。

本には何やらいろいろと書かれていたが、つまりこういうことではないのだろうか。

「自分の全ては、自分の脳みそ一つで変えられる」

この考え方が正しいか間違っているかは、どうでも良かった。とにかく、そう思い込んでみることにした。なぜならこれは目から鱗(うろこ)、僕にはもってこいの方法のような気がしたからだ。

まず、金がかからない。自分の頭で思い込むだけなら、一円もかからない。

そして、どこにも行かなくて良い。子供たちにご飯を食べさせたり、もろもろの家事をこなしたりしなければならない僕にとって、どこにいてもできるというのはありがたかった。

さらに、誰にも会わずにできる。

最高じゃないか。

さっそく物は試しと、この思い込むだけの独自の治療法に取りかかった。効果が出なければやめてしまえばいい、どうせやるだけタダなのだから。そんな軽い気持ちで、僕はその日から我流のうつ病克服思い込み治療法を始めることにした。

まず、ネガティブな感情は強制的に捨てる。

ネガティブな感情がふつふつと湧き上がってきたら、それを逆のポジティブな感情に変換してみる。

例えば「死にたい」と思ったら「生きたい、生きたい」と思ってみる。

「もうだめだ」と思ったら「まだ行ける、まだやれる」と思ってみる。

ただそれだけのこと。

初めはなかなか思う通りにはいかなかった。

何度ネガティブを否定しても、怒涛のようにネガティブが押し寄せてくる時がある。ポジティブ変換の数倍のネガティブの逆襲が来るのだ。

これがうつ病か。敵もさるもの、なかなか一筋縄ではいかない。

そういう時は外に出て散歩をしたり、猛烈な勢いでひたすら走ってみたり、夢中で筋トレをしたりして体を動かした。ポジティブシンキングができない時は、極力考えない。

こうして徐々に頭の中を慣らしていき、そのうちにネガティブの逆襲をうまく制御できるようになっていった。

「俺はできる、俺はやれる、まだまだ行ける、俺はすごい人間だ」

毎日なんの根拠もなく、意味も効果も分からぬまま、念じ続けていた。

時には、ポジティブシンキングに疲れ果てアホらしくなるのだが、「いや待て、アホらしいと思うこの感情は、脳の錯覚なのだ」と考えてみる。堂々巡りにもほどがあるのだが、とにかくこの思考をひたすらに繰り返した。

だいぶ気分的にも落ち着きを取り戻しつつあったある日、近所の本屋での立ち読みで、こんな本にも出会った。

それは、どんなことにも感謝をしなさいという、とある大金持ちの分かりやすい本だった。たとえ悪い出来事が起こったとしても、感謝する。悪いと思っている自分の感情をいったん置き、「感謝」という側面で物事をとらえてみて、不幸中の幸い的な部分に感謝する、というような内容だった。極端なことをいえば、どんなことがあっても生きてさえいれば生きている自分に感謝ができるというわけだ。

なるほど、人間万事塞翁(さいおう)が馬なのだとしたら、何が自分にとって悪いことなのかなど、確かに分からないはずである。

これも自分の頭一つでできることだったので、その日から実践してみることにした。

何があっても、感謝、感謝。父子家庭にも、やりたい放題の子供たちにも、うつ病にも、感謝、感謝。時折首をもたげるネガティブ感情にも、感謝、感謝、感謝。

「僕はなんてツイているのだ。この経験に感謝、感謝」

毎日鏡を見ながら念仏のように唱え続けた。そこにはアホ臭いと思っても止められないほどに病んでいる自分がいた。

金がかからないという理由だけで採用されたこれらの治療法は、一応それなりの成果を残した。

毎日毎日ポジティブシンキングと感謝を繰り返していたら、不思議なことにいつの間にか僕の中からネガティブな感情が消えてなくなっていたのだ。

恐る恐る自分からあえて「死にたい……死にたい……死にたい……」と考えてみても、頭の中にそのワードが入っていかないのだ。

それよりむしろ、なぜ死にたいと思うのか、疑問すら湧いてくる始末。

人間の脳というのは、どうなっているのか。

僕がただ単に単純な人間だったからなのか、この考え方が素晴らしかったのかは定かではないが、とにかくこうして僕は自力でうつ病を克服した。

本当はまだまだ克服したと言い切れるほどの精神状態ではなかったけれど、これですっかり克服したのだと、何度も何度も自分の脳に言い聞かせた。

うつ病ともうまく付き合えるようになって、また健全に近づきつつあった僕の心の中には、ある思いが浮かんでいた。

今までずっと、一人親として父親役も母親役もこなさなければいけないと勝手に思い込んで、家事も子育ても仕事も、全てにおいて手を抜かず、なるべく子供たちに寂しい思いをさせず、子供たちの目標でいられるような、そんな親を目指していたのだけれども、結局どれもが中途半端で、一人でできることなんて本当はたかが知れていた。全てを完璧にこなさねばならないという目に見えぬ閉塞感から精神を病んで、生きることすらままならない状況にまで追い込まれてしまったからこそ、開眼したと言っても良い。

「適当にやろう……」

親としての役割をしっかりこなすのも確かに大切な事柄かもしれないけれど、精神を病んでよくよく考えてみたら、子供たちにとってはたとえどんな父親であれ、元気でいつも楽しそうにしている父親の方が良いのではないのだろうか。

自分の親がいつも楽しそうにしている。

いつもにこにこしている。

本当は、僕自身もそんなことを望んでいたのかもしれない。

子供のころ、難しい大人の事情は分からなかったけれど、酒を飲んで昼間から正体もないほど酔いつぶれる父と、それを罵倒する母を見て、楽しそうだと思ったことはない。だから幼少期の記憶に、楽しかったという思い出は皆無だ。

もしかしたら子供は、いつも楽しそうに笑って暮らしている親の姿を、ただひたすらに求めているのではないのだろうか。

親が楽しければ、子供は楽しい。実はそんな単純なことなのではないのだろうか。

これからはあまり思いつめないで、良い意味で手を抜きながらやってみよう。

そう思うことにした。

5

季節は巡り、冬が来て、また一年が終わろうとしている。

上の子は中学三年生。やりたい放題やっていたころの面影はすっかりなくなり、塾にも行かせてあげられない環境で、一人黙々と部屋にこもり受験勉強に励んでいた。

僕も頑張らなければ。

ただひたすらに、そう思っていた。

仕事は見つからず職探しの日々だったけれど、その場しのぎでとりあえずの職に就くことを僕は嫌った。もう、年に何回も職を変えるわけにはいかない。

それだけ慎重になっていたために、職探しは難航した。どこでも良いというわけにはいかない。

毎日家にいて仕事を探しながら、家事と子育て。塾に通わせてあげられない上の子のために、勉強も教えたりした。

高校受験にはコツがある。問題の傾向も、三十年前の僕が受験生だったころと大して変わり映えしない。昔取ったなんとかではないが、点数の取り方を教えることはそれほど難しくなかった。

上の子に勉強を教えている時は、楽しかった。僕は勉強が嫌いではなかったし、上の子は教えたことを真剣に聞き、努力してくれた。いままでとは人が変わったように勉強に打ち込み、先生も驚くほどの成績アップにつなげていた。三年生の初めの三者面談では、行ける高校などないと言われていたのに、受験まで残り数カ月という時期には、成績が学年で上位に食い込むほどになっていた。

子供たちにはせっせとご飯を作ったけれど、僕は朝は食べずに、昼か夜のどちらかにタイミングが合えば一食だけ食べる、そんな生活だった。

長らくまともにご飯を食べない生活をしていたから、すっかり体がその繰り返しに慣れてしまい、そのうち食べたいという気持ちもそれほど強くなくなってきたのだ。食欲もなく、お金もないとなれば、何も無理してご飯を食べる必要はない。

誰かが食べさせてくれるのならば喜んでいただくのだけれど、そうでないなら食べない。

僕の食費など、もはや無駄遣いと大差ない。

生活は相変わらずで、仕事がないので収入がない。オークションで不用品を売って小銭を稼ぎ、それでも追いつかなくなると、車を買った時に強制的に作らされたカードでキャッシングをした。

有り金は底をついてとうとう借金に手を出し、事態は一刻の猶予も許されなくなっていたが、求人を見てもどこも昔見たようなところばかりで、これというところはない。

いつの間にか体得した面接術で、選ばなければ仕事にありつくことは簡単になっていた。目についた求人は片っ端から面接を申し込み、そのほとんどが合格だったけれど、そのどれもが、仕事を続ける上での障害があるような気がしてきて、僕は辞退し続けた。

仕事はあるけれど、やれる仕事がない。

長く続けられて、生活にそれほど支障が出ない仕事。それでいて最低限安定した生活が望めるだけの給料をもらえる前提。

探せども探せども、そんな僕にとって好都合の仕事など、この田舎町にはない。

テレビで年末恒例の今年の重大ニュースなどが流れ始めていたころ、僕はふと、ある人との話を思い出した。以前、蕎麦屋の店員として働いていた時に、そこで雇われていたパティシエとした会話だ。

食事休憩で、今までどんな仕事をしたことがあるかといった内容の話をしていて、そのパティシエは過去に様々な職に就いていたことが判明した時のこと。

一番楽しかったのは動物園の飼育員だという、およそパティシエには似つかわしくない話でひとしきり笑った後に、老人介護施設の厨房調理員をしていた時の経験を教えてくれた。そこはシフトで仕事が組まれており、残業なし、ボーナス有り、週休二日で快適だったというのだ。結局、そこの施設長との折り合いが悪くなり退職したらしいのだが、彼は僕にこう言った。

「こんなところでバイトしてるより、介護施設とかの厨房で社員になった方がいいんじゃないですか？　残業はないし、遅くても十八時過ぎには仕事終わっちゃいますよ。給料はそんなに良くはないけどボーナスも出るし、ここでバイトしてるよりはいいと思いますよ。父子家庭なら、定時で帰れる仕事はありがたいんじゃないですかね……」

介護施設の厨房か……。

その話をされた時は、そこで働きたいとは思わなかった。

それは、僕の中に辛うじて残っている料理人としての矜持とでもいうのだろうか、「飲食店ではないところで調理の仕事をするのは、ちょっとな」と考えていたからだ。

でも、もうそんなことを言っている場合ではないのではないか。今まで目にも留めなかった病院や介護施設の調理場の求人をハローワークに行って探し、求人募集があったところに片っ端から履歴書を郵送した。

とりあえず話だけ聞いてみてもいいだろう、そう思った。

面接には七か所くらい足を運んだ。履歴書の時点でお断りされたところもいくつかあったが、面接をしてくれるというところには、全て顔を出した。話を聞いてみると、確かにあのパティシエの言う通り、僕にとって仕事がしやすい勤務形態のような気がした。ほとんどの施設で残業がなく、定時で帰宅できるらしかった。

飲食業の経験は長かったものの、このような介護施設での調理経験がなかったために、不合格となるところもちらほらあったのだけれど、合格して働き始めるかどうかの判断を自分ができるところの方が多かった。これも散々面接を重ねてきてつかんだコツのおかげかと思われた。相手がどのような自分を望んでいるのか瞬時に判断できたし、それに対応する能力もいつの間にか備わっているように思えた。

その中でも精査に精査を重ね、例えばシフト制といっても朝がものすごく早いとか、残業する可能性が実は高いとか、給料が安すぎるとか、生活のリズムに適合しないと思われるところは、こちらから辞退した。

施設の調理場といえども、条件に合うところは少ないのだろうかと思い始めた年の瀬に、一本の電話がかかってきた。

それは、以前に履歴書を送付してなしのつぶてだった老人介護施設からで、面接をしたいから都合が良い時はないかというものだった。時間の都合などあってないような僕なので、いつでも大丈夫だと言うと、早速次の日に面接が組まれることになった。

履歴書を送ったのはだいぶ前で、どんな内容の求人だったのかさえ覚えていなかったけれど、とりあえず行くだけ行ってみることにした。場所は、隣町だった。

面接は十時からで、十分前に到着すると応接室のようなところに通された。

時間に関しては問題なさそうだった。残業はよほどのことがない限り行われないとのことだったし、遅番でも終業は十八時。休日はシフト制の週休二日というものだった。

残業がない代わりに宿直という業務があり、十八時半から次の日の朝八時半まで施設に泊まるということだった。子供たちを置いて一日外泊するというのは様々なリスクがあるように思えたが、月に三、四回程度ということだったので、そこは目をつぶるしかない。

宿直手当が四千二百円いただけるということなので、良しとしよう。

試用期間というものが設けられており、通常は三カ月とのこと。その後正社員登用されるという流れらしい。試用期間の三カ月は時給八百五十円ということだった。

特別条件の良い仕事場というわけでもなかったけれど、「前向きに検討させてください」と言っていったん家に戻ることにした。この他にも数か所、連絡待ちの職場があったし、より良いところに行けるように少し時間をかけて考えようと思ったからだ。ここまで来て焦ったところで仕方がない。

今までの職探しの時は目もくれなかったけれど、介護施設や病院での求人は割と多く出回っており、できれば少しでも条件の良いところを選ぼうと思ったし、決めたら最後、ある程度の期間は転職したくない。

もう、くだらないことで苦しむ生活は御免だ。


面接が終わって二、三日経ったころ、面接官だった女性の方から電話があり、合格したとのことだった。

一通りお決まりの御礼の言葉を述べ、「もう少し数日考えさせていただいてから、こちらから折り返しお電話差し上げる形でもよろしいでしょうか」と言おうとした僕よりも早く、「人手がいないという事情もありますけど、お正月もありますので、年明け四日からの勤務という形を取りたいのですが、その前に必要な書類をお渡ししたいと思いますので、もう一度こちらに来ていただけないでしょうか」

と言われた。

「あ、はい……よろしくお願いします」

思わず、流れに任せてそう言ってしまった。

こうしてあれよあれよという間に僕の再就職先は決まり、年明けから新たな環境で仕事が始まることになったのだった。

6

三が日が終わり、一月四日から新しい職場に行き始めた。

厨房の中は女性ばかりで、男は僕一人。なんとも言えない環境だった。仕事の内容は「入居者様」と呼ばれる六十名程度のご老人に、三食ご飯を作るというもの。

栄養士がたてた献立に基づき、調理していく。

献立は毎日毎食変わるわけで、同じものを作り続ける民間のレストランの仕事とは異質なものだった。六十名という大人数の食事をいっぺんに作るという調理経験はなく、ほぼ初めてに近い仕事内容に戸惑い、調理場の責任者である主任と呼ばれる女性には、厳しく指導された。

女の世界にのこのこやってきた若造を快く思わなかったのか、それとも厳しく接することが実は思いやりの裏返しだったのか。一番苦労したのは職場での人間関係だった。食事を作ることは、慣れてしまえば要領もつかめるし、長年やってきた腕もあるわけだからやってやれないことはない。しかし、人間関係を構築することはなかなか難しい。

厨房内で一番職歴が浅い人でも十年という単位であり、職場で自分の立場を確立するのには苦労した。

いじめられている、と言ったら語弊があるかもしれないが、限りなくそれに近い心理状態で毎日出勤した。話し相手もおらず、仕事に行くのは試練だった。これまでどの職場に行っても、持ち前のにわか社交性で早い段階から打ち解けることが多かっただけに、これは予想外だった。というよりも、このポイントは仕事選びの基準には入れていなかった。

常に最善を尽くして、今置かれている状況、自分の立ち位置、今後の動向、そういったものを熟慮していたにもかかわらず、仕事場でいじめられるかもという可能性は見逃してしまっていた。

しゃべる相手もいない、仕事も教えてもらえない、環境に馴染めない。

いや、もしかしたら、僕の仕事に対する曖昧な姿勢が見透かされていたのかもしれない。やりたい仕事ではなかったし、仕事に全力を傾けていたかと言われれば、甚だ怪しい。

どちらにせよ、こうなってしまったら選択肢は二つ。

辞めるか、続けるか。

入社してからというもの、居心地が良いと思ったことのない職場だったけれど、辞めるという選択肢は考えなかった。

仕事を探すということにほとほと嫌気がさしていたという点は否めないのだが、もう一つの理由は、うつ病から生還したという実績だった。うつ病を克服した時の思考法で、うまくストレスを逃がすことができるようになっていたのだ。

人間関係以外は、特に不満はない。

就業時間もきっちりしていたし、昼ご飯も食べさせてくれる。月に四日ある希望休というものは申請すればその通りに履行されたし、何より、こうして仕事ができることに対する喜びや、感謝の気持ちもあった。

嫌なことが頭に浮かんだら、逆のイメージに変換し、感謝する。

いじめられても、無視されても、嫌味を言われても「ありがとうございます」と頭の中でつぶやいた。

これでどうにか精神の安らぎは確保されていたし、仕事の時間は七時間四十五分と決まっている。我慢できないほどの時間ではない。

給料は以前のバイト暮らしに毛が生えた程度に逆戻りしたけれど、生活リズムは特に問題なかった。子供たちとの時間もそれなりに確保できたし、家事をこなす時間もある。遅番のシフトに入っても十八時には仕事が終わり、十八時半には自宅に戻ることができる生活は、僕にはありがたかった。

三カ月、我慢してしのげば、正社員として登用されて給料も上がるに違いない。

受験も大詰めになっていた上の子のために、晩ご飯を食べた後、二時間は勉強に付き合った。英語の長文読解が苦手だった上の子も、最後の追い込みで、ある程度の長文ならすらすら読めるようになっていた。

時間的な余裕が持てるようになったことはありがたかったが、相変わらずの金欠は解消されず、車のローンに加えて無職の時のカードキャッシングの返済など、今までよりも経費がかさみ、やはりどうしてもこの仕事のみで生活を維持するのは難しかった。

以前に比べて子供たちは成長してくれていたし、ある程度のことなら任せることも可能になってきていた。自主性を持って率先して家の手伝いをしてくれるまでには及んでいなかったけれど、親が四六時中見ていなければいけないような年頃でもない。

成長に伴い知恵もつき、悪いことにも興味を持ち、僕を困らせることもしばしばだったけれど、それはたった一人で子供を育てる上で避けて通れない問題であり、やはり子供たちを信じてみるしか先に進む方法はなかった。

母親や祖父母がいれば、僕が仕事に出ている間、分担して子供たちを見てもらうこともできるのだけれど、たった一人での子育てとなると、そもそも分担という考え方がない。

生きるためにはお金が必要だし、そのために外に働きに出なければならないのだとしたら、たとえ相手が思春期真っただ中の男の子二人だとしても、信じるしかない。

できないものはできないし、何をしなければならないのかという答えは、考える前に出ている。

僕は新しい仕事を始めてしばらくして体が慣れてきたところで、もう一つ仕事を増やすことにした。

7

とても時給八百五十円の昼間のバイト暮らしでは、生活を維持できなくなっていた。それでなくても、春には子供たちが高校と中学に進学する。一体どれくらいのお金がかかるのか、考えただけでも背筋が寒くなる思いなのに、何もせずに手をこまねいているわけにはいかない。少なくともある程度のまとまった金は必要だろう。

本業は遅くとも十八時までで、その後にバイトをもう一つ増やすことは可能なのだけれど、ただ空いている時間に自分の都合で仕事を入れれば良いというわけにはいかない。その他のことはさておいても、子供たちに毎日ご飯を作ってやるという仕事は引き続きある。父子家庭になって、どんなことがあってもこれだけは守ろうと思ってやってきたわけで、ここまできても生活の中心に考えていきたかった。

仕事が終わり家に戻るのが十八時半。そこから晩ご飯の支度をし、食べ始めるのが十九時過ぎ。最短で十九時半からなら仕事を増やすことが可能に思われたが、受験生を残して親がそんなに家を空けているというのも気が引ける。

後片付けをしながら勉強を見てやり、子供たちが各自の部屋に戻る二十一時までは家にいようかと考えた。二十一時を過ぎてしまうと、今度は収入が少なくなってしまう。まさか朝までは働けまい。

必然的に仕事を増やすとしても夜間帯から深夜にかけて。とりあえず二十一時から深夜一時くらいまでの仕事を探してみることにした。

牛丼チェーンやラーメンチェーン、ファミレスなど何社も履歴書を持って面接に行ったけれど、時間帯が合わなかったり、年齢的なことだったり、様々な理由はあったのだが、仕事を増やすということはなかなか簡単ではなかった。

どの店舗も高校生や若者が圧倒的で、仕事を探しながら、だんだんと惨めな気持ちになっていくのだった。

僕は一体、いつまでこんな生活を続けなければならないのか。


夜の仕事を探し始めて一カ月くらい経過したところで、とあるハンバーグチェーンでバイトにありつくことに成功した。持ち場は厨房で、高校生のバイトが帰る二十一時からラストまで。閉店の準備が主な仕事だった。

季節は真冬。二月の寒空の中、仕事終わりにせっせと家事を済ませ、身支度をしてバイトに出かける。

家に戻るのは深夜一時半。

寒い……。

気がつかなかった。

仕事に行く時でさえ氷点下の北関東。帰りともなれば体は芯から冷え切ってしまう。

わが家は経済的理由により、真冬でも湯船にお湯は溜めない。シャワーだけで生活しなければならないことになっている。深夜のバイト終わり、冷え切った体を温める風呂はないのだけれど、シャワーなど浴びようものなら、さらに体が冷え切ってしまい、とても眠れたものではない。

仕事が終わり家に戻って冷え切った部屋で炬燵にもぐり、ある程度体を温めてから思い切ってシャワーを浴びる。ガタガタと震えながら急いで布団にもぐりこむのだが、冷たいせんべい布団までもがささやかな体の熱を奪い取り、布団の中で一時間うずくまって震え、ようやく眠りにつくようなつかないような。

ここまでは考えてなかった。北関東の真冬の寒さを、想定に入れていなかった。

働ける時間が深夜帯だけだったから、そこにバイトを入れてみたものの、生活は過酷を極めてしまった。

昼間の老人介護施設での仕事は三パターンのシフト制で、最も朝が早い早番というシフトの時は、朝六時から仕事が始まる。車で二十分のところに職場があるわけだから、家を出るのは五時半過ぎ。ということは、どんなに遅くとも五時には起きなければいけない。

深夜のバイトが終わり家に戻るのが一時半。そこから炬燵で体を温めてシャワーを浴びて、さらに布団で一時間震えるわけだから、ようやく眠りについたとしても深夜三時半とかになっている。

起床時間まで、わずか二時間。とうてい熟睡などできるはずもなく、深夜のバイト終わりで次の日が早番という時は、まともな睡眠をとることなく仕事に向かった。

真冬の朝は夜明けが遅い。

真っ暗闇の深夜一時半に帰宅し、真っ暗闇の朝五時半に家を出る生活。

ひどく体は疲れていた。

どちらの仕事も始めたばかりということもあり、仕事の都合をうまく調整して二つの仕事のシフトを組み込むことができない。だから時折こんなことになってしまう。

ハンバーグチェーンのバイトは難しかった。

体が疲れ果てていたからなのか、年齢的なものなのかは分からないけれど、とにかく仕事を覚えられない。慣れているはずの飲食店での仕事なのに、全く覚えられなかった。

二十代前半の店長に怒られながら、高校生のバイトに仕事を教わり、ベテランのパートのおばちゃんに嫌味を言われる日々。

昼間の仕事でもはや手一杯の状態だったのに、チェーン店ならではの細かなマニュアルであるとか、豊富な商品であるとか、見たことのない機械であるとか、覚えることが山のように出てきてしまった上に、どう考えても僕より料理はできないだろうと思われる年下の人たちに怒られる毎日。正直、これには傷ついてしまった。

家に帰れば体を温めることも食事をとることも、眠ることさえもままならない。

お金がないというのは、これほど悲惨なのか。

死んでしまった方がマシなのではないかとも考えてみるのだけれど、そう簡単に死ねないことはもう知っている。

ほとんど寝ていない頭と体を引きずって、毎日どうにかこうにか生きていたけれど、両方の仕事でミスが続き、迷惑をかけ続けていた。子供たちのことを見ていられる時間もほとんどなくなった。昼間の仕事が早番や中番の時は、朝ご飯を用意して僕の方が先に出かけてしまうので、顔を合わせるのは晩ご飯のみ。

深夜まで休む暇のない生活。それでもハンバーグチェーンのバイトで稼げるお金はせいぜい月に四万円。朝から晩までせっせと働いて月に二十万円も稼げない。体はボロボロだけれど何をどうして良いのか分からなかった。

とりあえず、我慢。

父子家庭になってずっと言い聞かせてきた呪文のような言葉。

思春期を迎えた子供たちとは会話がだんだんとなくなり、昼間仕事に出かけてもしゃべる相手はいない。深夜のバイトでも、なぜ四十男がこんな時間にバイトなどしているのかという説明なしでは、誰かと打ち解けるなど無理だ。

僕は孤独だった。

誰にも頼らないと決めたけれど、ボロボロになった体を引きずりながらの孤独な毎日はまたしても精神を蝕むのだった。何かで気分転換を図らなければ、いつまで経っても同じことの繰り返しだ。

数年前から気の向いた時だけ、子供たちの成長の記録にとブログを書いていたのだが、特に意味のない暇つぶしの一環だったこのブログが、日々の暮らしでのちょっとした息抜きというかストレス発散というか、自分の中に溜め込むだけしかできない感情を、どこかに吐き出したいという欲求のはけ口になるのではと、気がついた。

「どうせ誰も見ていないんだ、ここに毎日の愚痴を書きなぐってやろう」

ほとんどの記事は、その日作ったご飯の画像と簡単なレシピを載せるだけのものだったが、一日中誰とも会うことがなく、話し相手と言えば子供たちだけの暮らしの中で、ふと誰かに話を聞いてもらいたいという欲求が芽生えた時に、せっせと愚痴を書き連ねてみると、気持ちが安らぎ、リセットしたような感情になるのだった。

ブログで愚痴を吐露しながら、なんとか日々を耐えていた。

真冬に仕事を掛け持ちし、ご飯は一日一食で、休む暇もなく、冷えた体を温めることもままならなかった僕は、何年かぶりに体調を崩した。

具合が悪くなっただけで生活ができなくなるのだから十分注意はしていたつもりだったけれど、それを上回るハードスケジュールと精神的苦痛がたたったのだと思われた。

下痢と発熱と嘔吐(おうと)。お金がないので病院には行っていないのだが、恐らくインフルエンザかノロウイルスの類だったと思う。

老人介護施設は体調不良を理由にお休みをいただいたのだけれども、深夜のバイトの方は、そうはいかなかった。

その日は二十一時からシフトに入っていたが、どう考えても仕事に行けるような体調ではない。三十分に一回、嘔吐と下痢を繰り返し、冷や汗をかいてガタガタ震えながら、やっとの思いで携帯を持ち出し、二十代の店長に電話してこう言ってみた。

「す、すみま……せん、た、体調が…悪くて…今日のしご、仕事を……休ませていただき…たいのですがぁ…」

息も絶え絶えである。

そうしたら、こともあろうにその店長は、こう僕に言い放った。

「休むのは構いませんが、代わりの人を自分で見つけてください。こっちとしても急に言われても困ります」

「いやぁ……バイト先で…連絡先、知ってる人……いないんで……」

深夜のバイトでは、誰とも口をきいたことがない。

「それは知りません。代わりを見つけられないようなら出勤してください」

「はぁ…でも、感染症……かもしれません…よ。嘔吐と下痢と……」

言うが早いか店長は、

「僕は今日は出勤日ではありませんので、お願いします」

と言って電話を切った。

あ、そう……分かったよ、そこまで言うなら行ってやるよ。

代わりなんて見つけられないんだから、どうせ。

こっちはインフルエンザかノロだぞ、どうなっても知らないからな。

猛烈な吐き気の中、車に乗って出勤した。

仕事に入るや否や、トイレに駆け込み嘔吐を繰り返す。厨房に入っても立っていられないし、とても仕事どころではない。何度も何度もトイレに入り、下痢と嘔吐を繰り返していたら、さすがに見かねたパートのおばちゃんが「後はなんとかするから、とっとと帰れ」と僕に言った。

とにかく、言われた通り責任は果たした。周りが受け入れなかったから帰るだけだ。

帰り際、

「そんなに体調悪いのに、仕事なんかに来ないでよ。ここ飲食店だよ」

と怒鳴られた。


僕はこうして、この日を境にハンバーグチェーン店の仕事を辞めた。

体力も続かなかった。

ちょうど上の子の受験と下の子の中学進学が重なり、準備するものや決めなければならないことも多く、それどころではなかった。受験生ともなれば三者面談は毎月のようにあるし、成績如何（いかん）によって進学先の高校も決めていかなければならない。年明けには受験する県立高校を確定させなければならず、それと並行しての夜中の仕事の掛け持ちは、現実的に無理があった。

せっかくやる気になっている上の子のためにも、できる限りのことをしなければいけない。

それができるのは僕だけなのだから。

できる限りのこと、といっても、実際には僕にできることなど限られていた。

お金がなければ、学校にも行かせてあげられない。

上の子の高校受験の年は、民主党政権による高校無償化政策の最後の恩恵の年で、是が非でも県立高校に進学してもらわねばならなかった。

これは明らかに、親の個人的事情である。

下の子は中学進学を控えていて、進学に伴いそろえなければならないものがあり、そちらもおろそかにはできないし、三年後にまた高校受験があることは目に見えていた。上の子に比べて勉強嫌いな下の子は、県立高校に行けない可能性が無きにしも非（あら）ず、仮に私立に通わせるとなると、その莫大な授業料をどうやって賄うのか。

先を考えれば果てしなく不安になる。大学進学、専門学校……もう気が滅入りそうだった。

おまけに仕事は先のような体様で、金を稼ごうにもうまくいかない。

かくなる上は、まずは上の子だけでも高校無償化の恩恵に授かりたく、なんとしても確実に入学できる県立高校を選んでもらう必要があった。

本当に、可哀想な話だ。

僕は親として子供たちに、思いっきりチャレンジさせてやることもできないのか。

挑戦をして、それに向かって努力をし、打ち勝った者だけが味わうことの許される達成感。その感動を、親の懐事情で子供に味わわせてあげることができない。情けない話である。

たった一人で子供たちを育てていく中で、自分の無力さや惨めさを思い知らされる瞬間は山のようにある。

「お前は全然頑張ってない」

そう言われればそんな気もしてくるし、自分なりに精いっぱい頑張ってきたと思えば、そんな気もする。

でも、どんなに頑張っても現状お金はなく、援助してくれる人もいない。

「こういう時って、親としてどうすればいいのかな」

と聞く人さえいない。

当時上の子が第一志望にしていた県立高校は水戸の高校で、今の成績からすれば合格率は五十パーセントと言われていた。人気のある高校だったために、志望する人数は多く、合格するかどうかは微妙なラインだった。

このころになると、わが家の経済事情も何となく把握できていたのだろう。上の子は自宅から自転車で通える、第一志望の水戸の高校から三ランク下の県立高校を受験すると言った。

担任の先生からは、

「成績から考えるに、よほどのことがない限り落ちるということは考えられません。普通にやれば百パーセント合格でしょう」

と言われた。

僕は上の子に「自分で決めていいよ」と言い、進学にあたり選択権を与えたつもりだったけれど、上の子はこれまでの数年間の暮らしぶりを見て、自分の都合で家族に負担をかけることは許されないのだろうということを、すでにわきまえていたようだった。

だから、僕の言葉を額面通り受け取ることはなく、父の望む最善の選択をすることが自分の役割なのだと、決めていたのだ。

「水戸の高校に行きたいんだろ」

と上の子に言うと、

「よく考えたら制服がダサいから、やめたわ」

と、いつもの口調で答えた。

これが本当の理由でないことは分かっていたし、上の子の心情は痛いほど伝わっていたのだけれども、僕はあえて念を押した。

「本当に、これでいいか」

「もちろんだよ、俺が決めたんだから。あそこの高校、女の子いっぱいいるみたいだし、今から楽しみだわ」

そう言って笑った後に「ところでさあ」と、全く別の話題を僕に振った。

県立高校の受験日には、仕事を休んで送り迎えした。担任の先生には百パーセントと言われていたけれど、何があるか分からない。祈るような気持ちで試験が終わるのを待っていた。十五時半過ぎに試験が終わり、校舎から出てくる上の子を見つけ手を振った。

「どうだった、試験は」

至って冷静に、あえて興味もなさそうに聞いた。

「あぁ、できたよ。受かったと思う」

上の子もさして興味はなさそうなふうを装って、言った。

「そうか、よく頑張ったな。ま、たとえ落ちたとしても私立に行かせてやるから、金のことは心配するな。俺がなんとかするから」

「ありがとう。でも、受かってるよ」

上の子は自信満々に言い切った。

聞けば、英語の長文が完璧に読解できたというのだ。試験終わりに同級生は「今回の英語は難しかった。特に長文は難しかった」と言っていたのに、自分は手に取るように理解できて、答えも全て分かったとのこと。

「パパに長文読解を教えてもらってて、良かったよ」

何気ない一言だった。

瞬間、車の中で涙がこぼれそうになったけれど、歯を食いしばってこらえ、場違いな冗談を言った。

歯を食いしばってこらえる涙は、何回も経験したことがある。辛くて悲しくて悔しくて、こぼれそうになる涙を、まだ大丈夫だと言い聞かせてこらえてきた。

でも、これは違う。

心の奥底からこみ上げる涙は、失くしてしまった、とても大事にしていた宝物が見つかった時のように、ありがたく、温かいものだった。

心の中は隙間だらけになって、まともな感情さえもよく分からなくなってしまったけれど、もしかしたらこれからは、こうして子供たちが少しずつ、僕の忘れてしまった感情を拾い集めてくれるのではないのだろうか。そう思えたことで涙がこみ上げてどうしようもなかったけれど、なんとか歯を食いしばってこらえた。

合格発表の日、車で一緒に高校まで見に行った。駐輪場の前に設置された掲示板に合格者の番号が貼り出されている。僕は車の前で待っていて、一人で見に行かせた。

合格発表の掲示板を数秒眺めた後、肩を落としてうなだれながら上の子は戻ってきた。

「どうした……ダメだったのか……」

いつの間にかはるかに身長の大きくなってしまった上の子は、恐る恐る聞いた僕の肩に手を置き、

「合格しました」

とおどけた。

驚いた顔をしてから安堵の表情に変わった父親を見て、上の子は満足げに笑った。

何年ぶりだろうか、上の子の体を抱きしめ、

「よく頑張ったな」

と声をかけた。

その時はお互いの顔が反対側を向いていたので、僕はほんの少し涙をこぼした。

8

父子家庭となり、子供たちと三人暮らしを始めてもう七年が経っていた。

上の子が高校生になり、下の子が中学生になった。

それぞれ進学し新しい生活をスタートさせたことは、非常に喜ばしい限りだったけれど、やはり僕にはどうしても越えなければならない関門がある。

そう、お金がないのだ。

三つ違いの兄弟であるがゆえにこのようなことが起こるわけだが、二人同時に進学するということが何を意味するのかといえば、途方もない金額のお金を用意しなければならないということに他ならない。合格の余韻に浸るのもほどほどに、合格したその日から金策に走らなければならなかった。

その時まで全然知らなかったのだが、高校無償化といっても、高校に通う全ての費用が無料になっているわけではない。高校無償化期間中だから、お金なんてそれほど用意しなくても良いと勝手に思い込んでいたのだが、そうではなかった。いざ合格して書類を確認すると、結構な出費があることに気がついたのだった。しかも支払いには期限があり、それまでに完了させなければ合格を取り消すと書かれている。

いくら探してもわが家にそんなお金はない。高校の制服代とその他もろもろを合わせて、当面用意しなければならない費用はざっと二十万円強。僕にとっては、目ん玉が飛び出るような金額。それを指定された期日までに用意しなければならない。

借りるあてもなし。今さら宝くじが当たるとも思えない。

無職の時に頼っていたクレジットカードで、仕方なしにその全ての費用を賄うことにした。それまでにも生活費や、下の子の進学費用、制服、体操服、靴、バッグなどをそろえるため、二十万円キャッシングしている。さらに二十万円が上積みされるわけで、合計で四十万円。唖然とするほどの金額がカードローンの借金として、わが身に降りかかることとなった。

その他もろもろ、兄弟合わせて進学にかかった費用と生活費の補填で、結局限度額いっぱいの五十万円をキャッシングして、なんとか全ての費用を捻出することができた。

することができたといっても、所詮は借金。しかも利率の高いカードローンである。果たして今後生活していけるのかという切迫感が絶え間なく押し寄せる。

これが間違って私立高校だったりしたらと考えると、身の毛もよだつ思いだった。一体世の中の、自分以外頼れるもののいない親はどうやって子供を進学させているのだろうか。

それでもどうにか二人とも進学させてあげることができたわけだし、上の子はアルバイトのできる年齢になり、お金を稼ぐことをとても楽しみにしている。

少しずつ手が離れてくるし、自立していくわけだから、なんとか三人で力を合わせればやっていけるに違いないと、この時は確信していた。


父子家庭になり七年の月日が経過して、いろいろあったけれど子供たちも大きくなり、ずっと心に引っかかっていた、とある事柄が再び気になり始めた。

それは、今まで会うことがなかった母親のこと。

上の子は当時小学二年生だったから、辛うじて記憶の片隅にあるかないかのような感じだったけれど、下の子にとっては記憶すらない。それが彼らにとっての母親だった。

この七年の間に、子供たちに何度か「お母さんに会いたいか？」と聞いたことがある。

まだ幼かったころは「会いたい」と言っていたこともあったけれど、大きくなるにつれて「別に」となり、そのうち話もしなくなってしまった。

「いつか必ずお母さんに会わせてやるからな」と僕は子供たちに言っていたけれど、実際は生きることに精いっぱいで、とてもそこまでの余裕が見つけられないまま、何となく七年が過ぎてしまった。

子供たちを引き取ってから今までの生活は、苦労などという生易しい一言で片付けられるようなものではない。離婚した時は、それはそれは揉めて離婚したのだろうけど、あれからいろいろなことがありすぎて、僕自身、当時のことなどほとんど忘れてしまっていた。

七年間、子供たちの生活費等のお金をもらったことは一度もなかったし、連絡を取ったこともない。

感情的にはスパッと割り切れるものではなかったけれど、それとは別に、子供たちにとって何が最良なのか、ということはまた別の問題だった。子供たちから母親を奪ったのは、間違いなく親の不始末である。だとしたら、被害者である子供たちに、いつまでも親の都合で母親を取り上げておくというのも、いかがなものなのかと常々思ってはいたのだ。

離婚の際、「子供たちの面倒は見られない」と言い残して出ていった母親だったけれど、自分のお腹を痛めて産んだ子なわけだから、それなりに気にはなっているだろうし、まさか憎いなんてことはないはずだ。

僕は子供たちを育てる過程で、これだけは守ろうと誓ったことがある。

彼らの母親の悪口は、絶対に言わない。

子供たちにとっては、かけがえのない母親であることに間違いはない。僕が、僕に都合良く母親像を書き換えてしまったら、それはルール違反だし、子供たちに対して失礼だと思っていた。

離婚してしまった原因の一端は、間違いなく僕にもある。彼女が全て悪くて、僕が全て正しいなどと言う気もないし、僕が彼らの母親をけなす権利などあるはずがない。

二人が、高校と中学に進学するというこの頃合いで、母親に会わせようかと考えていた。子供たちももうだいぶ大人だし、自分の考えを持って母親と接すればいい。

母親を探そうとネットを開き、旧姓のフルネームを検索窓に入力してボタンを押したら、すぐに見つかった。

フェイスブックのページがヒットし、いとも簡単に母親探しは終了した。

あまりの呆気ない結末に呆然としながら、フェイスブックのメッセージ欄にこう書いて送信した。

「お久しぶりです。子供たちも大きくなり、いよいよ春から高校生と中学生です。良かったら入学式に来て、子供たちの成長した姿を見てやってください」

すると、あっという間に返信があり、「ありがとう。ぜひ伺います」と書かれていた。


二人とも無事進学させられたことに気が緩んだのかもしれないし、この問題に対して早く決着をつけて肩の荷を下ろしたいと考えていたのかもしれないのだけれども、本当は何よりも僕自身が疲れていたという側面があった。

父子家庭生活そのものに行き詰まりを感じていたのも否定しない。一人で子供を育てるという責任の重さと、日々押し寄せる漠然とした不安から逃げ出したいと、心のどこかではいつも願っていた。もしそれが叶うのなら、僕自身どんな代償を払ってもやむを得ないと思うほどに、長年の生活苦からの疲労で追い詰められていた。

子供たちのため、そして自分のために、切れるカードがあるのなら温存せずに切るべきなのだろうと思ったのだ。

嫌な予感がなかったわけではないけれど、やっぱり自分の下した決断と、この先の子供たちの未来を信じることにした。

子供たちには、

「お母さんとこれからは自由に連絡を取って、自由に会って、自由に行き来していいよ。君たちを産んでくれた母親なんだから、感謝の気持ちは忘れないように。そして、これから先、お母さんと自分がどのように関わっていけば良いのかは、自分で考えて自分で結論を出しなさい。パパは口出ししないから」

と伝えた。

高校生になった上の子は理解したかもしれないが、まだ中学生になったばかりの下の子には、荷が重かったかもしれない。


子供たちは、それぞれ母親と距離を縮めていった。

入学祝いだと言って、母親からたくさんの服を買ってもらっていた。それからも個人的に連絡を取り、泊まりに行ったり買い物をしたりしていたようだった。突如欲しいものが何でも手に入るバブルが子供たちに到来し、急激に潤っていく様が見てとれた。

子供たちにたくさんものを買い与えるのはいかがなものかと思ったが、我慢ばかりさせてきたこの数年間を思うと、見て見ないふりをしてしまうのだった。

母親はそうすることによって子供たちとの距離を縮めたかったのだろうし、子供たちは母親に甘えることができなかった数年間を取り戻したいと思っていたのかもしれない。喜ばしい反面、ぼんやりとした当惑もあったけれど、子供たちを信じて見守ることにした。何も言わず、子供たちが何を考え何に気づくのか、見守ろうと思った。

彼らの母親と数年ぶりに再会した時、

「今でもあなたのことを恨んでいる」

と言われた。僕には、なぜ恨まれているのか見当もつかなかった。感謝されて然るべきだと勝手に思い込んでいたから、意外な言葉に意表を突かれたのを覚えている。

生活するというただそれだけに全ての精力を使い果たしてきたから、離婚当時のことがよく思い出せない。きっと、僕が都合良く忘れてしまった何かについて言っているに違いないが、今さら、言い争うのはやめようと思った。

できれば誰とも争わずに平和に暮らしていきたい。

だから、子供たちには母親と会わせたけれど、僕はそれまでと同じようにあまり関わらないことにした。

9

上の子は高校生活をスタートさせると、早速アルバイトに精を出した。近所のセブンイレブンで夕方から働き、稼いだお金で自分の好きなものを購入し、それなりに楽しんでいるように見えた。近所のコンビニということもあり、僕はこっそりガラス越しに仕事をしている姿を覗いたりした。

下の子は中学生になり、ずっとやりたいと言っていたバスケ部に入部した。勉強はいまいちだったけれど、運動神経は良かったので、自分のやりたいこと、熱中できることを見つければ良い。

それぞれ新しい生活を謳歌（おうか）してもらいたいと切に願った。

新生活のためにかなりの出費がかさみ、それらを少しずつでも返済しなければいけなくなったわけで、なんとかしなければ借金地獄で首を吊る羽目にもなりかねない。

昼間の老人介護施設での仕事は、三カ月の試用期間を過ぎても社員に登用されることはなかった。契約の期間は三カ月単位で、契約の延長はできたのだが、社員になれるかどうかは分からないままだった。社員になるためには上司の推薦が必要で、いじめられっ子の僕は一向に陽の当たらない裏街道を歩かされているようだった。

時給八百五十円から、月給十五万円ちょっとの固定給になったことのみが、辛うじて勤労意欲を保たせていた。固定給はありがたい。時給より気持ちの余裕が生まれる。

相変わらず仕事場で気軽にしゃべれる人はなく、一人黙々と、仕事が終わるまでじっと我慢していた。

固定給になり、労働環境にもだいぶ慣れ、生活のリズムも落ち着いてきて、返済も月々少しずつだけどしていった。毎月生活費として使えるお金は微々たるものだったけれど、支払いの類も遅延なくできたし、仕事の時間が限られていることで子供たちとの時間も増え、それぞれ成長してくれたおかげで、今まで皆無だった自分の時間というものも、わずかではあるが持てるようになった。

今まで満足に食事もさせてあげられなかった子供たちのために、毎月十日の給料日には三人で外食をした。

この行事は毎月恒例となって、それぞれ時間が合わなくなってしまった僕たちの、貴重な三人での時間となった。月に一度、子供たちが食べたいというものを食べに行き、ゲームセンターに寄って一緒にゲームをしたりした。たまにはカラオケに行ったり、日帰り温泉施設に行ってみたり。子供たちは大きくなったけれど、僕が誘えばついて来てくれる。

万が一、また貧乏のどん底に叩き落されないとも限らない。いつまでこんなことをしていられるのか分からなかったから、この給料日のお楽しみは生き甲斐になっていた。子供たちの娯楽のためにお金を使ってあげられる自分がうれしくて、「よく頑張ったな、ここまで」と胸に迫るのだった。

外食の際は、いろいろな話をした。

学校のことや友達のこと、勉強のことや部活のこと、バイトのことや、好きな音楽、今子供たちの興味があることを聞いたりして、くだらない話で哄笑し、店員に可愛い女子がいると男三人で盛り上がったりした。


子供たちは友達も多く、学校に馴染んでいるようだったので、その点は安心だった。

上の子は「高校受験で苦労したから、大学受験で慌てないように、今からコツコツ勉強するんだ」と意気込んでいたが、半年も経てばバイトで稼いだお金で友達と遊ぶのが楽しくなり、いつの間にか元通りになっていた。

下の子はそれに輪をかけて勉強が嫌いだったので、早いうちから勉強を教えておいてあげようと、中学に入学したすぐ後から、本屋で適当な問題集や参考書などを買い、晩ご飯のあと一緒に勉強する時間を作ってみたのだが、いくらやっても一向に身を入れてくれなかった。

バスケ部に入った下の子は、最初のうちは楽しく部活に行っていて、家でバスケの話ばかりしていた時期もあった。三歳の時、お兄ちゃんが補助なし自転車に乗っている姿を見ていただけで、その日のうちに自転車に乗れるようになってしまったほど、もともと運動神経が良く、体つきにも恵まれていたから、一年生の中ではすぐに一目置かれる存在になり、試合に出る機会もあったりしたのだ。

中学校の部活動といえども、遠征があったり、絶対に車でなければ行けないようなところで大会が開かれたりする。そのたびに親が車を出し、送り迎えをするという現地集合・現地解散方式。それが、かなり頻繁にある。

大人が僕しかいないわが家のような例外は、顧問の先生に送り迎えをお願いするか、仕事を休むかの二択。現実問題として、部活の大会や遠征のたびに仕事を休むわけにはいかない。顧問の先生に送迎を頼むなどという生徒も、実際にはほとんどおらず、大抵は誰か家の人が車を出す。それが普通なのだ。

僕にはそれがしてあげられなかった。

上の子は美術部だったから、このような問題には気がつかなかったけれど、今の中学校の運動部は、親の協力がないとやっていけないらしい。

初めは顧問の先生の車に乗って行っていたのだが、自分しかいないのだから下の子も気が引けるのだろう、そのうち遠征などには参加しなくなり、それがもとで部活そのものにも足が向かなくなっていった。

もちろん、本人のやる気の問題も多々あるとは思うが、原因の一端に、このたった一人で挑んだ父子家庭というものがあるのだとしたら、なんて不公平な世の中なんだろうと思った。

僕は下の子の部活で、忘れられない場面がある。

自転車で四十分程度のところにある運動競技場で、部活の練習試合があるという日。

下の子が部活に行く用意をして、家を出るのが朝八時。庭に置いてある自分の自転車にまたがり、いざ出発という時に、自転車がパンクしていた。

見てみると、後ろのタイヤから空気がすっかり抜けている。空気入れでどうにかしようとしても、まったく膨らむことはない。完全なるパンク。修理をしなければ乗れるような状態ではない。

家には上の子の自転車があり、週末だったので、

「お兄ちゃんの自転車に乗っていけば?」

と提案してみたのだけれど、

「指定の自転車じゃないと乗って行けないんだよ」

とのこと。

自転車通学の生徒だけではなく、部活で使う個人の自転車も中学校に登録を申請し、許可シールが貼られたものでなければ使用禁止というルール。自転車自体にも学校指定のものがあったのだが、自転車通学でもないのに五万円もする指定の自転車など買ってあげられない。なんとか頼み込んで、学校指定以外の自転車で登録をしていた。

僕が仕事に行くために自宅を出なければいけないギリギリの時間が、八時二十分。

今からパンクを直す時間はなかった。

下の子は、

「まあ、いいよ。仕方ないからこのまま行くわ」

と言って自転車に乗り、自転車を漕いで行ってしまった。

「今から部活を休むわけにいかないから」と言っていたけれど、明らかに空気の入っていない後ろのタイヤが不自然に歪み、自転車に乗っているという爽快感はみじんも感じられないようなお粗末な状態。

右に左に蛇行しながらユラユラと進む自転車を眺め、悲しい気持ちと、申し訳ない気持ちと、悔しい気持ちでいっぱいになった。

「自転車なんて、何でもいいだろうがよ……」

僕は下の子のユラユラ不安定に走る自転車を眺め、ため息をついた。

何なんだ一体。

中学校で運動部に所属できるのは、ある程度の収入があって自転車も買え、頻繁にある大会にもせっせと送り迎えができる大人が必ずいて、不測の事態にも常に対応できるご家庭のご子息様に限らせていただきます、みたいなルールにでもなっているのかよ。

世の中が平和なのか、一通り裕福な家庭しか存在しないのか、たった一人で子供を育てているという家庭をそもそも想定していないのか、もしかしたら、そんな奴、このご時世に存在しないと思っているのか。

学校や部活動のあり方に甚だ疑問を感じたのだった。

そろいの自転車、そろいのTシャツ、そろいのウインドブレーカー、クソ食らえだよ。

そんなものなくたって、部活やらせてくれよ。

買えないんだよ、そんなこと言われても。

その日は一日、下の子の自転車にまたがる後ろ姿が瞼に焼きついて、仕事が手につかなかった。

10

ほどなくして、下の子は部活を辞めてしまった。

部活を辞めてからは悪い友達とつるむようになり、帰宅時間が遅れ、泊まり歩くようにもなり、お決まりの路線で、すっかり近所で評判の素行の悪い不良のでき上がり。

子供を育てるということは、実に難しい。

社会のルール、学校のルール、それは分かる。

一生懸命やっているつもりなのだが、父子家庭の一人親には酷なことが多すぎる。金がかかりすぎるし、頼る者のいない僕にはとても太刀打ちできない。

まっすぐに自分の信じた道を進んでいると思っていても、線路の分岐器が直前で強制的に作動し、予想もしない道へと進まされてしまう。

何をしていても何を感じても、自分のやっていることの全てが虚構のように思えて、満たされることはない。

老人介護施設での仕事は、半年を過ぎても、さらに三カ月が過ぎても社員になれるような話はなく、挙句の果てには、今回の契約期間が切れたら次は契約をしないと通達される始末。仕事は人並みにこなしたし、無断欠勤や遅刻などはない。なぜここまでされなければならないのか。

嫌われ者の末路はいつも悲惨で、ささやかな安定さえも掌（てのひら）から滑り落ちる。

今の契約が切れるのは一カ月後。もうカウントダウンが始まっていた。

震災から命からがら生き延びて、仕事を何度も失い、そのたびに職を探し、いつもあと一歩のところで困難が立ちふさがる。

もういいだろ、もう勘弁してくれ。

そんな気持ちだった。

今の職場も、人間関係でぎくしゃくしている以外、不満はない。

自分の都合で仕事を選べない僕が、やっと長く続けられるかもしれない仕事を見つけ、それなりに頑張ってきたつもりだったけれど、どんなに筋違いな理由であったにせよ、契約しないと言われたらそれまでだった。

約十カ月、長い方か……。

確かに自分のやりたい仕事ではない。でも契約されないほどの迷惑をかけたつもりは毛頭ない。

また仕事探しか。

借金もあるし教育費もかさんでいるのに、また仕事探しからやり直しだった。

疲れた、本当に疲れた。

僕が一体何をしたというのか、なぜいつまで経ってもこんな仕打ちを受けなければならないのか。もはや、悔しいとか悲しいとかをはるかに通り越し、自分自身が哀れで惨めで、生きているのが辛かった。そんな親に一生を託さねばならない子供たちは、もっと惨めに違いないわけで、僕にとっては二重の苦しみとなった。

契約期間が残り一カ月を切ったというのに、とうとう仕事を探す気力すら湧かなくなっていたのだった。


上の子が高校生になったことに伴い、毎日お弁当を作って持たせる生活がスタートしていた。お弁当づくりなど子供たちが幼稚園児の時に何度かやっただけなのに、ここにきて、仕事と家事をこなしながら毎日お弁当を作らねばならなくなった。どのくらいの量を持たせれば良いのか、おかずは何を入れれば良いのかなど、また一から考えなければならないことができてしまった。

手探りで始めたお弁当作りだったけれど、毎日どんなことがあっても作り続けた。

スーパーには、都合の良い惣菜やレトルト食品、冷凍食品の類が山積みになっていて、忙しいお母さま方の強い味方といったところなのだろうけど、僕はなるべく使わないように心がけた。

一切食材に触れることなく、火を使うこともなく、一通りお弁当が作れてしまうこの時代に、それらの食品を使わないというのはたいそう難しかった。なるべく手作りのおかずをと思うのだが、仕事が忙しかったり、朝が早かったりすると、結局は頼ってしまうこともしばしばあった。

朝早く起きてのお弁当作りも楽ではない。

夏場はまだしも、真冬ともなると夜は明けておらず、深々と冷えるリビングで、ストーブもつけずにキッチンに立つ。一人の時に暖房器具をつけないのは、長年しみついた習慣だ。

父子家庭になったばかりのころのご飯作りも同じだったけれど、コツをつかむまでにしばらく時間を要する。料理の手際が頭に入っていないので、どうしても余計な時間がかかってしまう。毎日お弁当を作って持たせるということに重きを置くと、冷凍食品やレトルト食品に頼らざるを得なくなっていった。それでなくても、体は毎日疲れている。

子供たちはそれぞれ成長し、生活時間もみなバラバラになった。

まだ小さかったころは晩ご飯も一緒に一回で済ませられたのだが、成長してそれぞれの生活スタイルができてくると、いつ帰ってくるか分からない子供たちを待っていなければならない。下の子が帰ってきてご飯を食べさせ、上の子が帰ってきてまたご飯を食べさせた。毎日、二度手間になった。

作り置きしておけば良いという意見もあると思うけれど、自分が家にいる時は、子供たちに作りたての温かいご飯を食べさせたかった。今となっては、この晩ご飯だけが子供たちとのつながりであり、どんなに忙しくても、どんなに子供たちが自分勝手に振る舞っても、しっかり作ってあげたいという気持ちがあった。

どんなことがあっても、この子たちにご飯を食べさせ続けられるのは、僕以外にいないはずだ。


毎日のらりくらり生活する下の子と、何時までバイトなのかも分からない上の子。

家でご飯を食べるのかどうか分からなくても、毎日とりあえず準備して待つ。それなのに「今日はいらない」とか「食べてきた」とか平気で言ったりする。寂しい気持ちはこみ上げてくるけれど、それを指摘しても仕方がない年頃だ。

学校に着ていくワイシャツや体操服、バイトの制服など、時間もお構いなしに洗濯物を出してくるし、その中に明日の朝までに乾かさなければならないものがあったら、洗濯が終わるまで眠ることができない。

子供たちは、成長したといっても、体が大きくなって態度がでかくなり、口のきき方が悪くなって、行動範囲が広がったおかげで帰宅時間が遅くなっただけで、精神的な成長の跡はこれといって見られなかった。ただひたすら、今までできなかったこと、我慢していたことをこれでもかと謳歌しているだけのように見えて、喜ばしいような、悲しいような複雑な気持ちになり、時に苛立つのだった。

正しいか間違っているかは別にして、やりたいようにやりたい年頃なのかもしれない。

どこにいても、何をしていても、自分の置かれた環境でベストを尽くす。
明日に続く道があるのだとしたら、それはその先にあるものなのだと信じている。

上の子のバイトの帰りが遅く、なおかつ次の日が早番の時のお弁当作りは大変だったけれど、時たま冷凍食品の力も借りつつ、なんとか形にしていた。

冷凍食品とレトルトのおかずがぎゅうぎゅうに詰まったお弁当箱は、悲しかった。お弁当としての体（てい）をなしてはいたけれど、そこに親としての責任もコックとしてのプライドも反映されていないような気がした。激しい自己嫌悪に襲われ、ふさぎ込むこともあった。

ご飯はいつも手作りと、自分で決めたことだったのに。

仕事から帰って家に戻ると、相変わらずの洗濯物と汚れた食器の山。部屋は散らかり放題。

子供たちが成長するに伴い、今までうまくいっていたこともだんだんとうまくいかなくなり、制御がきかなくなったおかげで、息苦しさは増す一方だった。

仕事でどんなに疲れていても、家で休むことはできない。散らかり放題の部屋を片付け、洗濯物を干し、晩ご飯の支度をする。

言うことを聞かなくなった子供たちと接するのは歯がゆかったけれど、子供たちの行動を把握できず交流の時間も持てない自分自身にも、強烈な歯がゆさを感じていた。

口では言い表しがたい倦怠感と疲労感。積もり積もった十年近くの父子家庭生活で、拭いきれない何かがこびりついているようだった。

仕事をして家に戻り、家事をすることの繰り返し。

毎日、特に楽しいこともなく、生活に必要なもろもろの出費で給料の全ては消える。自分のために使うお金など、どこを探してもない。気分転換ができるわけでもなく、友達もいない。

仕事場でも、家でも、どこに行っても一人ぼっちになった。

11

成長に伴い知恵をつけた子供たちは、僕の目をごまかしながら好き勝手に振る舞い続けた。

大人は僕しかいない。それは子供たちもよく分かっている。僕がいなければ、彼らを監視する人は誰一人としていない。仕事に出かけてしまえば、決められた時間まで帰ってくることのないたった一人の監視役など、年頃の男の子にとってはないも同然。僕の目を欺(あざむ)くなどたやすいことだ。

仕事で月に四回宿直をこなさなければいけない僕は、週一回は、朝仕事に行ったきり次の日の夕方まで家に戻らないことが確定する。宿直は、誰もやりたがらない週末によく回ってきた。

そうなったらしめたもので、子供たちは自宅にそれぞれの友達を呼び、朝までどんちゃん騒ぎ。誰も監視するものはいない、これはまさにこの世の天国。僕が嫌がることだろうと、お構いなし。父親が帰ってこないのを良いことに、わが家は無法地帯と化していった。

僕が仕事から戻るころには一応それなりの体裁が整えられているのだが、そんなものは見ればー目瞭然なわけで、子供だましの取り繕いが、余計腹立たしく思えるのだった。

監視する者がいないという現実は、どうにもこうにもならなかった。生きていくために、子供たちを生かしていくために、この部分に目をつぶらなければならないというのは、子供を育てる上で本末転倒のような気がしてならなかった。


父子家庭となり子供たちを引き取った時は、たった一人で子供を育てるということの意味を知らなかった。だからこそ、何となくやれるような気がしていたし、三人で力を合わせれば、どんな困難でも乗り越えられると思っていた。

非常に安易な考え方だったことは、今になって分かる。

でも、できると思っていた。

子供たちもそんな僕を見て、たった一人で自分たちを育てる父親の負担を減らそうと、率先して家事を手伝い、言うことを聞き、勉学にいそしみ、成績優秀品行方正、苦学生の鑑(かがみ)のような子供に育つと、なぜか勝手に思い込んでいた。

だが実際、蓋を開けたらどうだろう。

食うに困るほどの極貧生活、未曾有の大震災に見舞われ、仕事は何度もクビになり、電気や水道も止められて、ついには車もテレビも失う。どうにかこうにか高校生と中学生になるまで育て、よし、ここからは子供たちの協力を仰ぎながら、まともな仕事に就いて生活を安定させ、子供たちに感謝しながら手を取り合って生きていこうと思っていたのに。ここにきて、どうも雲行きが怪しい。

　現実は厳しかった。

　我慢に我慢を重ね、やりたいこともできず理不尽な仕打ちを受け続けた子供たちは、やがて大きくなると、父親の苦労など顧みることなく、自分勝手、自由気ままに振る舞うようになった。

　食費を削って、借金をして捻出した学費もどこへやら、すっかりさぼり癖（ぐせ）がついて学校には行ったり行かなかったり、バイトで稼いだお金で朝まで遊びほうける始末。友達の家を泊まり歩いて家には戻らず、家にお金を入れるどころか、僕の財布から金を盗んでいく。

　どうなっているんだ、一体。

　よく、テレビのドキュメンタリー番組で、母子家庭で子供を育てている貧しい母親が、昼夜問わず仕事をし、どうにかこうにか生計を立てている中で、子供たちは決してグレることなく、母親の家事を分担し、爪に火を点（とも）すような暮らしの中、夢に向かってなんとか続けさせた野球でプロになったり、起業して若くして大金持ちになったりして、母親に恩返しをし、ハッピーエンドになるという話を見るけれど。

　僕は心の底から言いたい。

「本当？　本当にこれやったの？　たった一人で？　……どうやったら、こうなるのよ」

　教えてほしい。どうやったらこんなことになるのか、ぜひ教えてほしい。

　子供二人を抱えて、父子家庭というまともではない生き方の末に、人並みにまともな暮らしを求めてしまった僕が馬鹿だったのか。

安心して仕事をすることすらできない上に、子供たちの心配事は増えるばかり。たった一人の監視役である僕が、思春期の子供たちを残して丸二日も家に戻れないことがあるのだから、こうなってしかるべきなのだろうか。

考えが甘かったのかもしれない。テレビの話とは、だいぶ違う。

宿直明けに、脱衣所に置かれた二日分の洗濯物を見ると、涙がこぼれる。洗濯を回して干す程度のことを、考えつかないのだろうか。部屋を散らかさないようにできないのだろうか。食べた食器を洗って片付けることができないのだろうか。

そうは言うものの、僕だって本当は子供たちに何もしてあげてなどいないのかもしれない。偉そうなことを言ってはいるけれど、実際はご飯を食べさせるだけのために這いつくばっている。

情けない話だ。


やめよう……もうやめよう。

やめたい、もうやめたい。

どうせ仕事もクビになるのだ。

もう何もかもやめて、子供たちには一人で生きて行ってもらって、それでだめなら、それまでだ。

よくやったよ。ここまで。頑張ったよ。

自分を納得させるように、言い聞かせていた。

何がいけなかったのかなど、考えたくもない。

仕事は辞めよう。

12

夏が終わり、秋の気配が町を支配し始めたころ、僕は残り一カ月の契約となった職場に惰性で通っていた。春のころよりは慣れてきたお弁当作りをこなし、子供たちの朝ご飯を用意して、これといって変わることのない生活の中で、いずれ仕事を失い、金が底をつき、お弁当もご飯も作れなくなったら、それで終わりだと思った。

ジ・エンド。

お似合いの結末じゃないか。

契約満了まで残り半月となった。

職場では相変わらずしゃべる相手もいない。誰にも相談できないし、相談したところで結果は知れている。

それほど多くのことを望んだつもりはなかったけれど、ささやかな生活の安定さえ、とうとう手に入れることができなかった。健康で文化的な生活とは程遠い最低限の暮らしさえも、僕には許されないのか。

常に最悪の事態を考えて行動する。そう肝に銘じて生きていたつもりだったけれど、起こる事態はいつも僕の想定をはるかに超えていて、とうとう回避不可能、万事休す、一巻の終わりだ。困難は人を強くするというが、これだけ休みなく困難に見舞われると、いい加減うんざりする。

弱い人間で結構だよ。みんな死ねばいいんだ。

投げやりな気持ちと絶望と諦めの中、どこか諦めきれない部分もあるにはあったが、さしあたっての解決策は見当たらず、先に進もうにも一向に気力が戻ってこなかった。

そんなある日のことである。

いつものように仕事が終わる時間になり、家に帰ろうかと事務所にタイムカードを押しに行った時のこと、一人の従業員に声をかけられた。

「今晩、家に戻ったら電話するから、必ず出てよ」

そう一言、不意に念を押された。

話したことなど数回しかない従業員で、歳は僕と同じくらいだったが、この職場でのキャリアははるかに長かった。

彼女は事務員だったので、僕はこう考えた。

仕事場では、次の契約がされないということを告げづらいのだろう、と。

彼女が僕にわざわざ電話をかけてくる理由があるとしたら、そのくらいしか思い当たらなかった。

「何時ごろなら電話していいかな」

「別に、何時でも大丈夫です」

僕は、そう言って職場を後にした。

もうすでに仕事に対するモチベーションや、ある程度の感情は捨てていたから、この際、何を言われても驚くまいと思った。「はい、そうですか、分かりました。お世話になりました」と、あっさり言うだけだ。

十八時に仕事が終わり、家に帰って晩ご飯の支度をし、珍しく子供たちが二人そろっていたので一緒にご飯を食べさせた。洗い物をして、洗濯物を干して、いつものように毎日の愚痴をこぼすブログを書いていたら、電話がかかってきた。

突然電話してごめんねと、一通りお決まりのやり取りを交わした後、受話器越しに彼女は唐突にこう言った。

「仕事、辞める気？」

「辞めるというか……契約しないって言われてるから」

「辞めたいのか、続けたいのか、気持ちはどっちなのよ、辞めたいって言うなら止められないけど」

「そりゃ、辞めたくはないですけど……」

これは本音だった。

仕事を辞めないでこのまま続けられるなら、それはそれでありがたい。人間関係のみ我慢すれば、お金は入ってくる。

もうだめだと思っても、本当に終われる人はなかなかいない。どうせ生きていかなければならないのだとしたら、仕事を失ってお金がなくなるという困難は、ぜひとも回避したい。

「そう、分かった。それなら私がなんとかできるかもしれない、だから、もう辞めるなんて言わないでよね。あなたが頑張ってるのは知ってるし、仕事を辞めなければならないような理由なんてないんだから。まだ、詳しくは話せないんだけど、とにかくなんとかするから。主任の交代があるかもしれないの」

そう言って、電話は切れた。


つまり、どういうことだ。

携帯電話を左手に持ったまま、しばし考えた。

何らかの事情により、まだ仕事を辞めなくても良いということなのだろうか。

主任の交代？　悪い方向の話ではないのかもしれない。

そういえば、ほんの数日前に事務所で二人になった時、その事務員にちらっと、「仕事、続けていけないかも」みたいな話をしたことがあった。

特に仲良くもなかったので、その時も相談をしたわけではなく、話の流れでそのようなことをしゃべったに過ぎない。

「あなたが頑張っているのは知ってる」と、彼女は言ったけれど、そんなこと言われるのは、どれくらいぶりだろうか。誰かが力になってくれるということは、これほど頼もしくてうれしいものなのか。

次の日、昼休みに施設長から呼び出され、こう告げられた。

「来月から社員としてここでやってもらいたいの。どうかな」

どうもこうもない。何があったんだ。

「それから、来月から正社員になるにあたって、人事交代があるのよ。受けてくれる？」

「なんですか？　人事交代って」

「来月からあなたが主任として調理場を仕切ってもらいたいの。もらいたいというか、これは決定事項で、この場で答えなくてもいいけど、拒否はできないから」

一日考えさせてくださいと言って部屋を出たけれど、一体何があったというのか。

命を救ってもらったと言ったら、大げさだと笑われるかもしれないけれど、僕にとってはまさに、それに等しい事件だった。

あと一歩のところでいつも幸せがすり抜ける人生だけれども、もしかしたらここで命まで取られるかもしれないと思うところまで追い詰められると、必ず誰か救いの手を差し伸べてくれる人がいて、先に進むことができた。

ここまで乗り越えてきた困難が、歯を食いしばってこらえた涙が、死んでたまるかと自分を奮い立たせた執念が、僕をここまで導いてくれたのかもしれない。そして、僕を救ってくれる人と巡り合わせてくれる。

涙が出るほどのありがたさをかみしめながら、折れそうな気持ちを必死に鼓舞した。

相変わらず気分のすぐれない時も多くあったけれど、もう少しだけ、頑張れるかもしれない。

13

僕は不毛な日々を乗り越えるため、毎日毎日ブログを書いた。

父子家庭パパという目線でのブログはいつしか反響を呼び、沢山の方々から応援のコメントをいただけるようになった。コメントへの返信だけでも大変な作業になったが、忙しい雑務の合間を縫って、僕はブログを書き続けた。

たくさんの読者がつくことはうれしかったけれど、その反面、読者が望む自分を演出した記事を書かなければいけないのではないかという圧迫感もあったりして、自分が今本当に言いたいことが何なのか、ふと分からなくなる時がある。

自分の感情に嘘偽りなく書いていたから心が安定し、毎日続ける動機にもなっていたのに、相手が望むことを書かなければいけないという日常が、さらに孤独感を増すこともあった。

そんな時、僕のブログの熱心な読者だという女性からコメントをもらった。たまたま同学年で、何度もコメントをやり取りしていると、近所に住んでいて共通の友人などがいることも分かり、時間が合う時には近くで食事をするようになった。

仕事が安定し気が緩んだのかもしれなかったけれど、誰かと会って話をするということがとても新鮮で、いつしかその時間がかけがえのないもののようにも思えてきたのだった。母子家庭で娘を育てているというその彼女と、ブログでは言えない話や、彼女の気に入っているブログの記事の裏話などで盛り上がり、言葉で感情を伝えるという解放感を、久しぶりに味わっていた。

心にゆとりがあると子供たちへも優しい気持ちで接することができるようになって、ふとこんなことを考えてみたりした。

「一人ではどうしても補えない部分も、二人なら補えるのかな」と。

たった一人で挑んだ父子家庭生活だったけれど、いつしか監視の目が行き届かなくなって、子供たちにとっての不都合もかなりの部分で存在する。やはり両親のそろった、世間一般が思い描く「家族」という形態で過ごした方が、何かと都合が良いのではないかと。

一人で生きるということに疲れ果てていて、子供たちはどんどん大きくなって、ふとその先の人生のようなものを考えてみたら、やはりこのあたりで大きく方向性を変えてみるのも悪くない、そう思ったのだ。

そのために神様が、僕にこの人を巡り合わせたのではないのかと気づいたら、これは素晴らしい奇跡なのだと、幸せな錯覚をしたりして、どんどん感情は彼女へと流れていった。

子供たちには仲良くしている女性がいると告げ、会わせたりもしていた。

その間は特に問題らしきことも起こらず、子供たちも新たな環境で楽しげに振る舞っているようにも見えて、時間はかかるかもしれないけどうまくやれるのではないかと、気分はすっかり上の空だった。

ある日、彼女の都合で一緒に東京まで行ったその足で、靖国神社に立ち寄った。標本木の蕾(つぼみ)に開花宣言が出されたその日、東京から戻り、僕たちは婚姻届を出した。

「桜が咲いたから」

そんなきっかけで、僕の父子家庭生活は終わった。


彼女には小学校低学年の娘がいて、家は途端ににぎやかになった。新しく僕の妻になった人の職業は看護師で、三交代の業務。僕とは仕事の休みが合わないこともあって、妻と子供たち、もしくは、僕と子供たちという括(くく)りで過ごすことが多かったように思う。

結婚してそれなりに楽になっていくのかなと思っていたのだが、慣れない女の子の子育ても加わって、新しい家族の形にどう向き合っていけば良いのかという新たな悩みも生まれていた。

僕は僕で、結婚したからといって「じゃあ、後はお願いしますね」と、今までやっていた役割を押しつけることにも抵抗があって、家事全般も今まで通りこなした。結婚はしたのだが、食事を作ったり、二人の息子の思春期の成長を見守ったりということは、やはりこれから先も自分が負わなければならない責任の範囲なのだろうと考えていたからだ。

だけど妻にとっては、父子家庭としてずっと三人で暮らしてきた僕たちの考え方に、受け入れがたい点もあったようで、お互い相容れぬままの価値観は、やがてこの結婚生活に深い溝を作るのだった。

子育てに対する考え方や方針では、よくぶつかった。

彼女はもともと実家暮らしで、両親と共に一人娘を育てていた。勉強がよくでき、気持ちも優しい愛嬌のある女の子で、僕にもすぐになついてくれたので可愛がっていたのだけれど、やはり父親になるのは難しかった。

接し方が分からない。自分の子供と同じような感覚で接するのは違和感があるし、だからといって特別扱いもしたくない。自分なりに考えてその都度行動するのだが、妻の実家のご両親に呼び出され、僕の細かな言動に対して注意を受けることもあった。

無理もない。手塩にかけて育てた娘と可愛い孫が家を出ていき、向かった先は筋金入りの父子家庭。育ってきた環境があまりにも違う。

妻も僕の子供たちと一緒に過ごし、恐らく僕と同じような悩みを抱えていたのだろうと思う。さらには上の子は高校生になりたてで好き放題やり始めていたし、下の子は学校もろくに行かず、打ち込むこともない。彼女にしてみれば、いきなり思いもよらぬ負債を抱えたような感覚になったはずだ。

いつしか、妻が仕事で家にいない時は、彼女の実家のご両親のもとに娘を連れていき、そこで過ごさせるようになっていった。僕の家で生活していくことによる娘への悪影響も考えたのだろう。お互い守るべきルールの違う僕たちの家族は、別々の方向を向いてしまい、すれ違いの毎日。

妻の実家は車で数分程度しか離れておらず、娘は転校せずに、そのまま今までの学校に通っていた。朝になれば妻が娘を車で学校まで送り、学校が終わると娘は歩いて妻の実家に行き、然るべき時間になったら妻が実家に迎えに行くという、無駄も手間も多い二重生活。

初めのころはそれでもなんとか時間を見つけて一緒に時を過ごしてはいたのだが、妻は看護師業務に忙殺され、月の半分程度は僕の家には戻ってこないというのが日常になった。家族になったとはいえ、お互い今まで過ごしてきた生活スタイルを崩すことができずに、そのうち別々に暮らす時間の方が長くなっていた。

僕の子供たちも、その不自然さからか、だんだんと家には寄りつかなくなり、実の母親の家に遊びに行ったり、友達の家に遊びに行ったり。

家族という形態を手に入れてみたは良いが、ますます複雑化して、皆それぞれ自分の思うようにバラバラに散らばってしまったみたいになって、僕でさえ居心地の悪さを感じていた。

上の子はバイトで稼いだ自分のお金もあり、それなりに自由を手にしていたから、適当に気分転換をしながら過ごしていたと思う。行動範囲が広がったおかげで楽しいことも増えた。もともと協調性のある性格で、自分の気持ちはさておいて、置かれた立ち位置でどんな場面でもその都度うまく振る舞うことができたし、子供たちの中で歳が一番上というゆとりも手伝って、僕の妻とつかず離れず、辛うじて適切な距離を保っていた。

妻の娘にとっては、おじいちゃんとおばあちゃんはいつだって味方であり、問題が起きれば回避してしばらく距離を置ける実家もある。生まれてからずっと暮らしていた家であるわけだし、むしろそちらの方が落ち着く環境であることは間違いない。母親の仕事の都合もあって実家で過ごす時間がほとんど。ここの家にはある一定の時間だけ遊びに来る程度になっていたから、それほど劇的な環境の変化というわけでもない。

ただ、下の子だけは違った。

逃げ場もなく、居場所もなく、何も打ち込むものもなく、学校にも行ったり行かなかったりしているのだから、僕が仕事で妻がお休みという平日は、家で下の子と妻の二人だけという、なんとも奇妙な時間を過ごしていたりした。

妻にしてみれば、どう接すれば良いのか、思案するに十分すぎる案件だ。

時には、学校に行かずに反抗的な態度を取る下の子を、妻が厳しく叱責することもあった。彼女も接し方には相当悩んでいたのだろう。そのことでよく相談も受けてはいた。下の子が毎日学校に行きさえすれば、問題は簡単に解決する。

下の子にとっての拠り所は、父親である僕か、兄である上の子しかいない。昔からそれは変わらない。

いつも行動を共にして、時には一緒に寂しさを紛らわせ、我慢しながら過ごしていたお兄ちゃんは、気がついたら自分の手の届かないところに行ってしまい、パパもいつの間にか知らない女の人と暮らし始め、新しくお母さんになった人からは時には叱責される。

下の子は、自分だけが一人ぼっちになってしまったような諦めの感情を抱いて、いよいよかたくなになっていった。もともと自分から多くを語るタイプではなく、自分の思いを主張するのも苦手な方。新しくお母さんとなったその人に対し、敵意だけを表すようになって、口を閉ざした。

自分だけが、なぜいつまでも我慢しなければならないのか。

そう考えていたに違いない。

ここで自己主張することは、自分にとって何の意味もないと決めた下の子だったけれど、口を閉ざして、ふてくされて過ごすことが彼なりの主張のようにも思えてくるのだった。恐らくそうすることしかできないであろう下の子の気持ちを考えてみるのだけれども、かといってどうしたら良いかも分からず、下の子とどう向き合うかという結論は先送りにされ続けた。

やがて、下の子はあまり家には戻らず、実の母親の家で一定の時間を過ごすようになっていった。

いつも一緒だった下の子は、幼いころから僕の手を煩わすことのない我慢強い子だった。その下の子が逃げ出すのだから、我慢の限界だったのだろう。

僕はそのことに気がついていながら、見て見ないふりをしてしまった。下の子の気持ちを分かっていながら寄り添わない背景には、長年の父子家庭生活での疲労からの割り切れない思いがあり、新しく手に入れた幸せを棒に振りたくないという自我があった。

新たに手に入れた人生をうまく機能させていくためには、いつか大人になって離れていくだろう子供たちより、妻との関係の方を重要視すべきなのではないかと感じていたし、何もかもに気づかないふりをしてやり過ごしてしまえば、いつかそのうち問題が解決するのではないかという逃げが、そもそもの根本だった。

時間が経てばやがて決着するだろうという、逃げに逃げた挙句の玉虫色の解決策。

子供たちはいろいろあったけれど、それぞれ大きくなり、僕と妻は楽しく二人で余生を過ごす。難しい問題には目もくれず、そんな単純な未来だけを思い描いていた。

下の子がいなければ、妻も普通に日常をここで送れていたし、それならそれで良いのではないかとさえ考えていた。もちろん、妻が下の子をいじめたいわけではなく、下の子のやっていることは当然叱責に値するのだから、妻を責めることもできない。


新しく僕の妻となった人もいつしかそんな生活に疲れ果て、何もかもが嫌になっていったに違いない。この家にはあまり戻ることなく、実家で暮らすようになってしまった。

「子供たちがこんなに好き勝手でいいのか、それでも父親なのか」とたびたび詰め寄られたけれど、うまく説明できる気がしなかった。実家のご両親にも事あるごとに呼び出され、注意された。

頭では分かっていた。だけど僕は素直に「分かりました、申し訳ありません」と言うことができなかった。

もはや精神は健全ではなく、他人の意見を素直に聞き入れる余裕などなかったし、自分たちよりも恵まれた環境で育ってきたであろう人たちの意見を、そうやすやすと受け入れられないほどに、歩んできた道のりが険しすぎた。

口で説明するには事情が複雑になりすぎて、どこから説明すれば理解してもらえるのかすら分からない。

いつしか僕も口を閉ざすようになり、妻との距離は決定的になった。

家族という形態を維持するためには、従わなければいけないこともある。世間一般の従うべき秩序や順番で考えたら、僕の言い分は恐らく間違っている。

夫婦間での泥仕合は日常となり、「考え方が理解できない」と物別れに終わる。不毛な日々が続いた。永遠に続く平行線はやがてわだかまりとなり、お互いが思い描いた理想の家族、理想の夫婦はどこかへ消え失せ、現実は意志とは無関係に思いもよらぬ方向へと向かう。

毎日毎日、頭が破裂しそうだった。

14

共感を共有できない寂しさは、味わったことのない人には分からぬ感情に違いなく、それを安易に誰かに求めるべきではない。逆に言えば、子供たちにとって共感を共有し、自分の意見を代弁してくれる人がいるとしたら、それはどんな時も僕でなければいけない。

結婚してしばらく経過したころには別居婚のような形におさまり、それからほどなくして、僕から、

「もうここで一緒に暮らすことはできない」

と一方的に告げ、別れることにした。

ずいぶん勝手な言い分だけれども、やはり僕は子供たちの父親であり続けなければならない。原因の全ては僕にあって、妻に対しても下の子に対しても、「ごめんね」という一言が言えないままの決断だった。

結婚を解消するというこの判断で、子供たちが僕のもとに戻ってきてくれるのではないかと思いながらも、その反面、下の子のせいで僕のささやかな幸せが壊されたのかもしれないというお門違いの被害妄想もあって、元通りというわけにいくのだろうかという気持ちがあり、僕の中ではこれからどうするべきか揺れ動いていた。

自分がここまで下の子を追い詰めてしまったことは分かっていながらも、下の子のこれまでの行動を許せない自分もいたし、下の子の気持ちに気づいていながらも気づかぬふりをする自分自身も、許せないままだった。

周りの人を僕の感情のみで勝手に傷つけ、どうにもならないと見れば、こうなってしまったのは僕以外の誰かのせいなのだとばかりに開き直る。

まったく、卑怯な男だ。

自分のことが薄汚い人間のように思えてきて、子供たちにとっては僕がいない方が幸せなのだろうかと考えたりした。

子供を育てるという意味や目的すらぼんやりしてきて、自分を責め続けたけれど、このまま投げ出すわけにもいかない。感情は自分でも理解し難いほどに、ただただ、行ったり来たりを繰り返していた。


妻と別れた後は、上の子も下の子も以前よりは自宅にいる時間が増え、また三人暮らしが始まった。

上の子の生活態度には、一貫して口を出さなかった。自分で決めた人生を生きながら、自分で考え自分で行動し、自分で責任を持てば良いと思っていた。もう高校生になっていたし、いつまでも親の言うことを聞いていても仕方がない、そう言い聞かせた。

下の子に関してはまだ中学生、目に余る行動があれば厳しい態度で接した。下の子とのわだかまりのようなものは相変わらずあり、自分でも無意識に下の子にはきつく当たってしまっていたはずだ。

学校に行かなければ行くように促したし、約束を守れなかったら守る必要性を説いたし、やるべきことをやらなかったら、なぜやらなければいけないのかを分かるように、何度も何度も説明した。

家に帰るのが遅くなる時は連絡をするように言い、連絡をすることなく決められた時間内に帰らなかったら厳しく叱った。そのたびに下の子はうんざりしたような表情を見せ、中学生なりの言い分を僕にぶつけてくる。

彼なりに努力はしていたのだろうが、僕とは折り合いがつかないことの方が多かった。下の子の気持ちは推察できるのだけれど、咀嚼（そしゃく）して飲み込めるほど、穏やかではなかった。

上の子と同じように、下の子の学校から毎日のように電話が入り、呼び出され、話を聞く。

仕事と家事で体は疲れ果てていて、次に何をしたら良いのかを頭で考えることができない。

何をしなければいけないのか、その優先順位はどうなのか。何を伝え、何を教え、何を示すべきなのか。必要なのは父親の強さなのか、母親の愛情なのか、子供たちと共に過ごす時間なのか、食うためのお金なのか、仕事なのか、学校なのか、家族なのか。

分からなかった。

子供を育てるということは、なんでこんなに辛いのだろう。

子供たちがすごい人間になるという未来だけが、父子家庭生活での唯一の心の支えであり、その土台はあやふやだったけれど、そうなってくれるものだと勝手に信じていた。

毎日の生活は困窮を極め、お互いまともな感情は消え失せてしまったのだけれども、僕の作る食事を食べながら大げさに「すごい旨いよ、パパ」と言ってくれる笑顔は、どんな時も愛おしい。

乗り越えなければならない目の前の問題が多すぎて、時に未来を見失いながらも、それでも三人でなら生きていけるような気がしていた。

あのころは。


やっていることは滅茶苦茶で、とてもまともな子育てと呼べるようなものではなかったし、いつも何かに追い立てられていただけだという事も、本当によく分かっている。

世の中を恨んで、全ての人を羨んで、這いつくばっていただけだ。

それでもどうにかここまで生きてこられたのは、人並みに恵まれた環境で育った奴らには負けてたまるかという意地で、子供たちもそんな奴らには負けるはずがないと、信じていたからだ。

いつか子供たちを育て上げ、見返してやるんだ。今に見てろよ、と。

父子家庭生活の根底にある信念みたいな根っこの部分が、相当揺らいでいるかもしれないという今の状況に苛立っていた。

何かが違う。僕が思い描いていた未来は、ここではない。

いつからか、何もかもが自分でも気づかぬほど不鮮明に歪んでいて、それがやがて不調和になる。

なんとかなるだろうと、軽い気持ちで始めた父子家庭生活だったけれど、万策尽きた自分には何も残されていなくて、ここがたった一人で子供を育てるという挑戦の終着地なのではないかと、そんな気さえするのだった。

どんな場面で悩んでみても、外れくじしか入っていない箱の中に手を突っ込んでいるような虚しさがあって、何をどう吟味しても、報われるわけがないような気になっていた。

探すべき道が見当たらない。

夜になれば酒を飲み、泥酔することで思考を停止させる。それだけでは飽き足らず、休日は昼間からぼんやり安酒をあおる始末。心の闇に居座り続ける「うつ」が、断続的に蘇る。

酒の力を借りなければ、感情の仕切り直しもできなくなっていた。


子供たちが、離れていくのが分かった。

第四章

1

父子家庭生活になり、九度目の夏を迎えた。仕事は順調で、お金もそこそこ稼げるようになり、生活は安定し始めていた。

下の子の受験勉強は、中学二年生になったこの夏が勝負だと思った。

何せ、今までの怠けっぷりは常人の域をはるかに逸脱している。

どうしても下の子に努力して勝ち取る喜びを教えたかったし、その上で将来につながるような人生のスタートラインに立ってもらいたかった。

目標に向かって努力して、精いっぱいの力を尽くしてダメならば仕方ない。でも、与えられた環境でベストを尽くすことなく諦めたのでは、先が思いやられる。結果がどうであれ、自分の力で道を切り開いていけるような人生を、子供たちには望んでいた。

父子家庭で貧乏だから、子供にまともな教養がないと思われたくはなかった。

父子家庭にもプライドはある。

高校が全てだとは決して思っていない。だけど、自分が選ぶ人生のその第一歩で、どこでもいいとか、何でもいいとか、どうでもいいなんていう決め方を、してほしくなかったのだ。

子供たち二人を高校に入れて、卒業させる。

その後、自分の道を選択し、自らの意思で進んでいけるように。


上の子の受験勉強である程度のコツをつかんでいた僕は、もっと早いタイミングで勉強を始めれば選択肢が増えたに違いないと、多少の悔いが残っていた。

上の子の時は、生きるために他にやらねばならぬことが多すぎて、あまり勉強を見てあげることができなかった。もっとやれたに違いない、あの時もっともっとやってあげられたのではないのか。時が過ぎれば、必ずそう思うことを知った僕は、下の子の時はそんな後悔をしないように時間を使いたいと思っていたのだ。

埋めきれない心の隙間を、下の子の受験勉強に付き合うことで埋めようとしていたのかもしれない。

いずれにせよ、勉強に励んでマイナスになることはあるまいと、夏休みになったその日から、下の子の勉強をみっちり見てやろうと決めた。下の子もやればできるし、そのうち自分の知らないことを知る喜び、何かを覚える楽しさを分かってもらえると信じていた。

夏休みの宿題と、近所の本屋で購入した問題集。それらを毎日少しずつやると決めたけれど、下の子は全く気が乗らない様子で曖昧な返事を返していた。

北関東の茨城県といえども、真夏ともなれば気温は三十五度を超え、うだるような暑さになる。いくら生活が多少安定したとはいえ、数年前に壊れたままのクーラーを買いなおすほどの余裕はなく、小さな扇風機一台で過ごしていた。

日中は仕事があるので、夕方帰宅してご飯を作り食べさせて、後片付けをした後に勉強の時間となる。風が吹かない日などは、すっかり陽の落ちた夜でも気温が下がることはない。汗が止まらぬリビングで、上半身裸になって勉強をした。

ただでさえ集中力のない下の子は、この暑さも手伝って、すっかりやる気が失せているように見えた。やる気がないのは彼自身の問題だけれど、クーラーが買えないのは僕の責任だった。

勉強など、覚えようという気がなければ絶対に覚えられないもので、惰性で時間が過ぎるのをやり過ごしても、それはその場しのぎに過ぎず、自分の身にはなっていない。

同じことを何度も何度も繰り返し、先に進むことのない足踏み状態で夏休みの時間は過ぎていった。

何回教えても、何度同じ問題をやっても、中学一年生の初めの「ｂｅ動詞」から先に進まない。何が理解できないのかさっぱり分からないのだが、いつまで経ってもｂｅ動詞の渦の中に飲み込まれたままだった。諦めて先に進んでみても、やはり基本が分からなければそのうちつまずき出し、最初に戻らなければいけなくなる。

夏休みの半分が過ぎても一向に覚える気配のない下の子に、とうとうしびれを切らした。やる気がないなら、いくらやっても仕方がない。自分の人生のために、自分が頑張らなければならない時があるということを、下の子は知らねばならぬと思った。

何度も何度も繰り返したbe動詞の同じ問題。

「問題集の一ページを、明日のこの勉強の時間までに必ず覚えてくるように」

これができなければ、もう勉強には付き合ってあげないと告げた。

自分のためにやりなさいと下の子には言ったけれど、これは親としての命令であり、必ず遂行しなければならない任務に違いない。これで何かが変わってくれるに違いないと、すがるような思いだった。

「お前はこの程度もできない人間なのか？　このままやらずに逃げ出すのか？　その程度なのか？」

と、彼の自尊心を揺さぶり、なんとかやる気に火を灯そうと思った。

正直、やると思った。

たかだか問題集一ページ、それも夏休みの半分を費やし、何度も何度も繰り返しやった問題である。覚えられない方がどうかしていると思ったくらいだ。

夏休みに入ってからというもの、毎日こんなことに付き合って、下の子の理解しがたい行動に日々悩み、アルコールの量も増え、僕自身が情緒不安定になっていて、下の子にきつく当たっていたということも確かに否めない。僕の接し方に問題があったかと言えば、なかったとは言えないと思う。

下の子は、それっきり勉強のテーブルに着くことはなくなった。家に帰る時間が守られることもなくなって、とうとう全てを投げ出したようだった。

あっさりしたものだ。

予想外と言えば予想外であったし、予想通りと言えば予想通りで、この一件を機に、下の子との関係はさらに悪化した。連絡もせずに遅くまで遊び歩いて、家に帰ってこないことも頻繁にあった。

そっちがその気なら、こっちにも考えがある。

ある日、僕は下の子に、

「いいか、約束が守れないのなら、俺もお前にもうご飯は作らないぞ」

と言った。

子供たちにご飯を作るという行為は、僕の生きている意味そのものであり、子供たちと僕をつなぐ重要な手段。それは下の子も痛いほど分かっていたはずだ。

僕にとっては、お互いに意地を張りすぎて、とうとう修繕できなくなった下の子との関係をもう一度立て直すための、奥の手だった。

本当は「これからも毎日ご飯作るから、お互い悪いところは改めて、このまま今まで通りここで一緒に暮らそうよ」と、そういう意味で僕は言ったつもりだった。

表現方法が屈折しているのには気づいていたけれど、長年の父子家庭生活と一連の下の子との確執で、まともな感情では下の子に接することができなくなっていた。

下の子も、初めのうちは僕に詫びを入れ、晩ご飯を食べたりしていた。詫びて反省すればノーサイド、ご飯を出して一緒に食べた。

少しずつでもそうやって前に進み、そのうち気持ちを入れ替えてくれれば良いと考えていたのだが、その舌の根も乾かぬうちに、また遊び歩き、約束などどこ吹く風で生活していた。

それは、やってもやっても先に進まぬbe動詞の問題のようだった。


そのうち下の子の家に戻る回数が減ってゆき、そろそろ夏も終わろうとしていた。

ほんの少しでも下の子の力になれればと思って、夏休みを使って勉強に付き合ってみたのだが、何の成果もあげることができず、さらに状況は悪化の一途をたどっているようだった。

「晩ご飯抜き」にしても、下の子をいじめたいわけではなかった。僕にとって子供たちにご飯を作ってあげるということは、すなわち生きているということに他ならず、むしろやめてしまうことの方が辛いことだった。

だから、子供たちが二人そろって家にいる時は、ちゃんと二人分の朝ご飯を作った。いくら下の子が滅茶苦茶な生活をしていたとはいえ、学校に行くのに朝ご飯も食べさせないでは、気が引ける。

上の子のお弁当と、二人分の朝ご飯。早番の時は朝五時前に起きて、せっせと作った。お弁当作りもすっかり慣れたもので、ほとんどレトルト食品や冷凍食品を使うことなく完成させられるようになった。朝ご飯は、お弁当のためのおかずを多めに作って、それと昨日の晩ご飯の残りものを合わせた程度のものだったけれど、これは最低限親としての役目だろうと、眠い目をこすりながら毎日作っていた。

上の子も下の子も、学校に行っているのかいないのか、さっぱり分からない。時たま先生から「今日は学校に来ていません」という電話をもらっていたから、二人とも行ったり行かなかったりだったのだと思う。

それでも身寄りのいない一人親の僕は、子供たちを監視することなど不可能で、やっぱり彼らを信じるしか手立てがなかった。

仕事をしていても毎日子供たちのことが気がかりで、どうか道を踏み外しませんようにと、祈るような気持ちで暮らしていた。

年頃の男の子である以上、ある程度の覚悟はこの先必要だろうということは、自らの人生と照らし合わせて、気がついていた。頼むからおとなしく学校くらい行ってくれよと、担任の先生から電話をもらうたびに憂鬱な気分になり、生きることに対しての前向きな気持ちが削がれるのだった。

朝起きて学校に行って、勉強して帰ってくるだけだろうがよ。

とうとう、下の子はほとんど家に帰らなくなってしまった。

「晩ご飯抜き」と言ったはいいが、やはりご飯を食べてもらいたくて、毎日、一応はご飯を作って下の子の帰りを待った。帰ってくることを信じて用意した下の子の分の食事を、遅くに自分一人で食べる夜は虚しかった。

少し前は必死になって、自分の食事を削ってまで子供たちにご飯を食べさせていたのに、今はどうだろう。せっかく用意したご飯を、食べてくれることもない。

僕はと言えば、すっかり家で食事をとらない生活に慣れてしまって、何かを食べたいという欲求さえもなくなってしまっていたのに、なぜかここにきて、子供たちの口に入ることのなかったご飯を一人食べている。

なんということだろうか。

今まで信じてきたものが全て間違いだったような、全てが嘘だったような空虚な気分。

上の子が晩ご飯を食べてくれる時はまだ良かったけれど、遅くまでバイトをして、そのまま家に戻らず遊び歩いているような日は、せっかく作った食事が誰にも手をつけられることがなく、そのまま冷蔵庫に入れられることもしばしば。

あれほどまでにこだわっていた手作りの食事も、誰も食べてくれないのなら何の意味もなかった。

確かに、子供たちにとってベストな環境で生活させていたかと言われれば、積極的に肯定はできない。だけど、自分の置かれた環境の中で、僕は考えうる全ての力を使ってベストを尽くしてきたのだと、酩酊する頭でぼんやりと考えた。

食べられることのない食事を冷蔵庫にしまい、独り、浴びるように酒を飲んだ。

歯車が一つ狂い始めると、他の歯車にも次々と連鎖していき、僕たちの生活を飲み込んでいった。

新学期が始まって少し経ったころ、下の子は突然、「母親の家で暮らす」と言い出したのだった。

2

ある日、僕が仕事に行っている間に、家から荷物が運び出され、下の子はそれっきり戻らなかった。母親が僕の前に姿を現すことはなく、下の子が自分で決めたのか否かは判断できなかった。

母親が暮らすのは隣町だった。家から歩いて三分のところに中学校があるにもかかわらず、下の子は母親に引き取られ、隣町に消えてしまった。

なぜ母親の家で暮らすと言い出したのかは定かではなかったけれど、僕との関係を修復するのは困難で、やりたくないことをやらされるかもしれないリスクを冒してまで、ここにとどまる意味がないと判断したのかもしれなかった。

あるいは、それほど考えもせずに決断したのかもしれない、思春期特有の無鉄砲さでいい感じに逃げ回りたいと思っただけかもしれない、単に楽な道を選んだのかもしれないとも思ったけれど、そう考えたくはなかった。

家を出ていく下の子の気も知れなかったが、今さら下の子だけを連れていってしまう母親も理解できなかった。

それでもまだ、「まあいい、そのうち飽きて帰ってくるだろう」、そう考えていた。ほとぼりが冷めたら、母親も下の子をここに戻すだろう。

こうして、いつの間にか三人暮らしだった僕たちは、一瞬家族の形態を変えたことをきっかけにして、どんどんと家族からの離脱者を増やす結果となり、相変わらず僕から金を借りて夜な夜な遊びまわる上の子との二人暮らしが始まった。


そんな中、上の子はバイトに明け暮れ、原付バイクを購入した。

購入にあたって、僕は一円の援助もしなかった。そもそも原付に乗ることには反対だった。原付など、車の免許を取得できる年齢になるまでしか使い道がないように思われたし、思春期真っただ中で糸の切れた凧のような暮らしを続ける、怖いもの知らずで判断の甘い上の子が、原付に乗るということには不安があったからだ。

親だったら誰しもするであろう忠告を、上の子は全く聞かなかった。

それまで二年間ほど好き勝手に過ごし、一人で生きているような錯覚が大きくなっていたのだろう。今さら、親の忠告などに聞く耳を持たなくなった上の子は、僕に何の断りもなく、免許取得のために数回にわたり教習所に通ったらしく、その後、勝手にどこからか原付を購入してきたのだった。

内心あきれていたのだが、それでなくても下の子との関係に気を揉んでいる状態だったので、聞く耳を持たぬ上の子に関わる暇がなかった。

もう高校生なんだし、それなりに善悪の判断はつくだろうと、一抹（いちまつ）の不安はぬぐいきれなかったが、知らぬふりを決め込むことにした。

「勘弁してくれ。どいつもこいつも、いい加減にしてくれ」

本当はそう思っていたから、上の子の暴走を止めることをしなかったのかもしれない。疲れていた。

父子家庭になってからというもの、様々な問題がわが身に降りかかるたびに、ストレスと格闘し、疲れ果ててしまう。もう、いい加減うんざりだった。

みんな好きにやればいいという、投げやりな気持ちがなかったわけではない。

大人になりつつある子供たちを前にして、いよいよこんな暮らしをやめてしまいたいという願望が、僕の中にどうしようもないほどに膨らんでいた。

原付バイクの購入に気を良くした上の子は、弟の家出などどこ吹く風で、ますます自分勝手な青春を謳歌していた。

四十分かけて自転車で学校に通っていたのに、原付ならわずか十分。朝は遅刻すれすれまで眠り、朝ご飯も食べずにお弁当だけを持ってバイクに飛び乗る。バイク通学禁止の高校だったので、学校近くのアパートの駐輪場に無断駐車し、そこから徒歩で学校へ行き、あたかも電車通学を装う登校スタイル。

そのうちに遅刻の常習犯となり、まったく学校に行かない日も増えていった。バイクに乗って、学校とは反対方向の水戸に行き、昼間から夜遅くまで遊び歩く。悪い友達とつるんで、やりたい放題だった。

それでも僕は何も言わず、ただただ毎日お弁当を作り続けた。どこで食べているのかは知らないけれど、お弁当箱は空になって返ってきた。

今さらごちゃごちゃ言っても仕方ないし、聞くとも思えない。

もはや万策尽き果てた感は否めずに、嫌々ながらも静観の態度を貫いた。

そうはいっても、高校をちゃんを卒業するくらいの器量は持ち合わせていて、上の子は上の子なりに考えて生活しているのだろうと信じることにした。

そう思わなければ、生きた心地がしない。

妻と揉め、妻の実家と揉め、下の子と揉め、上の子と揉めるのは時間の問題だったけれど、それはそれで仕方ない。上の子も母親のところに出ていくというのであれば、本人の意思に任せよう。そう思った。どうしても目に余る態度や行動があった場合は、遠慮なく上の子にも言ってやろうと思うことで、なんとか精神の安定を保っていた。

どこかで手綱を引き締めなければならない時期に差しかかっていることは、理解していた。思春期真っただ中、やりたい放題の十七歳に小言を言ったら、間違いなく揉めることは明らかだったけれど、分かってもらえないのだとしたら仕方がない、もはやここまでだったのだと、諦めようと決めた。

ここにきて、この九年間続けてきた父子家庭生活、いや、子育てそのものをやめたいと、切に思っていた。口では言い表すことのできぬ感情がこみ上げ、悔しいやら悲しいやらで、思い通りにならない人生を恨んでいた。

なぜ、ここまでして頑張ってきたのだろうか。一体自分は何をやっていたのか。

九年という途方もない時間が、無情にものしかかる。

もう無理だ、やめたい。

日に日にその思いは膨れ上がり、このままみんな僕のもとからいなくなってしまえばいいと考えていた。

そんな感情とは裏腹に、出て行ってしまった下の子のことは毎日気がかりで、高校受験を控えた大事な時期なのに、こんなことをしていていいのだろうかと心配になった。

親ごころというものは、複雑だ。

下の子を家に連れて帰ることは簡単だったかもしれないけれど、詫びを入れるまでこちらから連絡は取らないでおこうと決めた。反省し、改心し、素直な気持ちで詫びることができなければ、恐らくここから先に進むことはできない。

中学二年生の彼にとって、それは簡単なハードルではない。

下の子が出て行き一カ月が過ぎたが、一向に戻る気配はない。

学校には行っているような感じだったけれど、どんな暮らしをしているのかは分からなかった。

上の子との二人暮らしにも慣れてきて、晩ご飯は数日に一度作れば良くなり、自由な時間が増えた。多少、家事の負担が減ったおかげで、すっかり怠け癖がつき、毎朝のお弁当作りがとても面倒なものに思えてきた。お弁当さえなければ、あと一時間は多く寝ていられるし、お金もかからない。

一度楽を覚えるとずるずるとそちらに流されてしまうこの傾向は、上の子と同じだった。僕だって、人のことを言えた身分ではない。

慣れてきたとはいえ、朝五時に起きてお弁当を作るのは憂鬱だった。

上の子は相変わらず人の苦労も知らないで、毎朝当然のように作られているお弁当を持って学校に向かう。原付のおかげで寝坊しがちになり、作っておいた朝ご飯には一切手をつけずに出かけることもよくあった。

報われない感が半端ではない。

こっちは朝の五時から起きて作っている。ましてや、自分が食べるわけでもない食事をだ。

一体誰のためにこんなことをしているのか、少しは考えてもらいたいものだが、そんな気配はみじんもない。

理不尽ではないのか。

自分の人生と引き換えに手に入れた現実がこれでは、あまりにも理不尽すぎる。

だからといってお弁当作りをやめるわけにはいかない。下の子が高校に行くのかどうかは分からないけれど、二人とも高校三年間は休まずに、手作りの弁当を、どんなことがあっても作ろうと決めていた。それが、いつか必ず子供たちの心に響く時が来ると信じていたし、そうであってほしいと切に願った。

今は分からなくても、この記憶は彼らにとっても思うところが大きいに違いない。そう信じて作り続けた。

それにしても、毎日張り合いがない。

男子高校生が望む弁当など肉一辺倒の茶色一色と決まっていて、彩りに野菜など入れようものなら、スペースの無駄だと文句をつけられる。

変化が欲しい。お弁当を作る楽しみというか、リアクションが欲しいのだ。

小さいころは、僕の作る毎日のご飯を「おいしい」といって食べてくれていたのに、ここのところ、顔を合わす機会すら減ってしまった。幼かったころの面影と、朝早くからせっせと作ったお弁当に感謝もされない今の現実が、感情的にどうしても相容れないのだった。

子供たちにご飯を作るのは、楽しかった。

喜んで食べる子供たちの顔を見るのが、何よりの楽しみだった。それが生きる動機であったことは、今さら言うまでもない。だから、自分は食事をとらなくても、どんなにお金がなくても、子供たちにご飯を作り続けることができたのだ。

あのころのように、僕の作ったご飯で、家族の絆やつながりみたいなものを、もう一度感じることはできないのだろうか。

そもそも、子供たちは感謝の気持ちが足りないのだ。感謝の気持ちが足りないから、上の子は学校も行ったり行かなかったりで、下の子は家出をするに至ったに違いない。

こうしていられることが当たり前だと思っているのなら、それは違うということを教えてやらねばなるまい。

上の子との対話は、今となってはこの毎日のお弁当のみだ。これに何か変化をつけられないだろうかと考えた僕は、中身が見えないというお弁当の性質を面白いことに利用できるのではないかと気がついた。

いつも上の子のお弁当は、お弁当箱をバンダナでくるみ、お弁当用の小さなバッグに入れる。この状態で、朝リビングのテーブルに置いておくのだが、上の子はそれをそのままカバンに入れ、お昼休みにカバンから出す。

この機密性を最大限利用し、僕はいたずらを仕掛けてみることにした。

開けてびっくり玉手箱だ。ざまあみろ、世の中の厳しさを教えてやろうではないか。

それまで使っていたのは、男子高校生にぴったりの大容量の弁当箱だった。まず、近くの雑貨屋で、小学生の女子が使うような、アニメ『魔法の天使 クリィミーマミ』の二段重ねのピンクのお弁当箱を、千六百円で購入。

いたずらのためにに千六百円はなかなかの出費だ。以前では考えられない。楽しいことが何もない僕の人生にワクワクを与えてくれる投資なのだと考え、迷わず買った。

せっかくいたずらを仕掛けても、友人の前で開けてくれなければ、楽しみも半減してしまう。絶対に上の子が学校に行かなければならない日を選んで、決行することにした。

可愛らしい二段重ねのお弁当箱に、プロの技をふんだんにちりばめた、色彩豊かな具を詰めた。ミニトマト、ブロッコリー、チーズ。大好きなお肉も入れてやったけれど、サラダ菜を下に敷いて可愛らしくアレンジ。いたずらだからこそ手を抜かず、いつもより豪華に全て手作りで完成させた。高校卒業以来ずっとコックだった僕は、もともとこうした作業は嫌いではない。見た目にも楽しめて、味のバランスも考えたお弁当を作ることは、料理人冥利に尽きる。

でき上がったお弁当を自画自賛して、一人ほくそ笑んだ。学校でこれを開けて、びっくりする顔が目に浮かぶというものだ。

白米を下の段に詰めたら蓋をして、バンダナでくるみ、お弁当用のバッグの中へ。いつものようにリビングにお弁当を置いたまま、仕事へと向かった。

何てすがすがしい朝だろう、楽しいことが待っている人生というのは、こんなに素晴らしいものなのか。

生きている実感すら湧いてきて、夕方家に戻るのが楽しみだった。

仕事中も『クリィミーマミ』のお弁当箱が気になって、一人笑いがこみ上げる。もしかしたら十七歳の男子高校生、激怒する可能性もないわけではなかった。それを思うと一抹の不安がよぎるのだが、まあ大丈夫だろう。

もしこの冗談が通じず激怒していたら、「小さい男だなぁ、どんな時でもピンチはチャンスなんだからよ、このピンチを笑いでチャンスに変えてみろよ」と説教してやろうと思っていた。


昔はよく三人で、冗談を言い合っていた。

どんなに辛いことがあっても、笑って過ごしてきたのだ。大震災の時も、テレビがなくなった後も、お金がなくて食べるものがなくなった時も、いつも冗談を言って笑っていた。

十七歳になっても、僕の冗談で笑ってくれたらいいなと切に思った。

冗談を言って子供たちと笑いあえる人生は、素晴らしい。


仕事の昼休憩は十三時からだった。もうお弁当を食べた時間だろうに、上の子からは特に携帯電話を通じてのコンタクトはなかった。

今日は何かがあって、食べていないのだろうか。はたまた、あまりの怒りで打ち震えているのだろうか。そんなことを思いながら、夕方恐る恐る自宅へと戻ってみた。

僕が仕事から帰る方が早く、上の子はまだ家に帰ってきてはいなかった。晩ご飯の支度をしながら待っていると、上の子が爆音を轟かせ、原付で帰ってきた。

玄関に入ってきた上の子に、いつもと変わらぬ雰囲気で、何食わぬ顔でこう言った。

「お帰り。どうだった、今日は」

すると上の子は、しばらく僕の前で見せることのなかった満面の笑みで、

「参ったぁ、このぶっこみは最高だったわ」

と言ってゲラゲラ笑い、今日の出来事を僕に話してくれた。

朝、弁当を持った時にいつもよりも軽いことに違和感を覚えたのだが、気のせいだろうと思い、そのまま学校へ行ったという。なるほど、弁当の重さまでは気がつかなかった。

お昼休みにいつものメンバーでお弁当を食べようと、カバンから出してバンダナを解くと、ピンクの二段重ねのお弁当箱が出てきて、一瞬、状況が理解できなかった。

間違って違う人のお弁当を開けてしまったと咄嗟に思い、慌ててお弁当をカバンにしまったのだが、いや待て、そんなはずはないと、恐る恐るもう一度出して確かめてみると、いつものバンダナにくるまっているし、いつものお弁当用のバッグに入っている。間違いなく、これは自分のお弁当なのだろう。

頭をフル回転させ、これは父親のいたずらだと気づくまでに数分かかったが、お弁当箱のチョイスと、中身のクオリティーの高さに、クラスメイトみんなで爆笑したという。

携帯のカメラで写真を撮り、「父親のいたずらのクオリティーがすごい」と付け加えてSNSに拡散、大反響をもらったということだった。

「いやぁ、笑ったわ、ありがとう。おかげでツイッターで超人気者になった」

と、大げさに笑いながら上の子は話し、身支度を整えてそのままアルバイトへと行ってしまった。

どうやら、今回のいたずらは大成功で、笑ってくれたようだ。

上の子があんなに楽しそうに話す姿を見たのは久しぶりな気がして、ほんの少しだけ昔に戻ったように、一緒に笑った。

男子高校生のお弁当に『クリィミーマミ』をぶっこむといういたずらは、僕にほんの一時楽しい時間をくれると共に、上の子の成長を知る良い機会となった。

怒られたらどうしようと思ったけれど、それは考えすぎだった。突っ張って尖がって毎日暮らしているように見えても、それは一時のことで、本質は昔のままの素直で気さくな男の子だったのだ。そして、自分の身に突如降りかかる困難に対する回避能力、対応力は備わっているようだった。

生きるか死ぬかの生活を長く続け、欲しいものも手に入らず、好きなこともできず、どん底の状態でいかに心折れずに生きていくのか。その答えはただ一つで、明日への希望を失わないように、どんなことがあっても笑うこと。

笑うことで、今その瞬間が明日へとつながっていく。

「嫌なことや辛いことがあったら笑うんだよ、三人で力を合わせれば絶対に大丈夫なんだから」

そう、小さい時から子供たちに言って聞かせてきた。

母親を失った子供たちに、生きる希望を失わせないように。

大きくなって父親の僕にさんざん迷惑をかけるようになった上の子だったけど、その生き方を、今でもちゃんと守ってくれていた。まだまだ大丈夫だ。根っこまで腐ってしまったわけではない。

空っぽの『クリィミーマミ』のお弁当箱を洗いながら、僕は満足だった。下の子と一緒に三人で笑えたら、どんなに楽しかっただろうと、今、どうしているかも知れぬ下の子を思った。

今回のいたずらの一件で、上の子はまだもう少し泳がせようと思った。

自分で善悪の判断をしてほしかったし、間違ったり道を踏み外したりしたとしても、まさか犯罪者になるほどではあるまいと、確信したからだ。

今しかできないいろいろな経験を、できる限りやらせてあげよう。いざとなったら助けてあげられるように準備だけして、その時は手を差し伸べてやれば良い。男の子だ、自分の人生くらい自分の力で切り開いてくれるに違いない。時間はかかるかもしれないけれど、やっぱり信じようと決めた。

下の子に関しては、相変わらずなんの接触もなく、母親からの連絡もなかった。

3

下の子が家出をしてから二カ月が過ぎようとしていた。

きっとこのままでは三人での年越しは難しいなと思い始めていた時、予想もしていなかった出来事が起こった。

自宅の郵便受けなど滅多に開けない僕の、何日かに一度の郵便物チェックの日、見知らぬ茶封筒が入っていることに気がついた。

その茶封筒は、三つ折りのA４サイズの紙がぴったり入る大きさで、厚みもなかなかのもの。あて名は間違いなく僕の名前で、住所も間違いない。

差出人は、水戸にある家庭裁判所だった。見知らぬ差出人にいささかの不信感と、不安をぬぐいきれずに封を開けると、中には何枚かの書類と共に、「申立ての趣旨」と書かれた紙があった。

申立人の氏名の欄には、ある名前が書かれていた。見知らぬ名字に変わってはいたが、十数年ぶりに見る文字の癖は見慣れたもので、申立人は子供たちの母親であると確信した。

下の方に目をやると「申立ての理由」と書かれてある。

親権を変更しないと生活が不便であるとか、親権者が変更を望んでいるとか、相手方が行方不明であるなどと書かれていて、あてはまる項目にチェックを入れる形式になっていたのだが、僕はそこで目を疑った。

彼女がチェックを入れた項目には「相手方を親権者としておくことが未成年者の福祉上好ましくない」と書かれていたからだ。

何度見返してみても申立人は間違いなく母親で、申立ての理由は福祉上の問題ということだった。そして、そうした理由にもかかわらず、親権変更の対象者は下の子一人だけだった。上の子だって、まだ未成年だというのに。

急に何の前触れもなく送られてきた、親権者変更の申立書。

何かの間違いではないのかと目を疑ったのだが、どう見てもこれは、お弁当箱とは違い、いたずらというわけではなさそうだ。

下の子が家出をしたからと言って、その原因は大したことではない。よくある親子の、それも思春期の子供ならなおさらの、どこの家にでもある食い違いではないか。

それにしても九年もほったらかしにした挙句に、今さら親権者の変更の調停とは。しかも、その理由が福祉上の理由である。

あたかも、僕が子供たちを虐待しているとでも言っているようではないか。

思い当たる節がない。

福祉上の理由……虐待……。

口に出して言ってみるものの、なんの実感もない。

仮に僕がそういうことをしているのだとしたら、なぜ下の子だけなのか。なぜ九年間ほったらかしにした後の今なのか。上の子は引き続き僕が育てても、福祉上問題はないということなのだろうか。

「子供たちの面倒を見ることはできません」と言っていなくなった母親が、今さら親権者の変更など、聞いてあきれるわと一笑に付したのだけれども、もしこれが現実に起きたことで、いたずらでもドッキリでもないのだとしたら、このまま放っておくことはできまい。

国家権力である家庭裁判所からの呼び出しに応じないということは、出廷できない理由があり、かつ申立ての内容を認めると言っているに等しい。

まずは、この申立ての真偽を確かめなければなるまい。

茶封筒の表面下部に書かれていた裁判所の電話番号に電話をかけ、担当者だと書かれていた人物を呼び出した。

この申立ての件を確認してみると、確かに母親から親権者変更の調停申立てがされています、ということだった。

「いや、でも九年も子供たちと接してなくて、僕が育ててるんですよ。九年。なぜ福祉上の問題があるなんてことを、今さら言われないといけないのでしょうか」

こう問いただしてみたけれど、

「私に言われても困ります。当日調停員にお話しください。それでは来週の金曜日ですけど、お越しになられるということでよろしいでしょうか」

と言われる始末。

一体、何がどうなっているんだ。

なんで今さら、こんな目に遭わなければならないのか。

今までの苦労と、自分の人生で失ってしまったものと、否が応でも乗り越えなければならぬ困難の数々が、どうしても釣り合わないような気がしてならなかった。

生活がある程度軌道に乗って、そちらの悩みが少し減ったと思ったら、今度はこっちか。

降って湧いてくるような数々の困難に、ほとほと嫌気がさしてきた。

いつになったら終わるんだ、いつになったら落ち着くんだ、いつになったら報われるんだ。

一体いつになったら、心穏やかに、誰とも揉めることなく生きていくことができるのだろうか。

ふと、調停になど行かずにこのまま知らぬふりを決め込もうかと、そんな考えも頭をもたげるのだが、やっぱりそうはいかない。

下の子の人生を考えた時に、一人だけ親権を変更することによるメリットは、全くないように思えた。

下の子に関して言えば、逃げて逃げて逃げまくった挙句、引くに引けなくなっている様子が手に取るように分かる。九年も一緒に暮らし、普通の人には考えも及ばないほどの苦労を共にし、辛い時も苦しい時も、一緒に笑って、一緒に泣いて、一緒に生きてきたのだ。

これが真意でないことくらい、僕には分かる。

だとしたら、やはり助けてあげなければなるまいと思うのだった。

喧嘩して出ていった下の子だったけれど、生意気な態度をとると憎たらしくてイライラするけれど、僕にとっては、二人の子供は人生そのものと言っても過言ではない。自分の人生と引き換えに育てた二人の子供のうち一人を失うということは、僕の人生の半分を失うに等しい。

いくらなんでも、それはあんまりだ。

なぜこんな仕打ちを受けなければならないのか。これは僕の生き方そのものを否定されたと同意である。

今は意地を張っていても、成長を重ね大人になるにつれて、いずれ分かることもある。その時に、自分一人だけが肩寄せ合って生きていた家族の一員でなかったとしたら、それは下の子のこれからの人生にとっても、大きなマイナスに違いない。

「三人で力を合わせれば」

そう、どんな時も言って聞かせたのだから。

何をもって「福祉上好ましくない」と言っているのか分からなかったけれど、実際、九年間一人で子供を育ててきたわけだし、確かにお金はなかったけれど、虐待の事実などあるはずがない。下の子の自分勝手な物言いを、鵜呑みにしているに過ぎないのではないか。裁判所に出廷し、事実関係を説明すれば分かってもらえるに違いないと、そう信じていた。

そして下の子も、これに懲りたら帰ってくるだろう。

家に帰るきっかけをつかめずに、母親に気を遣った結果のような気がした。

調停など一回で終わると思っていた。その理由は、申立てに書かれているような事実がないからだ。

九年前に訪れた時と同じ、裁判所の四階の調停室に向かった。事務室で名前を告げると番号の書かれた札を渡された。

中立てした側とされた側が顔を合わせることがないように、長い廊下の端と端に分かれて部屋がある。その間に調停室があり、交互に呼ばれて三人いる調停員に主張を聞いてもらい、事実関係を明らかにしていく。

調停自体は二度目だったので、勝手は分かっていた。

金曜日の午前中にセッティングされた調停のために、仕事の休みを代わってもらった。貴重な仕事の休みを、こんな不毛な話し合いに費やさねばならないことは、痛恨の極みだった。

細長い小さな部屋に、背もたれのない長椅子が四つ。

雑誌が数冊、無造作にラックに入れられていて、ブラインドの下ろされた窓の隙間からは、水戸の街並みが見えた。窓の下には業務用の暖房器具が置かれていたけれど、スイッチは入っていなかった。

窓から見える景色は、隣のビルの側面と、色づいた葉が揺れる銀杏(いちょう)。音のないこの小部屋は、僕をとてつもなく憂鬱な気分にさせた。

「番号が呼ばれるまで待っていてください」

そう言われたけれど、今すぐ家に帰りたい気分だった。

椅子に座り、目の前にあった雑誌を手に取ったが、読むに値する記事はない。すぐにラックに戻し、壁にもたれかかり目を閉じた。

指定された時刻は十時三十分だったが、それは中立者が先に話をするためで、調停自体は十時から始まっている。申立者である母親の主張が長引いているのか、携帯電話の時計は十時四十分になっていた。待たされることは好きではないけれど、仕方がない。

さらに五分ほど過ぎた後、入室してきた年配の女性に番号を呼ばれ、調停室へと向かった。

調停室には大きなテーブルが一つあり、広く切り取られた窓のおかげで明るい印象を受ける。三人の調停員は、男性が二人で女性が一人。テーブルを挟んで向かい合うように座り、僕の左側面には記録係兼進行役のような女性が一人座っていた。

面倒くさかった。

こんなところで事情を一から話すのが、面倒だった。

よく考えてみれば、今までだって僕たちの生活の状況を誰に説明してみても、伝わったためしなどない。どうやって話せば、どの切り口で話をすれば、理解してもらえる可能性があるのか、ここ数日間で考えてはみたのだけれど全く思いつかず、一向に考えはまとまらなかった。

調停員から名前を呼ばれ、住所と職業を聞かれた。間違いがないことを確認し、申立ての趣旨説明が行われる。封書でもらった書類に書かれていたのと同じ内容を、調停員はもう一度僕の前で読み上げた。

「ということになっておりますけど、何か間違いありますか」

中央に座る初老の男性が言った。

くすんだグレーの背広にノーネクタイ、白髪交じりの髪に深く刻まれた皺。

何もかもが気に入らなかった。

「何か間違いありますか」だと。

ばかばかしくて、反論する気にもなれない。

何をどのようにどの順番で話せば良いのか、苛立つ頭を整理するために、両手で顔を覆い目頭を押さえて深呼吸した。

「大丈夫、落ち着け」

何に対するものか分からぬ怒りがこみ上げ、気分は最悪だった。

「申立人が言っていることは、全て事実ではありません。事実ではないということを証明するために今日は来ました」

淀みなく言えたことで、言葉が堰を切ったようにあふれ出す。


それは九年もの間、言いたくても言えなかった、誰にも聞いてもらえなかった、誰にも伝えることができなかった思いがあったからに違いない。

離婚するに至った経緯から、子供を引き取ることになったいきさつ、この九年間の暮らしと母親との関係、子供たちの性格や成長過程での行動、下の子が家を出るきっかけ、その後の展開。

言いたいことは山ほどあったけれど、言いたいことが多すぎて、支離滅裂だったに違いない。

一から筋道立てて話すなど不可能に違いなかったが、何が間違っているというのか、これのどこが間違っているというのか、否定できるなら否定してみろと、そう思っていた。

あふれる思いをつたない言葉で追いかけてはみるのだが、どうしてもこの九年で起こった出来事を、経験していない人にも分かるようにリアリティーを持たせて話すことは難しい。九年間の積み重ねが説明できなければ、この状況に至る経緯の真実味が増すことはない。僕の人生は、一部分を切り取ることだけでは、説明のしようがなくなるほどに入り組んでしまっている。

順を追って説明してみたつもりだったけれど、

「すみません、お父さん。今回の件のみでご説明いただけないでしょうか」

と言われてしまう。

今回の件と言われても、どこからのことなのか判断できなかった。

生きていくために、自分の顔に他人の顔のパーツを切り貼りして、その場その場を取り繕ってどうにか必死に乗り越えてきた。パーツを貼りつけてしまえば、一見顔としての体(てい)はなすかもしれないが、それは本来の自分の顔とは程遠い。子供のころふざけて作った福笑いのように、いびつな顔をした滑稽なものになる。ポイントだけを強調して説明すると自意識過剰になり、一部分だけを切り取ると意味不明になる。

調停員として座る二人の男性は、そもそも父子家庭という存在自体を理解していないようだった。

「元奥様がおっしゃるに、あなたはお子さんにご飯を食べさせていないようですね。それに関しては虐待と取られても仕方がないのではないでしょうか」

ご飯を食べさせないという一部分だけを切り取れば、確かにそういう見方もできなくはない。僕としてはそこに至る経緯を知ってほしいわけなのだが、すでにそれは、どこまでさかのぼっても説明できるような代物ではなくなってしまっている。

「ご飯を食べさせていないというのは、事実ですね」

たたみかけるように初老の調停員は僕に詰め寄った。

「事実ですけど、事実ではないです。そうなった経緯を、過程を、生活環境を説明させてください」

僕はこう言うのが、精いっぱいだった。


時間がなさ過ぎた。

持ち時間は一回三十分。それを数回交互に繰り返し、お互いの主張を精査して真実を導き出すわけだが、一回目の持ち時間は、そんなこんなであっという間に終わり、「元奥様をお呼びして、その後でもう一度お話を」と言われたけれど、とてもそんな気力は残っていなかった。

「今日は気分が悪いので、次回にしてください。もう家に帰って休みたいです」

そう告げて了承をもらい、次回の出廷の日を決めた。

駐車場に向かって車に乗り込み、エンジンをかけた。

「どこまで俺に迷惑をかければ気が済むんだ、あいつらは」

誰に言うこともできぬ愚痴がこぼれた。

長引くんだな、この調停は。

そう思わざるを得ない結果だった。

4

物事を説明するにはどうしても順序が必要で、筋道を立てて話をしなければ相手に伝わることはない。それなのに、立てなければならない筋道が入り組んでいて、うまく整理できない。ストレスはピークだった。

今までだって、関わった人たちにどうにか分かってもらおうと、いろいろと試してみたけれど、分かってくれた人などいなかった。

そして、みんな僕から離れていった。

ついに下の子までいなくなり、僕が再会のおぜん立てをした母親には、親権変更の申立てをされている。その理由は、僕の虐待というあらぬ言いがかり。高校二年生になる上の子は毎日好き勝手に遊び歩いているし、仕事もしなければならないし、親の仇のごとく山積みされる洗濯物と毎日格闘し、学校に呼び出されれば仕事帰りや休日に出向かなければいけないし、残りの休日も不毛な調停に充てられる。

冤罪だ。こんなもの冤罪だ。

どこにぶつけたら良いか分からぬ怒りがこみ上げ、どこからこんなことになってしまったのか、夜な夜な考えた。何がいけなかったのか、どうするべきだったのか。いつになっても考えはまとまらない。

虐待しているという事実があるのであれば、それを証明することはできるだろう。でも、していないと証明するのは、非常に難しい。口で説明しても、それはあくまでも僕の根拠のない言い訳に過ぎない。

月に二回は調停という名目で裁判所に呼び出され、事の顛末(てんまつ)を繰り返し説明する。調停前の待合室の窓から見える景色は、色づいた銀杏から、雪景色に変わった。

季節が移り変わっても、僕の濡れ衣は一向に晴らされることはなく、下の子も帰ってくる気配すら見せなかった。

どうやら今回もまた話が複雑になりすぎて、出口を見失ったらしい。

僕が何を言おうが、

「元奥様の言い分はそのようなものではありません。意見の食い違いがあります」

となり、

「あなたが虐待をしていないということであれば、それ相応の証拠になるものを提出してください」

と言われる有様。

はなから、僕の言うことなど信用していないかのような言い草に、頭に来た。

「証拠、証拠って言いますけどね、母親側の言い分にもそれなりの説得力のある証拠が出されているんですか？」

「それは出されていません」

「だったら、なぜあちらの言い分が正しいような言い方をするのでしょうか。間違いなく、説得力のある証拠など向こうは出せませんよ、一緒に暮らしたことなどないですし、養育費などのお金を出したこともないんですから」

「ここは話し合いの場ですから、双方の言い分をお聞きしないといけないわけで……」

埒の明かない押し問答が続き、僕はこう切り出した。

「それなら、もうこの際、子供に聞いてください。どこに住みたいのか、本人に聞いてください」

「分かりました。元奥様が了承されたら、後日お子さんにお越しいただき、事情を聞きたいと思います」

「ぜひそうしてください。それまでに僕は下の子を虐待していないという物的証拠を提出します。その代わり、向こうにもそれなりの説得力のある証拠を提出させてください」

一体何を争っているのか、誰のために争っているのか、果たしてこれが誰かの利益になっているのか、甚だ疑問だった。

母親側に、僕が下の子を虐待しているという客観的かつ説得力のある証拠など、あろうはずがない。

離婚調停の時もそうだったのだが、そうはいってもこの手の争い事は、女が有利だ。母親と一緒に暮らす方が子供の利益であるという考え方が、この国では根強い。

何が男女平等だよ、こっちは一円ももらわずに子供たちを育ててるんだ。

父子家庭になってすぐのころは、日々の食事にも事欠くような状態だったわけで、それでもなんとか子供たちだけにはと、自分の食費を削ってご飯を食べさせてきた。

そんなに子供が可哀想だというのなら、どん底の暮らしの時に、養育費なりなんなり、出せば良かったではないか。

たった一人で子供を育てるのに、男も女もありはしない。男だって、できないものはできない。たった一人で、一体これ以上何ができるというのか。どうすれば良かったというのか。

こんな大変な思いをして子供たちを育ててきたのに、九年間ほったらかしの母親から争いを仕掛けられ、母親優先で圧倒的不利なアウェー状態で話し合いの席につかなければならない。

虐待していない証拠だと?

上等だよ、くそったれ。

こうなったら、この争いには絶対勝つ。

下の子のためではない、自分自身の、父子家庭のプライドにかけて、負けるわけにはいかないと思った。

こうなると何のために争っているのかよく分からなかったけれど、この勝負に負けるということに自分自身納得ができなかった。

僕が提出した証拠は、自分で書いていたブログの全ページのコピー。

毎日作った食事とその時々の出来事や感情をアップしていたし、下の子が家出をした経緯についても、夏休みの勉強のごたごたから何から、全て書き記していた。

客観的な証拠と言えるのかどうかは分からなかったけれど、父子家庭になってから残していたものは、これしかない。


その年の年越しは、初めて一人で迎えた。

下の子は相変わらず家には戻ってきていなかったし、上の子は友達と年越しをするような年齢になっていて、大みそかは早々に出かけてしまっていた。

毎年年末になると何かが起こり、無事年が越せるのかと不安になる。

それでもいつも三人で肩寄せ合って過ごすのが支えになっていたのに、いつの間にかたった一人で年を越す日が来てしまった。

一人になると特にやることもなく、テレビを見てもつまらない。毎年鶏ガラで出汁(だし)まで取って作っていたお手製の年越しそばも、今年は誰もおいしいと言ってはくれない。

来年こそは良い年になりますようにと、願わずにはいられなかった。


年が明けても不毛な話し合いは続いていて、子供たちは二人とも進級し、高校三年生と中学三年生になっていた。

仕事が休みの時や夕方に、近所で下の子を見かけることがしばしばあった。髪を金髪に染め上げて、スーパーのベンチで仲間と煙草をふかしている。耳にピアスなど開けて、学校の近くまでは来ていても、学校へは行っていない様子だった。

たまに顔を合わせても、声をかけるどころか目も合わせなかった。今は何を言っても聞く耳を持たないだろうし、今の暮らしにもそれなりに不満があるに違いない。

ブログのコピーを提出したからといって、何か展開が変わったかといえばそんなことはなく、母親側から証拠の提出もされぬまま、下の子が裁判所に呼び出され事情聴取されたようだった。

誰かと争うということは、それだけで相当の体力を消耗する。四カ月以上続くこの事態でストレスは極限に達し、落ち着くことのない心理状態が長引き、やがてそれは不眠となった。疲れが取れない体を引きずって仕事に行く。上の子のお弁当作りは毎日で、朝からまったく気分がすぐれない。

絶えずイライラしていた。

いつになったら終わるのか分からぬ争いごとに巻き込まれ、だいぶ前から上の子の生活状況を全く把握できていない。生きてはいるようだったけれど、顔を合わせることは週に二、三度となっていた。

下の子は、進級してからというもの学校側からの連絡は一切なく、新しくなった担任の先生からは何の音沙汰もない。

そういえば、毎月引き落とされていた給食費が、去年の年末から引き落とされなくなってい

た。一体どういうことなのか分からなかったけれど、中学二年生の時の担任の先生には、

「こういうことになって、下の子は出ていきましたけど、要は、嫌なことから逃げているにすぎません。母親のところで長く暮らすというのは現実味がありません。いままで子供たちの面倒など見ていないのですから。何かあったら必ず僕のところに連絡してください、どういう状況なのか把握しないといけませんので」

と申し伝えてあったから、何かあったら連絡が来るのだろうと考えていた。

それにしても新しい担任の先生からも何の連絡もないというのは、いささか気になったけれど、毎日忙しすぎてそんなことをいちいち考えている余裕がなかった。連絡がないのは良い知らせと、勝手に解釈した。


裁判所の待合室の窓から見える景色は、雪景色から新緑へと変わった。かれこれもう半年もこんなことをしていることになる。

そろそろ調停も時間切れの様相を呈してきて、四月最後の金曜日、世の中がゴールデンウィークに浮足立つころに、裁判官から審判が下されることになった。

「提出された資料と今までの話し合いの記録は、全て裁判官に渡していますので、必ずお越しください」

と、最後に調停員はそんなことを言った。

これで終わりか。

長かったけど、負けたら何にもならない。

負けるということは親権者の変更が決定し、母親側の言い分が認められるということ。万が一でもそんなことがあったら、これ以上の屈辱はない。虐待などしていないのだし、昨日今日現れたような母親に好き勝手されてたまるかという気持ちもあった。

最後の調停まで数日となり、いつものように近所のスーパーに買い物に行くと、駐車場の隅で学ランを来た中学生が数人固まって煙草を吸っている。

よく見るとその中に下の子がいるではないか。

「あの野郎、またこんなところでぐずぐずしやがって、甘ったれがよ」

僕の中に怒りという怒りがふつふつとこみ上げてきて、今だ、今しかない、まずはあいつときっちりケリをつけてやる、という思いが猛烈に湧き上がってきた。

それでなくても、散々言いたいことを我慢している。

元はと言えば、僕と下の子の揉め事だ。他人に口を挟まれる筋合いもないわけだし、嫌なことがあったらこそこそ逃げまわるという腐った性根を叩き直さねばならない。

最後の審判を前に、直接下の子と対峙して、男同士ケリをつけようじゃないかと思った。

そう思うが早いか僕は走り出し、たむろする中学生の集団を蹴散らして、くわえているたばこを片っ端から引っぺがし、

「おいこらクソガキども、ケガしたくなかったら下がってろ」

そう言って、その集団からふてくされた表情の下の子を引っ張り出すと、学ランの襟を力いっ

ぱい捻じりあげ、金髪に染め上がった髪の毛を鷲掴みにし、引きずり倒した。

「てめえ、いつになったら目覚ますんだ、甘ったれが」

体の大きさがさほど変わらなくなった下の子の襟首を両腕でつかみ、力の限り何度も何度も揺さぶった。

「話があんだよ、顔貸せ」

初めは勢い良く抵抗してみせた下の子も、僕のあまりの迫力に冷静さを取り戻したようだった。

すっかり風貌が変わってしまった下の子は、敵意に満ちた目で僕を見ている。

何がこの子をそうさせたのだろうか。

自宅から数分のところにある、毎日来るスーパーの駐車場で、学ランを着た中学生を大の大人が引きずりまわしている。周りのことまで気を配る余裕はなかったけれど、通りかかった人は相当引いていたに違いない。

とりあえず下の子をベンチに座らせた。

しばらくぶりに向き合う下の子は、体が一回り大きくなったような感じがして、すっかり子供のころの面影はなかったけれど、やっぱり僕は、この子のことが大好きなんだなと、そんな気がするのだった。

たった一人で九年間、成長を見届けてきた。

悩まなくてもいいことに悩んで、苦しんで、怒っては褒めて、泣いては笑って。

ほんの半年間とはいえ、別々に暮らしていると居心地が悪くて、片時も頭から離れることはなく、体の一部がなくなってしまったような喪失感があった。

こうして向き合ってみると、懐かしくて可愛くて、揉めても悩んでも忙しくても、文句を言いながらでも、うまくいかなくても憎たらしくても、こうして一緒にいられることが、僕にとっては幸せなことだったんだなと、激怒する頭の中におかしな感情がこみ上げてくるのだった。

いろいろあるけど、生きていればそのうちいいことがあるし、さんざん揉めたけれど、分かり合えないとは思っていないし、また一緒に暮らせるのではないかと、そんなことを考えた。

そのためには、こうなってしまった以上はっきりさせなければならないことが僕たちにはある。それを下の子に伝えて、その後の身の振り方は彼自身に任せよう。

生き方を強制することは、僕の本意ではない。母親と暮らしたいということが、彼の素直な感情であり願いなのであれば、それは尊重しよう。

その代わり、新たな道を選ぶのであれば、それなりに筋を通して、感謝の気持ちを持って新しい道を歩まなければならない。それができなければ、何をやってもどこに行っても同じことだ。理解できるかできないかは分からないけれど、いま下の子に伝えなければならないことがある。男である以上、こそこそせずに堂々と胸を張って、自分の選んだ道を生きてほしかった。

そのためなら僕は喜んで身を引こうと、覚悟した。

久しぶりに下の子と本気でぶつかって、面と向かって対峙して、なぜかすがすがしい気分だった。

負けるということは、母親の主張が認められるということではなく、親権が母親に移動するということでもなくて、下の子が幸せではなくなるということなのだ。

幸せな人生を、生まれてきて良かったと思えるような人生を、僕は彼に与えてあげなければならない義務と責任がある。下の子が、幸せだと心から思っているのなら、それが彼の幸せに違いない。そうではなくてこういうことになっているのであれば、助けなければならないだろう。

こうなったら男同士、腹を割って語るしか、もはや方法はない。

嫌なことから目を背けたら幸せにはなれるはずもなく、時に大人になるということは、とてつもなく残酷だ。

ベンチに腰を下ろした下の子に、僕はこう告げた。

「なんで俺がお前たち引き取って育ててるか、知ってるか」

十三歳になった下の子に、こんなことを話すことになるとは思っていなかった。

5

下の子が家出をして二人暮らしになってから、上の子とは一度大喧嘩をしたことがある。

年の瀬も押し迫った、寒い夜だった。

下の子の一件で、毎日イライラしていたことは否定しない。

上の子は原付を購入し、学校に行くのにもバイトに行くのにも乗り回していたけれど、ふと、ある思いが頭によぎった。

「そういえば、高校入学の時に買ってやった自転車、どこ行ったんだ」

自転車通学していたころは、家のガレージに自転車を停めていたけれど、原付にその座を奪われてからというもの、すっかり自転車の影が見えなくなっていた。

友達の家にでも置いているのだろうかと、初めのうちは思っていたのだが、一カ月過ぎ、二カ月過ぎても、自転車がわが家に戻ってくることはない。


高校入学の際に購入した通学用自転車の来歴はこうだ。

大震災から続くゴタゴタで、仕事は安定せず金はなく、うつ病をなんとか自力で克服し、どん底の時に二人同時に進学というタイミングが訪れ、貯金など一円もなく、進学にかかる費用は二人でざっと四十万。

生活費もキャッシングで賄うような暮らしの中、キャッシング限度枠目いっぱいの五十万の借金をして、なんとか進学の費用を捻出した。その借金の中に、通学用自転車代五万円も含まれていた。

通学用の自転車もピンキリではあったが、三年間ストレスなく通学してもらいたいという願いもあったし、高校に合格した上の子に対してそれなりのものを購入してあげたいという、ささやかな親ごころもあった。僕にとっては大変な出費、清水(きよみず)の舞台から飛び降りる覚悟で借金し、五万円という大金をはたいて自転車を購入したのだった。

僕が言っているのは、五万円という金額の話ではない。

借金をしてでも買ってあげたかった、父親としての精いっぱいの思いが詰まった三年間乗るであろう自転車だったということだ。

「自転車だよ、自転車。通学に使っていた自転車、どうしたよ、あれ」

「は、自転車？　捨てた、駅に」

「なんだと、もう一回言ってみろ」

「捨てたよ、駅に」

このガキ、ふざけやがって、言うに事欠いて捨てたとは何だ、捨てたとは。

下の子の家出でさんざん振り回され、疲れ果てていたけれど、これは聞き捨てならない。

「おい、原付乗っていい気になってっかもしれないけどな、お前に買ってやった自転車は、そんな簡単に捨ててもらっては困る代物でね」

「はぁ？　知らねぇよ、何の話だよ」

傍若無人、好き勝手に振る舞う怖いものなしの高校二年生の上の子は、もはや自転車のことなど頭にないようだった。

「おい、俺たちがどんな思いでここまで生きてきたか、お前は知らないのか……お前に買ってやった自転車はなぁ、散々苦労して」

上の子は僕に全てをしゃべらせることなく、こう言い放った。

「お前の苦労話は聞き飽きたよ。もううんざりなんだよ、こんな暮らしはよお」

二階に上がろうとする上の子の服をつかみ、引きずり下ろそうとした。

「なめた口ききやがって、一人で何にもできないくせに偉そうなこと言ってんなよ、てめえに俺の苦労の何が分かるんだ」

このころすでに身長は百九十センチに届こうかというほどに成長していて、体格ではもうかなわないことは歴然としていたけれど、服が千切れるほどに引っ張って、感謝の気持ちが足らぬ上の子に暴言を吐いた。

上の子は関わるのも面倒だといった雰囲気で、

「うるせぇ、黙れ」

と言って二階に上がっていってしまった。

単純に力だけなら、すでに父親よりも上だということを、彼自身もとうの昔から理解していたに違いない。

その時に、ふとこんなことを言ってしまったのだ。

「お前も俺に遠慮しないで、母ちゃんとこ行きたかったら行ってもいいぞ。この家が気に入らないなら、出て行けよ」

その時はそれで終わったのだが、この一言を言ってしまったことが気になっていたのと同時に、上の子はなぜ母親のところに行かずにここにいるのだろうかという疑問が湧いてきた。

ここでの暮らしがうんざりだというのなら、なぜ行かないのか。


数日後、喧嘩のほとぼりも冷めたころに、上の子を食事に誘ってみた。

二人で出かけるのは本当に久しぶりで、本来気さくな上の子は、何事もなかったかのように一緒に来てくれた。

近所の居酒屋に入り、この前の喧嘩をお互い詫びて、乾杯した。

「ところでさあ、喧嘩した時にこの家出てけって言ったけど、なんでお前は弟と一緒に母ちゃんのところに行かなかったの？」

ビールを一口含み、酒の力と、この雰囲気を借りて聞きづらいことを聞いた。

「誘われたけど、行かないって言った。あいつは行っちゃったけど」

「そうなんだ、何かあったの？」

「何かっていうか、俺も何となくは分かってんだ、なんで父親に育てられてるか」

この際だから、こいつにはここで言おうと思った。

「親権を主張してもなお、母親が子供を引き取れない理由は限られてる。お前の友達でも母子家庭はいるけど、父子家庭は俺たちだけだろ」

「そうだね」

「男は子供引き取れないんだよ、どう頑張っても。裁判で争っても、母親が子供を引き取りたいと言ってきたら、男は子供引き取れないんだ」

「そうらしいね。何となく知ってる、調べたから」

「例えば、俺が大金持ちとか、親が金持ちとかさ、父親が引き取った方が良いとされるような何かがあればね、子供の利益になるようなことがあれば、それはまた話は別なんだけどさ」

「うん」

「またこんなこと言ったら怒るかもしれないけど、俺たち、そんなんじゃないじゃん。俺には親もいないし、頼れる身内もいない。今までに俺以外の誰かがお前たちのこと育ててくれたことあったか？」

「ないね、一度も」

「三人で暮らして来たんだよ、働けもせずに金もなくて、テレビも車もない生活で、給料日前はご飯もろくに食べられなくなってさぁ、でも何だかんだ生きてたんだよな」

「そうだね、言いたいことは分かるよ」

「俺、別にお前たちを育てるにあたって、何か特別なアドバンテージがあるなんてこと一つもないよ。だけど俺がお前たちを引き取って育ててる」

「うん、それは分かってる、だから今さらママのところで暮らすのは、違うと思ってるよ、俺は」

「そうか、分かってんだね……」

「あいつは分からないんだよ。欲しいもの買ってもらっていい気になってるから、分からなかったんだね、結局」

僕は生ビールを一気に飲み干した。

態度ではうまく表現できない、微妙な年頃なんだ。

頭では分かっているけれど、それをうまく表現できずに突っ張って意地を張って、突っかかってしまう。泥だらけになって這いつくばって、もがいてもがいて、散々ぶつかり合わなければ分からないこともある。

僕にも確かにそんな年頃があったはずだ。

「俺はお前の母親の悪口を言うつもりはない。お前たちを命がけで産んでくれた母親であることはいつまで経っても変わらないんだから、感謝の気持ちだけは忘れないでいてください」

そう、告げた。

上の子とのわだかまりは晴れ、久しぶりにおいしいお酒を飲んだ。

母親の悪口は言わないと、固く心に誓って九年間子供たちを育ててきた。悪口ではなくても、僕の主観で母親像を固定するような物の言い方はやめようと、子供たちに接してきた。

事実として伝える、それだけにしよう。

それをどう受け止めるかは、本人次第で構わないと思った。

「なんで母親ではなく、父親の俺がお前たちを育ててるか知ってるか」

ふてくされる下の子に、もう一度言った。

引きずりまわされて乱れた学ランを直しながら、片足をベンチに乗せた立て膝の状態で、背もたれに深くもたれかかっていた。

僕は下の子の隣に腰を下ろし、肩に手を当てた。

下の子は特に拒絶するような仕草は見せず、どこかホッとしたような表情をしているようにも思えたのだった。何かしらのタイミングを、この子も探っていたのかもしれない。

「知ってるかよ、おい」

乱れる呼吸を整えながら、冷静に話さねばと言い聞かせた。

「ママから聞いたから、知ってる」

「そうか、なんて言ってたよ、母ちゃんは」

「自分には両親もいないし、身寄りもいないからパパに預けたんだって。本当は引き取りたかったって」

「そうか、それでお前はどう思ってんだ」

「そうなんだなと、思ってる」

「いいか、よく考えてみろ、身寄りがいないのは俺も同じだ。俺以外にお前は九年間誰かに育ててもらった記憶あるのか」

「ないね……」

「俺だって誰もいないんだよ、一人ぼっち。それはお前が一番よく知ってんだろ」

離婚をするに至った経緯は、子供たちにとっては知らなくて良いことなのかもしれない。

過去に戻って進むべき道を軌道修正することなどできるはずもなく、母親と僕の間に起きたことを正確に伝えることも到底不可能だ。それらを知ったところで今さら何も変わらないことくらい、容易に想像はつく。

だけど、事の顛末によっては他人の名字を名乗ることになるかもしれない下の子は、人生の選択を迫られているのだから、これから先進むべき道を自分で判断するために、僕の知っていることを話さなければいけないと思った。

それによって下の子の考えをコントロールしようと考えたからではなく、今まで三人で肩寄せ合ってどんな困難も乗り越えてきた家族として、伝えなければならないのだという思いがあふれてしまったからだ。

母親には母親の言い分があるのだろうから、同じように意見を聞けば良いし、それを否定する権利など僕にはない。

下の子にも、投げやりになって自分で考えることもしないで、誰かの意見に従う形で自分の人生を決めてほしくはなかったし、どんな時でも自分で考え、自分で決断しなさいと幼いころから言って聞かせていたのだから、ここでもやっぱり、自分自身の人生に責任を持ってもらいたかった。

「ママがお前のことを可愛いと思っているのは間違いない、それを俺は否定しない」

中学三年生の下の子に理解できるように、分かりやすく話さなければいけない。

「ママには確かに両親がいない。でもな、ごくごくまともに生活することができる母親が、だからといって子供を引き取れないってことはないんだよ。俺にだって両親なんかいないよ、それは俺もママも同じだ。今まで俺たち何不自由なく暮らして来たわけじゃないよな。食べるものもなくて、テレビも車もなくなった。だけどこれは、俺がお前たちのことが可愛くないから、わざとこうしてたわけじゃないんだよ」

様々な思いが交錯し、消化しきれぬ感情が渦巻いていたけれど、穏やかな口調で優しく下の子に語りかけた。

「お前たちにはさんざん苦労させたし、悔しい思いも、辛い思いも沢山してきたよなあ、きっと我慢ならないこともそりゃたくさんあるだろ……これは俺の力不足だから申し訳ないと思ってるけどさ。でも今まで俺がたった一人でお前たちを育ててきたってことは、お前にだって分かるだろ……同じなんだよ。だからママがお前たちを引き取れなかったって理由にはならないと、俺は思うよ。もちろんママにはママの言い分ってものがあるんだろうけど、俺にだって言いたいことはあるよ」

下の子はすっかり毒気の消えた表情でベンチに座り、遠くを見ていた。

「テレビもなくてご飯も食べられなかったころに助けてくれりゃ良かったのにな」

最後はいつもの冗談ぽく言ってみたら、下の子は少し笑った。

「今ね、知ってると思うけど、お前の母ちゃんとお前の親権で争ってんだ。お前も裁判所呼ばれただろ」

「うん、知ってる」

「次の金曜が最後で、そこで審判が下されて、俺が負けたらお前とはサヨナラだ。その前に、仲直りしたくてさ」

これは本心だった。

たとえ審判で親権者の変更が認められたとしても、下の子のこれからの人生が幸せであるように、仲直りしなければいけないと思った。親権がどちらかとか、どこに住んでいるとか、誰が養育しているかとか、本当はそんなことが問題なのではない。

この子が望む人生がこれからも前途洋洋で、限りなく幸せが続くのであれば、そんなこと大した問題ではないはずだ。

「まあ、お前の人生だ、俺がどうこう言うつもりはないよ。自分で決めろ、これからも」

後は本人がどう考えるのかだ。

下の子は俯いたままうなずいていた。

そして僕は、あと一つ気になっていたことを下の子に尋ねてみることにした。

「そういえばさあ、お前の中学校の給食費、家出してからまったく引き落とされないんだけど、なんでだか知ってるか」

「ママが変えたんだよ、口座」

「そっか、まあ、そんなことだろうと思ったけど。じゃあ、これから一緒に学校行くぞ」

すっかり観念した下の子と、駐車場に停めてある車に乗り込み、中学校へと向かった。

なぜ中学校に行かなければならないのかと言えば、親権者であり養育者である僕に何の断りもせずに、勝手に母親の申し出を了承し変更の手続きをしてしまう、学校の管理体制に甚だ疑問があったからだ。

先生には恥を忍んで事情を話し、どんな些細なことでもいいから、何かあったら必ず僕に連絡するようにと伝えていたはずである。

久しぶりに一緒に車に乗る下の子と、最近どうしていたのかといった話をした。話してみると、可愛い気さくな感じが戻っていて、さっきの大喧嘩などなかったかのように、すっかり昔みたいに話ができた。

素直になれば苦しまなくて済むのに、そういう年頃なのだろうか。

上の子に比べてまだ小さかった下の子は、ずっと長い間、人一倍寂しい思いをしてきたに違いない。自分の殻に閉じこもって我慢することが上の子よりもあっただろうし、四つの時から自分というものを押し殺して生きてきたのだろう。

小さかった時「ママに会いたいか」と聞いたら「知らない」と答えた下の子。

記憶にない「母親」というものが、うまく認識できないでいた。

甘えることもなく、その術も知らない。

父親と兄、男三人の一番下という立場で、甘えは禁物だった。きっと、母親に思う存分甘えたかったのかもしれないし、そんな経験も彼には必要なものであったのかもしれない。

たった一人で子供たちを育てるにあたって、例えば僕が死んでしまったり、病気や事故などで動けなくなってしまったら。

万が一のその時のために、子供たちには早く自立してもらおうと、甘えとは程遠い、厳しい環境で育ててしまったことは否めない。

そうでなければ生きていけない環境を作ってしまった僕にも、それなりの責任があるような気がしてならなかった。

僕の、親としての立場での思いと、その中で暮らす子供たちの感情に、いつしか少しずつズレが生じてきて、彼らを取り巻く環境は成長と共にさらに不愉快で理不尽なものになっていったのだろう。

たった一人で子供を育てていくためには、いったん目をつぶってやり過ごさねばならぬ厄介事も確かに存在していたのだが、それらが積もりに積もって、いざ直視しなければならなくなった時には、すでに取り返しのつかないことになっている。

たった一人でもできると思って、独りよがりで九年間過ごしてしまったその代償が、下の子の家出だったのかもしれなかった。

子供を育てるという行為は、なんと難しいものなのだろう。

そう気がついても、今さら後には引けぬたった一人の父子家庭生活。

自分を信じて、子供たちを信じて、行けるところまで行くしかない。

学校に一緒に行って、下の子の素行の悪さを詫びた後に、何の連絡もなしに勝手に引き落とし口座を変えた件について、担任と生活指導と学年主任の先生相手に、しこたま説教して帰ってきた。知らないところで勝手なことをされては困るという、僕なりの意思表示をしなければいけなかったし、ここのところイライラしていた感情をとばっちり的にぶつけてきたのだった。

下の子と和解し、先生にイライラを勝手にぶつけスッキリしたことをいいことに、下の子と一緒にご飯を食べることにした。学校で先生相手にやり合っている時間が結構なものだったらしく、外に出た時にはすっかり暗くなってしまっていた。

「遅くなるだろうから、母ちゃんに連絡しとけ」

「今日は帰らないで泊まっていいかな」

「もちろん、自分の家なんだから好きにしろよ」

こうして僕たちは、久しぶりに一緒に晩ご飯を食べることになったのだ。

母親も、それを了承してくれたようだった。

せっかくだから上の子もと思ったけれど、ちょうどバイトに行ってしまった後で、食事会には参加できなかった。

何が食べたいかと聞いたら「ハンバーグ」と言うから、近くのファミレスで大好きなハンバーグを食べさせて、自宅に帰った。下の子が家に戻るのは半年ぶりだった。

上の子がバイトから帰るまで、風呂に入ってテレビを見て、最近の話を一通り聞いた。たった数時間ですっかり元通りに戻れたみたいで、うれしかった。

上の子には、弟が戻ってきて今日は家に泊まるということは特に伝えていなかったので、二十一時に自宅に戻り、リビングのドアを開けた時の驚いた顔は見ものだった。

その日は久しぶりに三人で、夜遅くまで過ごした。

昔のように大声で笑って、くだらない話をした。

散歩しながらコンビニに行って、好きなお菓子と飲み物を買った。二人とも体がすっかり大きくなって、体格はゆうに越されたけれど、三人で歩く夜道の散歩は懐かしくて、子供の時のようにはしゃいで歩く二人の後ろ姿は、仲の良かった兄弟のそれだった。

上の子も、僕と二人の時はそれほど口数も多くないけれど、弟がいるだけでいつになく饒舌（じょうぜつ）で、笑い声も絶えなかった。

やっぱり兄弟なんだ。

親の僕には到底入り込めない領域が兄弟にはあって、二人にしか分かり合えないようなこともきっとある。それは、今まで苦労を二等分して分け合ってきた兄弟の絆なのかもしれない。

次の日の仕事のことなど気にせずに、その日はずっとずっと話をしていた。

6

その日から数日間、下の子は自宅にいて中学校にも通った。

今までは電車と自転車で一時間かけて通っていた中学校も、ここからならわずか数分。今さらながら、無駄な苦労を思い知ったようだった。

学校から帰った後には一緒に映画を見て、買い物をした。

下の子と二人で出かけるなんて何年ぶりか分からないほどで、ご飯を食べて、靴を買ってやった。ボロボロの靴を履いていたから、好きな靴を買っていいよと言ったら、迷った末に八千円の靴を買った。

「高いけど大丈夫？」

と気を遣うから、冗談めかしてこう返した。

「昔の俺とは違うよ。お前が半年家出しているうちに、すっかり羽振りが良くなってね」

うれしそうにはにかむ下の子の表情を、今も忘れられない。

本当の懐（ふところ）事情は寂しいものがあったけれど、今までプレゼントなど買ってやったこともない。

「お前がこれから先どこで暮らすのか分からないけど、どこにいても、俺はお前の父親だし、お前は俺の子供だよ。この靴はプレゼントだから、母ちゃんのところに行くって言っても返せなんて言わないから」

下の子は「ありがとうございます」と言って笑った。

最後の審判の日の前日、下の子に「母親のところに戻って、これからどうしたいのか自分で決めて自分の口で話して来い」と言って、数日間いた自宅を出した。

結論は、自分で決めればいい。

それがどんなものであろうと、自分で決めたということは意味があることで、その決断は尊いものでなければならない。

「どんな人生を選択しようとも、いつも感謝の気持ちは忘れないように」

と付け加えて送り出した。

いつもそうだったように、僕はやっぱり信じることにした。


桜もすっかり散って、まぶしい日差しが新緑豊かな街並みを照らしていた、最後の審判の日。

裁判所に行ってみると、

「申立人が申立ての取り下げをしましたので、これによりまして親権者変更の申立て調停は終了となります。何か異議ありますか」

と事務官は言った。

「異議ありません。お世話になりました」

そう告げると、晴れやかな気持ちで半年通った裁判所を後にした。


これで、ようやく終わった。

スッキリしない感情もだいぶあったけれど、もう考えないようにしよう。

いろいろ遠回りしたけれど、また三人暮らしが始まる。


調停の決着がつき、下の子が家に戻ってきたのはゴールデンウィークが明けてしばらくした五月の中旬だった。

隣町から電車に乗って中学校に通っていたため、定期券の期日がまだ残り少しあったということと、半年間世話になった母親との間にもわだかまりを残さぬようにと、このタイミングになった。

どういういきさつでこのようなことになったのかは未だに不明だったけれど、この一件があったからといって、僕が彼らから母親を奪ってしまわぬように。

自宅に戻った下の子は、初めのうちは学校に通っていたけれど、そのうち飽きてきて、また学校には行かなくなってしまった。その辺をフラフラ遊びまわるだけの生活になり、何のために家出をして半年間も争っていたのか、そもそもの根底を疑わずにはいられないほど何も変わっていないように思えたし、この一件を何かの糧として心を入れ替える様子もなかった。学校をさぼり、タバコを吸い、夜遅くまで遊び歩く。家に戻らなくなり、どこで何をしているのかも把握できなくなった。

高校受験を控えた下の子だったけれど、もう、何も言うのはやめようと決めた。

それは、簡単に言ってしまえば心が折れたということで、散々ひどい目に遭いながら子供たちを育てた挙句、母親に虐待だと親権変更の調停をおこされ、肝心の子供たち二人はすっかり言うことを聞かなくなり、収拾がつかなくなってしまったからだ。

調停の期間も半年間と長く、心労もストレスも限界で、体力も気力も維持できなくなっていた。精も根も尽き果てたようで「もう何でもいいよ、好きにしてくれ」という思いが体中を支配した。

やるべきことはやった、これ以上は無理だ。

子供たちは大きくなり、家族の絆は緩まっていく一方のようで、いよいよここにきて、僕の気力は崩壊した。

なんでこんな目に遭わねばならないのか、一体何をしたというのか。どこにぶつければ良いか分からぬ怒りは、いつしか僕の中から全ての気力を奪っていったのだった。

思い描いた未来とは程遠い現実に、嫌気すら感じていた。

無関心。

今の僕にできることは、それだけだ。

上の子はバイトを転々としながら、金が足りなくなると相変わらず借金をして遊び続けた。

夜中に警察沙汰になり、学校から謹慎処分を下されることも頻繁にあった。

そのたびに仕事終わりや休みの日にまで、高校に呼び出される日々。学校にも行ったり行かなかったりで、毎日作る手作り弁当も、学校ではなく外で食べることの方が多くなっていった。カラオケ、ボーリング、日帰り温泉、バイク仲間と県外までツーリング。今のご時世、やることは山ほどある。誘惑につられるがまま遊び歩き、成績は下降の一途をたどっていた。どうしても県立高校に入ってもらわねばならなかった親の事情で、三ランクも下の高校に進学したのにもかかわらず、それでも下から数えた方が早いほどに成績は低迷した。

絵に描いたような思春期、反抗期による堕落。

よくもまあここまで堕落できるなと感心するほど、建設的な生活の全てを放棄したかのような暮らしぶり。

一人で子供を育てることなど何も知らないくせに「自分の人生を懸けて、自分の人生と引き換えに」などと偉そうなことを言ってみたけれど、結局手に入れた未来は何も生み出していない。

一人では手に負えないことが多すぎて、とうとう心が折れてしまった。

完全に根元から折れたように、心の中はすっかり更地になってしまったようだった。

すがすがしいと言えば、すがすがしい。

「もう、何も言うまい」

自分なりに精いっぱいやったという思いもあったし、今さら何を言えば、何がどう変わるのかさっぱり分からない。

上の子と下の子の学校から交互に呼び出され、夜中であろうと朝方であろうと警察が訪ねてくる。

最近学校に姿を見せていないとか、髪の毛の色がどうだとか、服装が何だとか、住宅街の公園で深夜大声を出して遊んでいるとか、ツイッターに飲酒喫煙を疑わせる画像が載っているとか、あげたらきりがない。

仕事と家事と子育て、これらの雑務がひっきりなしに予定をふさぎ、そのたびに問題を解決するためにどうすれば良いのか考え、関係各位に頭を下げてまわる。

気力が崩壊し心が折れた僕は、次々と巻き起こる子供たちのトラブルをなんとか処理し、頭を下げ、時には言い争って問題を解決するだけのロボットになってしまったかのように、次第に、何があってもなんの感情も湧かなくなってきた。

知らない、もう知らない。

一切の関わりを断つことはできなかったから、トラブルの時だけ手を差し伸べはしたが、後は知らぬふりを決め込んだ。

何が起ころうと、知らない、勝手にやってくれ。

諦めたのかと言われれば恐らくその通りで、否定するだけの信念など、もはやない。

夏休みになっても、下の子は勉強のべの字もなく、進学先を決めなければならなかったけれど、高校に行くのか行かないのかさえ分からない。

上の子は、大学に進学したいと口には出すが、それ相応の努力は感じられなかった。

受験しての大学入学は今さら面倒だと考えた上の子は、出席日数、授業態度、生活態度、そのどれをとっても下の下であったにもかかわらず、推薦入試を模索し始めたのだが、人生それほど甘くはない。名前も聞いたことのない、誰も行かなそうな大学あたりでも推薦など怪しいライン。特に将来の希望や目標などなく、やりたいことも見つからない十七歳は、自分の進路さえ決められぬ有様。

兄弟二人のうちどちらかがそうであるなら、僕としても最悪納得できる落としどころもあるというものだが、どちらもとなると、今までの十年を全て根こそぎごっそりと否定されたようで、立ち直れぬほどのダメージが襲って来るのだった。

それだけ十年という時間は途方もなく、失ってしまったものは果てしない。

僕も人のことを言えた分際ではないことは重々承知している。子供たちに生きる希望や喜びを与えるような生活をさせてきたかと言えば、そうではない。

でも、ちょっと待ってくれ。

テレビドラマや映画では、そんなのお構いなしに子供たちは素直ないい子だし、問題が起こっても誰かが助けてくれたりするし、貧しい家庭や恵まれない家庭で育った人が、ものすごい人間になったなんて話を、よく聞く。

なんで、僕にはそれがない。

なぜだ、何が違うというのか。

もうこのまま見て見ぬふりをしよう。僕の結論は、良いように言えば子供たちの自主性に任せたと言えなくもないが、実際はそんなきれいごとではなく、報われぬ十年の父子家庭生活の末、諦めに舵を切っただけだ。

そう、諦めたのだ。

もう諦めよう。

どんなことがあっても、男なんだし、いつかは一人で自分の力で生きていかなければならないはずだ。

このままだと、二人とも相当な困難に遭遇しそうな気はしたけれど、それもまた人生。無駄にし続けた時間の代償は、いつかどこかで払わなければならないし、それはそれで仕方がない。

そのうち下の子は、すっかり家に戻らなくなり、学校へも行かず友達と遊び歩く毎日。上の子はバイトも行ったり行かなかったりになり、働くことすら面倒になったようだった。彼女を作り、さらに楽しいことが増え、バイトなどしている場合ではなくなったのだろう。働いてお金を稼ぐことが面倒になった上の子は、自分の所有物をネットオークションで売りさばいたり、大事に溜め込んでいたお気に入りのマンガ本を古本屋に売ったりと、楽して稼ぐ方法を模索し続けるのだった。

その年の十月に十八歳になる上の子は、原付にも飽きて車の免許が欲しいと言い出した。金はなくとも、欲しいものはなくならない。誕生日の早い友達などは、いち早く教習所に通ったりしていて、いよいよ自分も車に乗りたくなったようだった。

なんだかんだ言っても可愛い子供たちだし、今まで何もしてあげられなかったという負い目もあるし、今となっては多少の貯えもある。

恵まれた家庭では、といっても両親がそろっているという程度の恵まれ方なのだが、教習所のお金は親が払い、さらに恵まれた家庭では、車まで買ってもらえるというではないか。

半分は出してやろう。そう決めて上の子に告げた。

これが最後の、親らしいことになるはずである。

このくらいは、今時の親の最低限の役目なのではないのだろうか、そんな気もしたし、半分のお金を出すことによって、今までの贖罪（しょくざい）をしようという気持ちがなかったわけでもない。

「教習所に通う半分の金は出してやる、今の俺にはそれくらいの貯えならある。でも、残りの半分は自分でなんとかしなさい」

下の子が高校に進学し、上の子も進学するのであれば、またお金を湯水のように使わねばならなくなるのだろう。できればそのために貯蓄したいところだったけれど、コツコツと貯めた二十万円程度の貯金の中から十五万円を上の子の教習所代に使い、冬のボーナスを下の子の進学費用に充てることにした。上の子が進学するとなったら、仕方がない、またどこからか借金をしてやりくりしようと決めた。正社員として三年働いていたので、銀行の教育ローンもなんとかいけるだろう。それからはまた気長に返せばいい。

上の子は喜んで、早速冬休みの合宿に向けてパンフレットを取り寄せたりし始めた。


平成二十七年十月に、上の子が十八歳の誕生日を迎えた。

父子家庭生活が始まって、ちょうど十年の節目だ。

父子家庭になって子供たちを引き取ってから、「子供が十八歳になるまでは、なんとか頑張ろう」、そう言い聞かせてここまで生きてきた。

十八歳というのは、僕にとっては特別に意味がある数字で、この日のために十年、歯を食いしばってきたと言っても過言ではない。生きるか死ぬかのサバイバルな人生だったけれど、何度も何度も心折れながらも、「もうだめだ」と「あと一日だけ」を繰り返し、ようやく、本当にようやくここまでたどり着いた、記念すべき、まず一個目のゴール。

父子家庭になった時に思い描いた未来像とは程遠く、上の子は手放しで喜べるほどの立派な人間にはなっていなかったけれど、やっぱり十八歳の誕生日は特別で、感慨深くて、うれしかった。

小さいころはささやかなケーキを買ってろうそくを灯し、三人で歌を歌ってろうそくを吹き消していたけれど、いつのころからか友達と過ごす誕生日になり、十八歳になったその日は、彼女と二人で祝うのだと言って、家にはいなかった。

一緒に誕生日を祝ってやることはできなかったけれど、これも一つの成長の証。

「本当の自分の人生はここからなんだよ。自分で考えて自分の足で歩きなさい。誰の言うことも聞かなくていい、自分が正しいと信じた道を、ただひたすらに進んでください。出会った全ての人に感謝の気持ちを持ちなさい。人を傷つけてしまったら、心から詫びなさい。そしてゆっくりでいいから、いつか誰かの役に立つような、これからはそんな人間になっていってください」

そう、言葉を送った。

偉そうなことを言ったけれど、一つの区切りを迎えたような安堵感が気持ち良かった。

「どうかこの子に素晴らしい人生が待っていますように」

十八歳という区切りの誕生日、何度も何度も神様に祈った。

仕事は可もなく不可もなく、低空ではあるがそれなりに安定し、職を失うかもしれないという危機もとりあえずは脱して、上の子は無事十八歳になった。

下の子は相変わらずだけれど、家出をやめて戻ってきたし、もう少しで父子家庭としての僕の人生もいよいよ終わるのかもしれないと、ホッと一息ついていた。

後は子供たちに任せ、なりたい自分になれるようにお互い努力すればいいだけで、僕は僕の人生をもう一度取り戻して、今まで我慢してきたことや、やりたくてもできなかったことをやればいい。

上の子が誕生日を迎えたその日が、僕にとっても新たな人生のスタートのような気がして、ここからまた気持ちも新たに生きていこうと思い始めていた。

まさにその矢先だった。

そう、まさにその矢先。

7

もし、人生が夢なのだとしたら、これは僕が見た中で最も悪い夢であるに違いない。

上の子が十八歳になった、そのわずか五日後のこと。

平成二十七年十月二十三日金曜日。

午前八時二十分。

早番で仕事に入った僕にとっては、忙しい時間だった。

普段ならポケットに入れている携帯電話の着信など気がつかないのに、その日に限ってポケットの中でブルブル震える携帯電話に気がついた。

洗い物をする手を止め、キッチンペーパーで手の水気を拭き取ってから、こんな早朝に鳴ることなど滅多にない携帯電話を取り出した。着信画面には、見知らぬ番号。

普段なら、この忙しい朝の時間にわざわざ知らない番号の電話に出たりはしないのだが、その日はなぜか変な胸騒ぎがして、仕事の手を休め、電話に出たのだった。

嫌な予感がした。

直感でそう感じた。

「もしもし」

恐る恐る電話に出て、相手の様子をうかがった。

「朝早くからすみません」

そう言って電話の相手は僕の名前を告げ、間違いがないか確認した。

「私、救急隊の者ですが、お子様が事故に遭われまして、ヘリで救急搬送しています。携帯していた身分証から学校の方にも連絡いたしました。搬送先は水戸医療センター、すぐに病院に向かっていただけますか」

話が唐突すぎて、まったく頭に入ってこない。

ぼんやりと携帯から聞こえるのは、言葉ではなく音だった。聞き慣れぬワードが断片的に耳に届く程度で、思考の全てが止まってしまったかのようだった。

言葉として認識することができない。

救急隊、事故、ヘリ、搬送、医療センター。

「はい」

と言うのが精いっぱいで、電話は慌ただしく切られた。

直後に再び携帯が鳴った。今度は上の子が通う高校からだった。

電話の内容は先ほどと同じもので、どうやら本当に上の子は事故に遭ったらしい。担任の先生の話によると、通学途中に信号のない交差点で事故に遭ったとのこと。

上の子が原付で、相手は車。

容体は不明だが、救急車ではなくヘリで隣町にある医療センターに搬送されたとのことで、今から向かうのでお父さんも来られますか、ということだった。

事故、ヘリ、医療センター、また聞き慣れないワードのみが頭にぼんやりと聞こえてきて、

「はい、向かいますので、また着いたらご連絡します、ご迷惑をおかけしてすみません」

と言うのがやっとだった。

急がなければいけない、頭ではそうはっきりと認識していたのだけれど、体が動かなかった。

悪い冗談であってほしいと考えながら、自分の身に起こった出来事を懸命に整理した。


バイクで、事故。

ヘリで救急搬送。

なぜこの界隈の救急病院ではなく、わざわざ遠く離れた医療センターにヘリで運ばれたのか。冷静さを取り戻しつつあった僕の頭は、ようやくその意味を理解した。

設備の充実した医療機関にヘリで至急運ばねばならないほどに、命の危機が迫っていると考えるのが正解で、一刻を争う事態なのかもしれない。

そう気がついたら、左手に握りしめたままの携帯電話を落とすのではないかと思うほどに、全身がガタガタと震え始め、麻酔が効いてきた直後のように、目の前の視界がぐにゃりと歪んだ。

「死ぬのか、あいつ」

瞬間的にそんな思いが浮かんだのだが、慌てて否定した。

「大丈夫だ、死ぬわけない。あいつが死ぬわけない」

考えがうまくまとまらなかったけれど、やらなければならないことはすぐに医療センターに向かうこと。

ただならぬ様子を察知した同僚が、声をかけてきた。

「息子が、上の子がバイクで事故して、ヘリで救急搬送されて、医療センターに行かないと」

うまく言葉が出てこない。

「分かった。仕事は大丈夫だから、早く行って」

とにかく気をつけて、安全運転で、と何度も念を押され、「送っていこうか、医療センターまで」とも言ってもらったけれど、どうなるか分からなかったし、いざという時に車がないと不便だろうと考えて、自分の車で行くことにした。

「分かった？　気をつけていくんだよ。大丈夫だから、絶対大丈夫だから。あなたがしっかりしなくてどうするの」

何度も励まされて、ようやく我に返った。

そうだ、しっかりしなければならない。

医療センターまでは、仕事場から車で五十分。

体の震えが止まらなくて、ハンドルを持つ手は自分でもびっくりするほど大げさに揺れていた。

胃がキリキリと痛い。

何がどうなってしまったというのか、はっきりとした状況が全く分からなかったから、不安は増すばかりで、早く行かなければいけないのに、病院に着くのが怖かった。

五体満足なのだろうか、意識はあるのだろうか、また元の生活に戻れるのだろうか、顔はどうなっているだろうか。最悪の事態を想定したら、吐き気が襲ってくるほどに不快な気分になった。

この事故を受け入れることができるのかどうか、分からなかった。

子供たちに予期せぬことが起こり、死んでしまうかもしれないという可能性がゼロではないことぐらい、知っている。知ってはいるけど、それを現実味を持って想定できる人などいないだろう。

僕も、そうだ。

分かってはいたけれど、そんなことがこの人生で起こるはずがないと、心のどこかでは思っていて、実際に本当に起こるなどとは、考えたこともない。

昨日まで元気にしていた人が、突然この世から消えてなくなる。死とは、そういうものだ。誰にでもいつでも起こりうるもので、それは僕たちにとっても決して例外ではない。

五十分の道中、「死ぬなよ、死ぬなよ」と、それだけをひたすら祈った。

医療センターにたどり着くまでの道順は、よく覚えていない。


午前九時四十分。

医療センターの一階フロアで高校の担任、学年主任、生活指導の先生と会うことができた。謹慎処分の申し渡しの時に必ず顔を合わせる三人の先生だったから、挨拶もそこそこに「入院」と書かれたカウンターに向かい、名前を告げた。

常に携帯している保険証を提出し、入院の手続きをした。

上の子の容体を聞いてみたけれど、「分かりません」と事務的に言われた。

必要な書類にサインをしたら、上の子が搬送されたという救命救急室の場所を案内され、先生たちと共に二階に向かった。

救命救急室。

その聞き慣れない響きの病室は、二階の一番奥まったところにある。

二重扉の自動ドア、その先には手を洗う洗面台のようなものが数台見え、突き当たりが壁になっていて、左に曲がると救命救急室にたどり着くような造り。

透明の自動ドアから、中の様子をうかがい知ることはできなかった。

救命救急室の手前には待合室があった。長椅子が四つあるだけの殺風景な部屋で、とりあえずそこに待機することになった。待合室につけられたインターフォンで名前を告げると「伺いますのでお待ちください」と言われた。

状況は不明。先生たちと僕と、四人しかいない待合室。何かをしゃべることもできず、重苦しい空気が流れた。壁に掛けられた時計の秒針が無神経な音を立て、不愉快な気分だった。

五分ほど待たされた後、看護師が現れた。

「お父様でいらっしゃいますか。先生からお話がありますので、呼ばれるまでここで待っていてください」

「はい、それで……息子の容体は」

「それも含めて先生の方からお話がありますので、お待ちください」

足早に看護師は中に消えていった。


分かっている、頭では分かっている。

医師から話があるのだから、落ち着いて待っていれば良いということは分かっている。

分かっているけれど、気持ちばかりが焦り、何も知らされない状況に苛立つのだった。

待合室に座っていると、今度は警察の交通課の人たちが現れて、名前、生年月日、住所、職業など様々なことを聞かれ、混乱する頭の中で、一つ一つ整理した。

「すみません、事故の状況を教えていただけないでしょうか」

質問の合間に尋ねてみるのだが、

「私どもは直接こちらに伺っております。現場には別の者が行ってますので、今はまだ分かりません」

と、誰に聞いても、的を射る答えはなかった。

警察官の質問に答えていた時に看護師が再び現れ、

「先生が参りましたので、中へどうぞ」

と言ったので、断りを入れて中座した。

二重の自動ドアの間には数メートルの廊下があり、一枚目の自動ドアを開けたすぐ右横に引き戸の部屋があって、そこで待つように指示された。

部屋の広さは三畳ほどで、テーブルに椅子、デスクトップのパソコンと、脳の模型があった。落ち着きかぬ雰囲気の中「大丈夫、大丈夫」と言い聞かせた。
一、二分待たされた後、担当の医師が入ってきた。ひょろりと背の高い痩せ型で、歳は僕よりはるかに若い。紺色の半袖、長ズボンというい で立ち、落ち着き払った様子で椅子に座り、開口一番こう言った。
「命を失う可能性がある、非常に危険な状況です」

僕に突きつけられた現実は、想像をはるかに超えていた。

「死ぬということですか」

口に出してみて、さらに事態の緊迫感が増した。

「その可能性は否定できません」

淡々と答える。

「はあ」

これはドラマのワンシーンか、それとも夢か。

救急医というまぎれもない権威がそこにいて、その人の口から、命を失う可能性があると言われている。

心臓の鼓動が早くなり、次の言葉が見つからない。

「順を追って説明します」

びっしり書かれた診断書二枚をテーブルに広げ、上から読み上げた。

事故の時に頭を打ち、脳挫傷(のうざしょう)を起こして脳内には出血があり、体中の骨が折れている。肋骨(ろっこつ)、骨盤、右の鎖骨に至っては粉々で、右大腿骨は見たことないほどに真っ二つに折れていた。

パソコンの画面に映し出されたレントゲンの写真は、とても直視できるものではない。

脳のCT画像が映し出され、医師のペンが出血箇所をなぞっていく。

出血箇所は白く浮かび上がっていて、数か所点在しているように見えた。

「ここと、ここと、ここ」

脳の中心部分あたりからの出血が広がっていて、白く浮かび上がる部分がひときわ大きくなっているのが分かる。

「この部分、ここの出血状況如何（いかん）によっては、すぐ頭を開きます」

脳の中央部をペンでなぞりながら、聞き慣れない言葉を医師は発した。

「頭を開く……」

「一時間後にもう一度ＣＴを撮り、その状況が悪ければその場でカイトウし、出血部分から血を取り除きます」

大丈夫と言い聞かせていた先ほどまでの覚悟など、もはや微塵もない。

医師の言う「カイトウ」とは、恐らく「開頭」のことで、上の子の頭にメスを入れるということに他ならない。

「事故直後は血管が収縮していますので、時間が経過したのちに再度ＣＴを撮ります。血管が元に戻る時に多くの場合、出血が見られますので、これ以上出血箇所が広がるようでしたら処置をしなければ助かりません」

なかなか理解することは難しいとは思いますが説明を続けます、と言って、さらに骨折箇所の説明とその治療方法を告げた。鎖骨と大腿骨は早々に手術をし、その他の骨折箇所に関しては、整形外科医の判断を仰ぐといった内容。

全ての説明を終えて、

「何かご質問ありますか」

と医師は言ったけれど、ご質問と言われても知りたいことは一つだったので、単刀直入に聞いた。

「死ぬ可能性はどのくらいでしょうか」

「現段階で五十パーセント、半々です。二十四時間が山ですので、今日一日は必ず連絡が取れるような態勢を維持していてください」

気分が悪い。眩暈がしたので目を閉じて俯いた。

医師は最後にこう付け加えた。

「私の経験と勘ですけど、お子さん十八歳ですね、若いから大丈夫だと思います」

「どういう意味ですか」

「若いっていうのは、それだけで十分期待できるだけの材料なんです。若いから恐らく大丈夫だと思います」

若いから大丈夫。そんなものなのだろうか。

これが年を取った人、例えば僕ぐらいだったとしたら、助かる確率はほぼゼロらしいのだが、若いというだけで命をつなぐ可能性が格段に上がるのだそうだ。

「良かったのかどうかは分かりませんが、回復という点だけ見れば、若い時の事故で良かったとも言えます」

そう言って医師は診断書の説明を受けたサインを求め、退室していった。

その後看護師が部屋に入り、数枚の書類にサインを求め、今後の入院生活と、救命室に面会に来る時の約束事の説明をした。書類は、脳の手術の同意書、その他手術の同意書、麻酔の同意書、輸血の同意書、拘束の同意書など、恐ろしいものばかりで手が震えたのだが、矢継ぎ早に求められるのに応じてサインをし続けた。

「ありがとうございます。分からないことがあればその都度聞いてください」

看護師は僕に笑顔でそう言った。

突然のことで大変でしょうけど、できる限り力になります、と最後に付け加えてくれた。

「はい、お世話になります」

「一時間後にCTを撮り、その結果によっては手術となりますので、申し訳ないのですが一時間は待合室で待機してください」

「分かりました、ありがとうございます」

「息子さんの顔を見て行かれますか」

看護師は僕に救命救急室に入るよう促した。

どんなことになっているのか、怖くて怖くて仕方がなかったけれど、会わないわけにはいかない。

二枚目の自動ドアをくぐると、手を洗うよう命じられた。アルコール消毒をして救命救急室に入る。だだっ広い部屋には、ベッドがいくつも並べられていた。無数の機械が置かれ、ランプが点滅し何かの数字が映し出されている。テレビで見る救命救急室と、さして変わりはない。

緊迫した雰囲気。

救命救急室の一番奥のベッドまで連れていかれた。

首に鞭打ちの人がつけるようなものを巻いて、両手には緑のミトンのような手袋、胴の部分でベッドに括(くく)りつけられ、左腕には点滴。真っ二つに折れている右足の膝にはねじのようなものが埋めこまれていて、そこから錘(おもり)がぶら下げられている。二キロの錘を吊るして、足を引っ張っているのだとか。

まぎれもなく、上の子だった。

今まで見たこともない姿で、横たわっている。

踵(かかと)とか腕とか、むき出しの部分には数か所擦(す)り傷があったけれど、顔は思っていたよりもきれいだった。

ベッドに括りつけられた状態で、眠っている。

「意識はあるんですか?」

「先ほどここに連れてこられた時は、自分の名前を言ってましたよ」

耳元まで近づき名前を呼んでみたけれど、何の反応もなかった。

「また来るから、必ず助けるから、死ぬなよ」

耳元で二度、言って聞かせた。

診断書二枚と、おびただしい枚数の同意書の控えを渡され、救命救急室を後にした。

自動ドアをくぐり待合室に戻ると、三人の先生はまだそこで待っていてくれた。

どのような状況でしたかと、口に出さずとも顔に書いてある。

「命を失うかもしれない危険な状態だそうです」

なるべく感情を込めずに言った。

感情を込めてしまえば、立っていることもできないだろう。生活指導の女性の先生は、その場で泣き崩れた。

「顔を見てきましたけど、思ったよりもきれいで安心しました。意識はないような感じです」

精いっぱいの冷静さを装って言葉を続けた。

「一時間後にもう一度ＣＴを撮り、脳の出血が広がるようであれば、その場で開頭手術だそうですので、その結果が出るまで僕はここで待機しています。追って連絡しますので、今日のところはお忙しいでしょうから、お引き取りください。ご迷惑をかけて申し訳ありません」

深々と頭を下げた。

自分が今、どんな感情なのかさえよく分からない。

8

担任の先生は一緒に残ると言ったので、二人で待合室にいることになった。

待合室の壁掛け時計を見ると、午前十時五十分だった。

「若いから大丈夫だと、担当の医師は言ってました」

「そうです、若いから大丈夫ですよ」

僕たちは根拠のよく分からない医師の「大丈夫」にすがることにした。

待合室は静かだった。

壁掛け時計の時を刻む音だけが響き、居ても立ってもいられぬ状況に、不愉快さは増すばかりだった。

何をすれば良いのか分からず、これからどうなってしまうのかも分からない。

担任の先生と、座って時が経つのを待つしか術がなかった。

しばらくの間黙って座っていたら、先ほどの警察官が待合室の外の廊下から僕を呼んだ。

「お父さん、ちょっとすみません、お子さんの状況を教えていただきたいのですが」

僕は医師に聞いてきたとおりの説明をもう一度、二人の警察官に繰り返した。

一人が聞き役で、もう一人が記録係となり、僕の説明を聞く。

心の動揺が尋常ではない。

もしかしたら二十四時間以内に死ぬかもしれないという途方もない事態に、徐々に意識が遠のいていくのが分かる。

警察官と話をしながらも、気持ちは上の空だった。

警察官が事故当時の着衣を回収したいと言うから、もう一度インターフォンで看護師を呼び出し、救命救急室の中にある上の子の荷物を持ってきてもらい、警察官に渡した。

警察官は、それらの中から必要なものを取り出し、ビニール袋に入れる。

「靴がありませんね。靴はどこにあるか分かりますか」

「いえ、分かりません。看護師の話だと所持品はこれで全てだそうですので、事故現場じゃないでしょうか」

「そうですか、分かりました」

それらの荷物は証拠品として押収されるらしく、その同意書にもサインさせられた。

ここに来てからというもの、おびただしい数の書類にサインさせられたけれど、そのほとんどの内容を理解していない。

警察官はいったん引き取りますと言って、どこかに姿を消した。

再び待合室に戻ると、担任の先生が、

「まだ時間もありますし、下で何か飲みませんか」

と言うので、二人で連れ立って一階の売店横の喫茶店に向かった。

バイク通学禁止の高校なのに、通学途中にバイク事故を起こしヘリで救急搬送されている。担任の先生と何を話せば良いのか、考えあぐねていた。

これは一体どのような処分になるのだろうか。

もし命が助かったとしても、これからの高校生活は前途洋洋なものではないだろう。命の心配をしなければならないのか、現実に起こっていることの解決策を考えなければいけないのか、迷っていた。

死、というものを受け入れられず、何をどう心配すれば良いのかさえ分からないから、そのどちらもが意味のないことのようにも思えてくるのだった。

担任の先生はコーヒーを頼み、僕はオレンジジュースを頼んだ。

「それにしても大変なことになってしまいましたね」

という先生の問いかけも、交通事故で緊急搬送されたことを言っているのか、無許可でバイク通学をしていたことを言っているのか、よく分からなかった。

「はい」

と、曖昧な返事を返した。

上の子は高校三年生、卒業まであと五カ月となっている。どのくらいの入院期間になるのか、復学は可能なのか、そんなことをぼんやり考えた。

卒業するのは、難しいのだろうか。

ここまで来て、高校を卒業できないというのは忍びなかったが、命の方が大事であり、まずは命が助かるということが何よりも優先される。とはいうものの、これから先のことを考えたら、どんどん憂鬱になり不安ばかりが増してくる。命が助かったとしても、五体満足でいられるのかとか、寝たきりになるのではないかとか、あれだけの事故で脳に損傷を負っているのだから、何らかの後遺症が出るかもしれないとか。

でもそんなことより、命が助かってほしかった。

明日から上の子がこの世にいないという生活を、うまく思い描くことができない。

死んでいなくなるという現実を、受け入れられる気がしない。

受け入れなければならない未来がどの程度困難なものになるかも分からない状況で、それらを乗り越えられるのかどうかの自信も曖昧だったけれど、上の子が今日限りこの世からいなくなるという現実は、どうしても受け入れ難いものだった。

先生とは大した話もせず、落ち着かないので早々に待合室へと戻ることにした。

エレベーターで二階に上がり、クネクネと廊下を曲がって、待合室に向かう途中に先ほどの警察官が立っていて、僕だけを呼び止めた。

「ちょっと伺いたいことがありまして」

そう言って廊下の隅に僕を寄せた。

「お子さんのお名前はこちらで間違いないですかね」

警察官は、事故の状況やら本人の情報やらを書き留めたA3サイズの紙の一番上の部分を指さした。間違いなく上の子の名前が書かれている。

「住所も間違いないですね」

「はい」

何の話だろうか。

「今回息子さんがバイク事故ということですが、乗っていたバイクはお子さんのものでしょうか」

「お子さんのもの……」

改めて聞かれてみると、知らなかった。

「多分そうだと思うのですが」

「そうですか。では、お子さんが原付の免許を所有しているかどうかということは知っていますか」

「バイクに乗っているのだから、持ってるんじゃないですか」

「どういうことですか、それは。免許証を見たことがあるのですか？」

「持っていると思いますけど……見たことはありません」

見たことはなかった。

原付に乗り始める前に、自動車教習所に通っているというような話は聞いたことがあるし、バイクに乗るためには免許が必要であるということぐらい、知っていると思っていた。そんなこと、いちいち口に出して言わねばならぬほどのレベルであるとの認識を持ったことはない。

教習所からも「このたびは当教習所をご利用いただきまして」といった内容のハガキが届いたこともあったし、それより何より「バイクは危ないから乗るな」という忠告も聞かなかったのだから、それからは信じて見守るしか術がなかった。ひたすらに混乱し多忙を極める毎日の中で、上の子に対する心配事や悩みはいつしか忘却の彼方に追いやられていた。

「見たことがない……親なのにバイクに乗っている子供の免許証を見たことがないんですか」

「はぁ、いろいろと事情がありまして」

「いろいろな事情で片付けられる問題ではないですよ」

問い詰めるように二人の警察官がにじり寄って、いよいよ核心に迫ってきた。

「お子さんのお名前と住所で問い合わせたところ、照合されないという結果になっています」

あまりにたくさんの情報がここ二時間で詰め込まれ、僕の頭はとうとう許容範囲を超えた。

「今度は何ですか……一体何の話ですか」

頭を抱えて廊下の壁にもたれかかった。

「お子さん、無免許ですよね」


寝耳に水とは、まさにこのことである。

予想だにしない警察官の言葉に、立っているのもやっとなほどの眩暈が襲った。

「ちょっと待ってください、ちょっと話を整理させてください」

警察官は、バイクに乗る子供の免許証を見たことがないなど言語道断、そんな言い訳が通用すると思っているのかとか、あなたの言っていることには無理があり、言葉通りに受け取ることには違和感があるとか、その程度の話もできないような親子関係なのかとか、取り調べのようにたたみかけてきた。

「ちょっと待ってください、頭が混乱して整理できません」

警察官は、親であれば当然知っていて然るべき情報を知らないという言い分をそもそも理解することはできないと言い、親として失格であると、この状況下で僕にダメ人間の烙印を押した。

「あの、父子家庭でして、ずっと十年間一人で子供を育ててきて、最近下の子の親権変更の調停とかあって、時間も余裕もお金もなくて、上の子の生活に関して手が回らな……」

ここでもか……。

何度目だろう、この感じ。

いくら説明したところで、過ぎてしまった十年は、自分の手に負えないほどに複雑さを極めてしまっていて、この程度の言葉で表現できるはずもない。

もう誰にも伝わりはしない。

「分かりました……すみません。この話は後日改めてお話しさせていただきます。今はうまく説明できません」

「乗っていたバイクもお子さんの名義ではありません。それはご存じでしたか」

警察官は、あきれたような物言いに変わった。

「いえ、知りません」

再び警察官が話をし始めたので、

「本当にすみません、上の子の命が助かったらもう一度お話しさせてください」

そう言うが早いか警察官の間を潜り抜け、待合室へと歩き去った。

警察官は、追ってはこなかった。

何がどうなっているのか、考えて理解して結論を出さねばならぬことがたった数時間で山積みにされた。

無免許で、自分のバイクですらないとなれば、当然保険など入っているはずもない。事故ということは相手がいるわけで、相手の状況、車の破損状況、病院の支払いなど、考えなければならないことが次から次へと頭に浮かんでは消えた。生命保険などにはもちろん一度も加入したことはなく、入れる余裕があるはずもなかった。

警察が言っている通りに、もし無免許でバイク事故を起こしたということならば、高校の卒業はどうなるのだろうか。いずれは学校の耳にも入るであろうこの情報が、どうか嘘であってほしいと思った。

信じるとか信頼などという言葉は、一見聞こえが良いけれど、本当は無関心を装うための言い訳だったのではないのだろうか。

僕は、親失格だ。

知らなかったとはいえ、親として、保護者として、許されるべきことではない。

「神様」

そう言葉に出してみたけれど、今さら何を祈れば良いのかさえ分からなかった。

9

それからの一時間は、何をどう考えていたのか知らない。

命が助かってほしいと思いつつも、助かった後はどうしようかと、不謹慎にも混乱する頭でぼんやりと思っていた。

今までの生活は何だったのだろうか。一体、今まで何をしてきたのだろうか。

悔しくて悲しくて、涙があふれてくる。

隣に担任の先生がいるから、ようやくすんでのところで堪えるのだけれど、このままいっそ上の子と一緒に死んでしまおうか、そんなことを考えていた。

たった一人で父子家庭として、子供たちを二人とも立派に、一人前に育てるなどと大仰なことを言っていた割には、このざまだ。

何もかもが滅茶苦茶に狂ってしまった。収拾のつかない現実だけが残された。

どんなことがあっても乗り越える。

どんな環境でも、ベストを尽くす。

分かってる、よく分かってる。

自分にも子供たちにも常に言って聞かせていたけれど、これはもうお手上げかもしれない。

一向に進まぬ壁掛け時計を見ながら、予定されていた一時間が過ぎた。看護師からは何の呼び出しもなかった。

CTの結果が最悪で、緊急手術になってしまったのだろうか。だとしたら、僕のところに報告に来るはずだが、その猶予もないほどに状況が緊迫しているのだろうか。

考えても仕方がないことを延々と考え続け、緊張とストレスと不安で、体中の力が抜けていく。

どこまでさかのぼって自分の行いを責めれば良いのだろうか。

これは、父子家庭などという訳の分からぬ生き方を子供たちに強（し）いた、僕の責任なのではないのだろうか。

きっとやれる、やるしかないと決断したあの時の気持ちは、決して安易なものではなかったけれど、現実は僕が考えている以上に過酷で、とうとう上の子の命が危ないというところまできてしまった。

僕が悪かったのだ。

僕が追い込んでしまったのだ。

「この命と引き換えに助けてやってください」

父親として、親として、万策尽き果てた最後の最後に考えるべきことは、これしかないような気がした。

所詮、子供たち二人にくれてやった僕の人生、上の子の命が助かるのなら、惜しくもない。

一時間三十分が過ぎようとした時、担当医が出てきて僕を呼んだ。

「CTを撮りましたけど、すぐに手術するほどのところまでは至っておりませんので、このまま様子を見たいと思います」

淡々とした表情で語っている。

慣れているのだろう、医師の落ち着き払った態度に、不思議と安心感を覚えた。

「ありがとうございます」

涙がこぼれそうだったので、深く頭を下げて唇をかんだ。

「事故直後ですので、まだまだ予断を許さないのですが、恐らく大丈夫だと思います。若いので」

医師は再び、若いことへの希望を付け加えた。

「二十四時間は何があってもいいように、連絡だけは取れる状態を維持してください。急なことでいろいろあるでしょうから、いったんご自宅に戻るなりしていただいて、今後の態勢を整えてください。何かあったらすぐに連絡を入れるようにします」

医師は足早に去っていった。

担任の先生にそっくりそのまま話を伝えると、「良かったですね」と言って安堵の表情を見せた。

とりあえず一つ目の山は越えた。

あとは今日一日を無事乗り越えてくれること。

「あいつ、大丈夫ですよね」

聞いても仕方がないことを、担任の先生に尋ねた。

「お父さん、もちろんですよ、大丈夫に決まってます。お父さんもあんまり思いつめないで、しっかりしてください」

気休めでもいい、誰かに「大丈夫」と言ってほしくて、僕はこの十年間さまよい続けていたのだ。担任の先生の根拠のない「大丈夫」にも、やっぱり僕はすがることにした。

希望があるのであれば、どんなものにでもすがりたい気分だった。

医療センターを出て、駐車場で車に乗り、仕事場に連絡をした。

様々な出来事をかいつまんで説明し、しばらく仕事を休みたいと申し出た。施設長は快諾してくれ、何度も何度も励ましてくれた。

まだまだやらなければならないことはたくさんあったので、この時間を使って自宅にいったん戻ることにした。

自宅までの道のりは、覚えていない。五十分かかる道中、どのようなルートで車を走らせたのか、よく分からない。

緊急の開頭手術は回避されたが、命が助かったというところまでは至っておらず、助かったとしても、意識が回復して元の生活に戻れる保証などない。

自宅に戻るとリビングのテーブルには、食べかけの朝ご飯。

早番の時は、お弁当と朝ご飯をリビングのテーブルに置いて出勤する。食べかけの朝ご飯が残されているということは、朝ご飯を食べきるだけの時間的余裕がなかったということを意味しているようだ。上の子は急いで家を出たのだろうか。

そういえば、昨晩話をした時に、クラスマッチの朝練があって、大縄跳びを回す役になったから行かなくちゃいけないんだとか、そんなことを言っていたような気がする。原付で登校するようになり、毎日の夜遊びが忙しくて、ギリギリまで寝ているような生活だった。

警察の情報によると、事故現場は自宅から数百メートルしか離れておらず、事故発生時刻が八時十分ごろ。原付ならば、一、二分で到達できるであろう場所。よほど焦っていたのだろうか。間に合うか間に合わないかギリギリのところで、注意力が散漫になり事故につながったのだろうか。

もし、仕事が遅番だったら余裕をもって起こし、朝ご飯を食べさせ、学校に行くのを見送ることができた。その日、仕事を早番で入る特別な理由などなかった。遅番だったらこんなことにはならなかったのではないのだろうか。

もし、原付のエンジンがその日に限ってかかりが悪くて、あと数秒遅く家を出たなら。

もし、クラスマッチの朝練がなくて、急ぐ必要がなかったら。

もし、もし、もし。

考えても仕方がないことは分かっていたけれど、あまりに残酷な運命の組み合わせに、この事故の意味を考えねばならなかった。

あくまで推測の域をでない思考は、抱えきれないほどの後悔を生んだ。


病院から預かってきた上の子のリュックの中を整理すると、学校の体操服と事故の衝撃で歪んだスマートフォンがあった。

そして、手のつけられることのなかったお弁当。

開けてみると中身はグチャグチャで、つぶれたお弁当箱は事故の目撃者のように、その衝撃を僕に告げていた。しっかりしたつくりの鉄製の、しかもリュックに入った状態の弁当箱がここまで歪むのだから、その衝撃は想像に余りある。

痛かっただろうか、苦しかっただろうか。なぜ突然こんな目に遭わなければならないのか、後悔と怒りで涙があふれた。

止めようにも止められないほどに涙があふれ、ぐちゃぐちゃになったお弁当を抱え、とうとう膝から崩れ落ちた。

これが彼に作ってあげる最後のお弁当になるかもしれない。

つぶれて歪んだお弁当を、画像におさめた。

そうしなければいけないような気がした。

気持ちを落ち着かせようとパソコンを開き、毎日書いているブログを更新しようと思った。

こんな状態でブログの更新でもないようなものだが、とにかく誰かに話さなければ気持ちを整理できそうになかったし、かといってその相手もいない。誰に語るでもないブログで、状況と今の心境を書き綴った。そうでもしなければ胸が張り裂けそうで、次に何をすべきかさえ見失ってしまいそうだった。

毎日書いているブログだったけれど、その日は手が震えてキーボードがうまく打てない。震えをなんとか抑え、書かねばならぬことを一つ一つ綴った。

このブログが子供たちの成長と毎日の食事の記録であるのなら、今日の日の出来事は書かねばならないと思った。ブログに書くことで、子供たちの人生がこれから先も続いていかねばならないと願ったのかもしれない。

「大丈夫だ、絶対に助かる」

そう思いを込めて、一文字一文字書き続けた。

これからも変わらず、上の子に素晴らしい未来が訪れると信じて。

自宅から数分だという事故現場には行けなかった。

とてもそこまで受け止めるだけの精神力はなく、ブログを更新し、必要なものをカバンに詰めて、下の子の携帯に連絡を入れた。

「兄ちゃんがバイク事故で命の危機だ。病院にヘリで運ばれてる。今日一日が山で、このまま死ぬ可能性もある。病院行くから急いで帰ってこい」

学校に行っている様子のなかった下の子は、これを聞いてすっ飛んで家に帰ってきた。

「急いで用意しろ、すぐ病院行くぞ」

時刻は十四時過ぎ。

もしかしたらこのまま二度と会えなくなるかもしれないただ一人の兄に、今日中に何としても会わせなければならないと思った。そして、事故をして動けなくなって意識不明の兄の姿を見せなければいけないと、なぜか強く思った。

シャワーだけ浴びさせてくれと言う下の子を待ち、必要な荷物を車に詰め込むと、急いで医療センターに戻った。

車の中で兄の容体を聞く下の子に、見たまま聞いたままの状況を説明した。

「もしかしたら、あいつ死んじゃうかもしれないぞ」

最後にそう付け加えたら、下の子はきっぱりとこう言った。

「死にはしないよ、あいつに限って死ぬはずがない」


そうだ。

確かにそうだ。

あいつに限って死ぬはずがない。

10

医療センターに着くと、時間も時間だったので、先ほどまでの喧騒とは打って変わって、ロビーは静まり返っていた。

急いでエレベーターに乗り二階の救命救急室に向かうと、入り口前に並べられた椅子に見慣れた顔があった。

職場の施設長と事務員だった。

「居ても立ってもいられなくて来ちゃった。来ても何もできないのは分かってるんだけど」

施設長は突然の訪問を詫びるように言った。

「いや、全然大丈夫です、ありがとうございます」

連れてきた下の子を紹介すると、

「男前でいい子だね、こんないい子がいるんだから頑張りなさい」

と励ましてくれた。

救命救急室は面会に厳しい制限があり、身内以外の面会はできない。せっかく来てくれたけれど、上の子の顔を見せてあげることはできなかった。

「人間の脳はね、すごいんだから。それに若いし、絶対に命は助かるからね。そしてまた今まで通りの生活に戻れる日が必ず来るから、しっかりしなさい」

僕の顔を見て安心したと言って、二人は仕事場に戻っていった。

たった一人で子供たちを育ててきた僕は、いつしか世の中の全てが敵であるという勝手な思い込みを持つようになり、性格はひねくれていった。

どうせ誰も助けてはくれない、力になってくれることもない、誰にも伝わらない、そういう思い込みで長いこと生活してきたけれど、どうやら違うのかもしれない。

沢山の人に支えられ、たくさんの人に協力してもらい、たくさんの人に励まされている。

「仕事のことは気にしないで、お兄ちゃんのこと、全力で支えてあげなよ。何にも心配いらないから」

施設長は最後にこう言ってくれた。

ほんの数年前なら、こんなことがあったら仕事は無情にもクビになり、無収入で新しい仕事まで探さねばならない状況に追い込まれていたに違いない。

車もないころだったら病院に通うことすらできず、仕事も失い、明日食う金もない。それを考えたら、今の僕はなんて幸せなのだろうと、心から思った。

上の子の事故は幸せなことではないけれど、今、このタイミングで良かったと考えざるを得ない。

数年前なら、間違いなく首をくくっていたはずだ。

介護施設の調理員になることには抵抗があり、気は進まずとも生活のためにプライドを捨てて仕方なくやっているような仕事だったけれど、ここまでたどり着くまでに多くの人の支えがあって、みんなが僕を受け入れてくれて、こうして手を差し伸べてくれる。長期にわたり仕事を休まざるを得なくなる僕に「何も心配するな」と言ってくれる。

もし、今の職場ではなく違う職場を選択していたら、もしかしたらまたここで職を失っていたかもしれない。ありがたいと思うと同時に、神様が僕をここまで導いてくれているような、そんな気がした。

決して僕は一人ぼっちではなく、多くの仲間が支えてくれている。職を失うこともなく、何かあったら頼める環境もある。

仕事や収入の心配をすることなく、上の子についていてあげられるということが、もうすでに一つの奇跡のような気がするのだった。

「大丈夫、大丈夫」

自分自身を落ち着かせるように、何度もつぶやいた。

不安定な感情は行ったり来たりを繰り返し、自分の都合の良いように考えなければ、とても乗り越えられそうにない気がした。

救命救急室の面会は、両親、同居の親族に限られるだけでなく、さらにもう一つ制約があった。それは「十五歳未満の子供は面会できない」というもの。たとえ兄弟であろうと、同居の親族であろうと、十五歳未満は面会できない決まりなのだそうだ。

下の子は二月生まれで、事故の日が十月二十三日であったために、十四歳と八カ月だった。ギリギリ面会できない年齢。

ダメもとで連れて来たが、やはりここで下の子が面会できないというのは受け入れがたく、待合室のインターフォンを押して看護師を呼んだ。

「すみません、下の子を連れてきたのですが、十四歳八カ月なんですけど、面会させてもらえないでしょうか。どうしても今日会わせてあげたいんです、お願いします」

懇願する僕に、見かねた看護師は、

「それでは上の者と相談させてもらいますので、お待ちください」

と言って救命救急室に入り、数分後に戻ってきた。

「今回一回限りの特例ということで許可します。それでも時間は二分程度でお願いします」

特例で二分間。

ありがとうございますと頭を下げ、下の子を連れて中に入った。

自動ドアをくぐり、手を洗いながらこう言った。

「兄ちゃん、意識不明でベッドに縛りつけられてるけどびっくりするなよ。時間は二分だから、何かしゃべりかけてやってくれ」

もしかしたら強い衝撃を受けて、下の子のトラウマになるかもしれない。そうならないようにと、念を押した。

部屋の一番奥まで歩いていき、上の子のベッドにたどり着いたのだが、先ほど見た時とさほど変わらぬ感じで、意識はないようだった。

右足の膝から通されたワイヤーが痛々しくて、目を背けた。

「話しかけてあげてください」

看護師に促され、僕は上の子の耳元に近づいて名前を呼んだ。

全く反応はない。

寝ているわけではなく、意識がないのだと思うと、また悔しさが込みあげてきた。

下の子の手を引き、上の子の耳元に立たせる。

下の子は兄の名を呼び、

「死ぬなよな、このまま死ぬんじゃないぞ」

と言った。

それだけで僕たちは救命室を出され、再び待合室に戻ることになった。


「どう思う、あいつ」

二人で椅子に腰かけ、下の子に聞いてみた。

待合室には人がおらず、こうして下の子と二人きりで椅子に座っていることが、なんだかとても懐かしく感じられるのだった。

「死なないよ、死ぬわけない」

「そうだな、大丈夫だよな」

「きっとすぐ良くなるよ」

下の子は大人びた表情で、僕の肩を叩いた。

それだけ会話を交わし、僕たちはまた家に戻った。


医師の言った二十四時間の間は、生きた心地がしなかった。

一睡もできずに朝を迎えたけれど病院からの連絡はなく、どうやら命はつなぎとめたようだった。

居ても立ってもいられずに、朝早くから病院に向かう。

医療センターに行くには、国道五十号線をまっすぐ進み左折を一度すれば良いだけの簡単な道順なのだが、車を運転していても、ふとした時に考え事が始まり、頭の中は上の子の容体と今後のことでいっぱいになる。

曲がらねばならぬ交差点を曲がることができず行き過ぎる。行き過ぎたことに気がつき、Uターンして戻るのだが、また行き過ぎる。そんなことを繰り返した。一か所だけの交差点すらも見逃すほどに、頭の中は考えねばならぬことでうずめられていた。

二度三度と同じことを繰り返し、ようやく医療センターにたどり着く。

面会をしてみるが、様子は昨晩とあまり変わりがないような気がした。相変わらず意識はなく、問いかけにも反応しない。

担当の医師から説明があり、ひとまず命の危険はなくなったとのこと。今後は様子を見ていくしかないと、そんな話だった。

真っ二つに折れた右大腿骨と、粉々に砕けている右鎖骨に関しては早急に手術が必要で、その日程は四日後に決まった。

「先生、これからあの子は意識を取り戻すでしょうか」

「徐々に取り戻す可能性は高いですが、経過を観察しなければ分かりません」

命は助かったけれど、意識が戻るかどうかは見守るしかない。

救命救急室での面会は、日に何度も認められるわけではない。一回か、せいぜい二回。

後は家に戻りひたすら祈るしか方法がなく、毎日夜が明けると家のことも早々に、病院に通った。

子供たちが大きくなり、少し気が緩んでから再びのスクランブル態勢は、しんどかった。

それでも折れそうな気持ちをなんとか奮い立たせ、上の子の病院に通った。

三日経っても意識を取り戻すことはなく小康状態。

脳については経過観察しか手立てがなく、担当医師からは「これ以上悪くなることはありませんが、良くなるという保証もありません」と言われていた。

これ以上悪くなるということは、死ぬということである。つまり死ぬことはないが、これ以上回復するという保証もないということ。寝たきりの植物状態のままという可能性も、無きにしも非(あら)ずということだ。

命が助かったとしても、それではあんまりだ。

心労と疲労で、精神状態は不安定を極めた。

だんだんと自分が置かれている状況を理解し始め、これはとんでもないことになったと、ようやく気がつき始めていた。

神様は乗り越えられる試練しか与えないと、よく言うけれど。

もし神様が、僕がこの試練を乗り越えられるとお考えならば、それは買いかぶりすぎです。

十年、歯を食いしばってなんとか生きてきたけど。

もう無理なのではないかと、疲れ果てた体で考えた。

「無理です、神様。もう勘弁してください」

医療センターの一階待合ロビーで、人目もはばからず僕は泣いた。


上の子は意識を取り戻すことなく手術の日を迎え、七時間に及ぶ手術の末に、再び救命救急室のベッドに戻ってきた。

執刀医から手術の成功を聞き、手術箇所のレントゲン写真を見せられた。

真っ二つに折れていた大腿骨はチタンの棒で固定され、粉々の鎖骨はプレートを入れられ、数か所、ビスのようなもので留められていた。

「一カ月後からリハビリを始め、その後は問題なく歩けるようになるはずです」

と言われたけれど、意識がない状態で一カ月後のリハビリを思い描くことはできなかった。

しかし、ひとまず命をつなぎ留め、折れている骨の手術も終わった。あとは本人の回復力に期待するしか他に方法はなく、現実的な問題として次にやらねばならぬことは、間違いなく事故の処理。

ただ、あまりにも大きすぎる。

無免許で未成年で無保険のバイク事故で、本人は意識不明の重体。

とてもじゃないけど、僕一人の手には余ってしまった。

これはどう考えても一人で解決できる問題ではなく、然るべき専門家の協力を仰ぐ必要があることは間違いない。家に戻りパソコンの電源をつけると、交通事故専門の弁護士事務所を片っ端から検索した。

弁護士には、良い思い出はない。一つ上の実兄に家を追い出されそうになった時、藁にもすがる思いで弁護士を頼ったのだが、あまりの人ごと感にうんざりしたという苦い経験がある。あの時はそれでも良かったけれど、今回はそうはいかない。人ごとのような態度の弁護士には、金を払って頭を下げる気にはとてもなれないだろうと思った。

パソコン画面を見ながら、無数に表示された弁護士事務所のホームページを眺めていると、ふと、ある事務所の弁護士のプロフィールに目が留まった。

散々苦労してここまでたどり着いた僕は、直感で「この人だ」と思った。すぐにメールを送ると次の日には連絡をくれ、会うことになった。

会ってみると弁護士は感じの良い人で、その日のうちに担当弁護士として契約を済ませた。

「僕も未成年のころにバイク事故をしましてね」

その弁護士は、笑い話のように語った。

「若いから大丈夫、これからどうにでもなりますから」

なぜだか妙に説得力のある弁護士の励ましに、一縷(いちる)の望みをつないだ。事故のことは全部この人に任せよう。

脳の後遺症の認定とか、これからやらねばならぬことがたくさんあるようだったけれど、信頼できそうな弁護士に巡り合えて、ほっと胸を撫でおろした。

上の子は相変わらず意識不明で、一日に十分足らず許された面会時間だけでは、彼の容体を把握することは難しかった。

日によっては、言葉を発している時もあった。支離滅裂で意味不明な、まるで夢物語かおとぎ話のような、彼にしか分からぬような内容の話をぽつりぽつりとしていた。

ほんのわずかではあるけれど、日々良くなっているような気もしないでもなかった。


日が経つにつれ、言葉を聞ける日が増えてきた。

「これ以上悪くなることはありません」

という医師の言葉は、よく考えてみれば回復するという伸びしろしかない、ということのようにも思えるのだった。

ほんのわずかな兆しであり、日によって一進一退を繰り返してはいたけれど、良くなっているのだと自分に言い聞かせなければ、とても上の子の顔を毎日見に来ることなどできはしない。

救命救急室に入って五日が経ち、彼の過ごす妄想の世界の話をたまに聞きながら、ひたすらに回復を祈っていた。

11

事故から一週間が過ぎ、十日が過ぎるようになると、ようやく僕が誰なのか認識できるまでに回復した。

それでも、一日のうちで起きていられるのは数時間程度。自分が置かれている状況をぼんやり理解できるようになったことによって、意識がなかった時よりも、はるかに辛そうに毎日を過ごすようになっていった。

事故を起こして十日間意識がなく、体中の骨が折れ、手術をし、ベッドに縛りつけられているという、自分が置かれている現実は理解できていないようだった。

体の自由は全くなく、手足をベッドの四隅に拘束され、自分の意思で身動きを取ることはできない。

面会に行くと、大声を出し、ベッドから這い出そうともがいている姿があった。苛立っている様子が痛いほど伝わり、可哀想で仕方がなかった。そのたびに看護師に、より厳重に体を縛られるのだから、親としてはとても直視できたものではない。

それでも、意識を取り戻しつつあるという希望になんとかすがって我慢するしかなかった。


上の子の意識が戻り、救命救急室を出て一般病棟に移っても良いだろうと判断されたのは、事故から二週間が経った十一月の初旬のことだった。

この時でさえ、まだ事故の後遺症がどの程度残るのかは不明。意識レベルも、まだまだ不安定。今まで通りの生活に戻れるかどうかは、一年ぐらいの時間をかけて経過観察しなければ分からないとのことだった。それでも少しずつ意識を取り戻し、自分が誰かも、ここがどこかも、何となく理解できるまでに回復していた。

上の子が一般病棟に移る時、まだ歩けないのでベッドごと移動させたのだが、自由に面会できるようになるこの日に合わせて、下の子を病院に連れてきていた。

意識が戻ったといってもまだ波があり、一日のほとんどを寝て過ごしていたけれど、五階にある一般病棟の病室へ移るためエレベーターに乗った時、下の子がしゃべったほんの一言に反応し、パッと目を開け、弟の名を呼んだのだった。

あれほどはっきりと、自分の意思で目を開けたのを、事故を起こしてから一度も見たことはなかった。

事故直後、救命救急室で二分だけ会ってから、その後二週間顔を合わせることのなかった弟の声を、瞬時に聞き分けたのだ。

救命救急室で意識が戻りつつある時、上の子は意味不明の夢物語をつぶやいていたのだが、そのほとんどが弟の話だった。彼の夢物語には常に弟が出てきているようで、「今日は何をした」とか「どこどこに行った」とか、あったはずのない話を聞かせてくれた。

そんな中、上の子がこんなことを言ったことがある。

右大腿骨と右鎖骨の手術が終わって三日が経ったころ、いつものように救命救急室に面会に行くと、珍しく目を開けてベッドでおとなしくしていた。

「俺のこと、分かるか」

と問いかけると「パパ」と言って「分かるよ」と当たり前のように答えた。

「今日は調子良さそうだね」

「普通」

「普通か、それは良かった」

今日も上の子の夢物語を聞こうと、ベッドの横のパイプ椅子に座った。

「昨日は、何してたの」

「昨日かあ、昨日は……」

そう言うと上の子は、こんなことを話し始めた。

「あいつがさぁ」

弟の名を呼び、こう続ける。

「お前死ぬなよって、俺に言うんだよ」

「へえ、なんでそんなこと言ったのかね」

「知らない」

上の子は天井に目をやり、しばし考えていた。

「なんで俺が死ぬんだ？　なんであいつは俺に死ぬなよって言ったんだ？」

ずっと考えていても答えが出なかった問題だったのだろうか、僕に尋ねるようにつぶやいた。

「お前はさ、バイクで事故して十日間も意識がなかったんだ。生きるか死ぬかでようやく助かったんだよ」

「そうか、俺、バイクで事故してここにいるのか」

神妙な顔でこちらを見る。

「だからあいつは、俺に死ぬなよって言ったんだ。今、分かった」

そう言うと疲れてしまったのか、またすやすやと眠りに落ちた。

事故初日に救命室に行って以来、弟は一度も兄のところに顔を出していない。

もちろん、上の子の言うように、「昨日」下の子と会ったということなどなく、夢と現実がごっちゃになっているようだったけれど、あの時かけた下の子の言葉は、ちゃんと耳に届いていた。

「なんで俺が死ぬんだ」という上の子の疑問も、「死ぬわけないだろ」という意思も、弟の声が届いていたからなのではないのだろうか。

だとしたら、こうして意識を取り戻したのも、あの時の下の子の問いかけがあったからかもしれない。僕の声ではなく、兄弟の、弟の声を、彼ははっきりと認識していたのだ。

もしかしたら、下の子がお兄ちゃんを死の淵からこの世に連れ戻してくれたのかもしれないと、僕は考えてみた。

「あいつは絶対に死なないよ、死ぬはずがない」

そう言っていた下の子の顔は、たくましかった。

普段は何の役にも立たず、学校も行かず、好き勝手に生きていた下の子も、ここで大きな仕事をやってのけたのかもしれない。

ずっと仲の良い兄弟だった。

上の子が意識を取り戻したことは、もしかしたらこんな奇跡が支えてくれたのかもしれない。


一般病棟に移り、本当に久しぶりに家族三人で顔を合わせた。

意識が戻って間もないということもあり、相変わらず上の子は胴体の部分だけベッドに縛りつけられていて、病院で借りている緑色のパジャマを着て横たわっている。

脳の後遺症で、感情がコントロールできなくなっているところがあり、突然大声を出したり、夜中に騒いだりするので、一般病棟といえども大部屋ではなく、ナースセンター近くの特別室があてがわれた。

洗面台とトイレが備えつけられていて、窓際にベッド、その隣にテレビと簡易冷蔵庫が置かれている。ベッドには落下防止の柵が取りつけられていて、ナースコールのボタンの紐がかけられていた。

「何かあったら大声出すんじゃなくて、必ずこれ押してね」

と看護師は念を押していたけれど、記憶の定着が不安定で、ついさっきあった出来事も忘れてしまう上の子に、果たして理解できただろうかと心配になった。

入り口正面に切り取られた大きめの窓にはカーテンが引かれていた。日中だというのに薄暗いからカーテンを開けようとしたら、「眩しいから閉めて」と上の子が言った。

長いこと意識がなく外の景色を見ることもなかったせいか、事故の後遺症なのか、ずっと視界の焦点が合わず、眩暈がするというのだ。薄暗い部屋の方が気持ちが落ち着くというのでそのままにした。リクライニング式のベッドだったので、少し上体を起こしてあげようかと思ったけれど、それも必要ないようだった。

髪を金髪に染め上げて両耳にピアスをぶら下げ、すっかり大きくなった体をベッドの隣の小さな折り畳みの丸椅子に落ち着けた下の子は、スマホをいじっている。

「もっと近くに来いよ」

と弟を呼び寄せると、懐かしそうに頭をずっと撫でていた。

意識がなかった十日余りの間に下の子が会った共通の友人の話で盛り上がり、上の子は懐かしそうに笑っている。

下の子が、お兄ちゃんの大好きだった歌をスマホで流すと、二人で歌詞を口ずさみ、楽しげな表情を見せた。

とにかく甘いものが食べたいという上の子のために、一階の売店でチョコレートを買おうと、二人を残して僕は部屋を出た。

「助かったんだ」

待ち望んだこの日を迎え、ホッと胸を撫でおろした。

安心とまではいかなかったけれど、大きな山は越えたのだろう。

きっと、これから先まだまだ数え切れない困難と、越えなければならない試練があるに違いなかったけれど、僕の感情は久しぶりに落ち着いていた。

命を落とすかもしれないと言われて生きた心地がしなかった二十四時間を乗り越え、待てど暮らせど意識を取り戻す気配はなく、このまま植物状態という可能性も否定されず、もう一生こうして同じ時を刻むことが許されないのではないかと絶望の淵をさまよって、たくさんの人の支えと、懸命の処置でどうにか命をつなぎ留め、意識を取り戻し、回復の兆しを見せている。


これは、奇跡だ。

これを奇跡と言わずして、何を奇跡というのだろうか。

神様はもう一回、僕たちにチャンスをくれた。

あの日止まってしまった時間は知らず知らずのうちに動き出し、やがて十年の月日が流れた。

生活環境も体つきも、年齢も見た目も、お互いすっかり変わってしまったけど、僕たちはまだ、生きている。


覚えてるかな。

ママが出て行って、ある日突然にパパと三人暮らしの生活になってしまった時、君たちはまだ幼かった。

朝起きて、いつも隣に寝ているはずのママがいないから、しばらく不思議そうな表情を浮かべていたね。

「ママはどこに行った？」

寝ぼけながら聞く君たちを、強く抱きしめた。

「ママ、忙しいから家には帰ってこれないんだって」

どんな嘘をつけば君たちの感情を、心を傷つけずに済むのか一生懸命考えたけれど、これはとても難しい問題だった。

「パパしかいなくて、寂しくないかい？」

そんなことを聞けば必ず、

「寂しくない、パパいるから」

そう言ってくれていた。

だから寂しい思いはさせない。

父親だけしかいないからといって、辛い人生にならぬように。

みんながびっくりするようなすごい奴に、必ず育てる。二人とも、必ず。

どんなことがあっても、誰にも負けない素晴らしい人生を歩んでいけるように。

そう心に誓ったんだ。

まだ幼かった君たちに、いつも「どんなに困難なことがあっても、笑っていなさい」と、言い聞かせた。

今日より明日が素晴らしい。

今がつまらなくても、そのうちきっと必ず良いことがある。

そう信じて生きていけるように。

これから先どんな困難が待ち受けているかも分からなかったし、それらを乗り越え続けることが君たちの人生の重荷になってしまったら気の毒だから、三人暮らしが始まってすぐに、僕たちはこんな約束をした。

「どんなことがあっても、どこに行っても、必ず生きて帰ってこい」

頑張れとか、へこたれるなとか、負けるなとか、立ち向かえとか、言葉にしてしまうと、やがて何もかもが嫌になって、不満ばかりが募ってしまうだろう。辛い辛い日々を乗り越えて、散々間違って、うんざりしながら生きていても、明日に向かって挑む勇気を失わないように。

パパはいつも、どんな時も君たちの味方だから、何があっても笑って、そして必ず、何があっても生きて帰ってこい。それさえ忘れなければ、後はまた明日、やり直せばいいだけなんだから。


でも、なかなか大変だったな、「生きて帰ってくる」という、たったそれだけのことも。

実際は、困難が立ちふさがるたびに泣いて、そのたびに自分を奮い立たせて、どうにかこうにか生きてきた。

「もうだめだ」「もう無理だ」って思ったことなど何回もあった。

手術が終わって、ぼんやり目を開けることができるようになった時、「気がついたか、死ななかったんだな。お前もなかなかしぶといじゃないか」って声をかけた。

いつもこうやって、ギリギリのところでしぶとく生き残ってさ、ここまでたどり着いたんだよ。

どんなことがあっても生き残ったってことは、すごいことなんだと思ってる。

考えられる限りの全てのものを失ったけれど、命がけの勝負には勝った。

この十年間、一度たりとも命がけの勝負には負けなかった。

そして、生きて帰ってきたから、ここまでたどり着けた。

これは、大したもんだろ。

全てを乗り越えて、全ての命がけの勝負に勝って、こうして生きてる。

三人とも、ここにいるじゃないか。

三人で力を合わせれば、どんなことでも乗り越えられるよ。

そんな気がしないか？


もうダメだと思った時に、諦めるのは簡単だ。

だけど、もうダメだと思った時に、もう一度歯を食いしばって前に進むのは、口で言うほど簡単ではない。歯を食いしばって、もがいた先にだけ「明日」という未来があるのだとしたら、やはりどんなことでも乗り越えなければいけない。

今は、そう思ってるよ。

自分が「生きる」と決めさえすれば、道は開け、多くの人が助けてくれる。

そのたびに「そんな簡単に諦めるな、お前の人生だろ」って励ましてもらっているような気がしたんだ。

いろいろなことを考えさせられる、たった一人で挑んだ父子家庭生活だったけど、パパには一つだけ間違いなく言えることがある。

それは、君たちは何も悪くないってこと。

君たちが悪くないってことを証明するために一生懸命努力したつもりだけど、たどり着いた場所はこんなところで、十年間の父子家庭生活で、君たちや世の中に誇れるようなものなんて、何一つない。

「悪い子にしてたらサンタさんは来ないよ」なんて、誰が決めたのだろう。

結局わが家にサンタはやってこなかったけど、君たちは悪い子なんかじゃない。

恐らく、ほとんどの人が経験したことがないであろう、たった一人、男手一つで子供たちを育てた、このとてつもなくへんてこな十年間を、世に問いたいと思ってる。

信じられないような経験をした父子家庭生活の全貌を世に問うた後、それでも僕たちに「頑張れ」といって力を貸してくれるのか、「お前らアホか」と笑われて終わりなのか、乞うご期待だ。

人生は、迷いの連続だ。

うまくいくかどうかなんて誰にも分からない。

決断の一つ一つに、その一回一回に、これからも迷い続けるに違いない。

決断を間違えば、傷つくこともあるさ。

でもね、傷つかなければ何も学べないし、迷わなければ先には進めないんだ。

これから先、どうしようもなく傷つき、どうしようもなく迷ったら、その時は立ち止まって
ゆっくり考えればいい。

君たちに残された人生は、気が遠くなるほど長いんだから。


ゆっくり休んで考えても、それでもまだ先に進む勇気が持てなかったら、パパのところに
帰ってきなさい。

パパが何度でも言ってやる。

「君たちは世界一の男だ」って。

パパが何度でも言ってやる。


どんな時も、どんなことがあっても、必ず助けるから。

必ずだ、必ず助ける。

だから諦めるなよ、約束。

一人で生きるという本当の意味を、理解するのは難しい。

それは、誰にも頼らず生きるということではなく、誰にも助けてもらえないということでも、誰とも共感を共有することができない人生などでも、決してない。

一人で生きるという本当の意味は、自分の人生を諦めないこと。

どんな時も諦めず歯を食いしばって、前に進むこと。

そして、その先に誰かの人生を幸せにすることができるような、そんな生き方のことを言うのではないのだろうか。

父子家庭生活でいろいろなことを経験して、ようやくたどり着いた一つの答え。

パパが君たちに教えてあげなければいけないことは、本当はもっともっと、簡単なことだったんだ。

愛媛県松山市に旅行に行った時に見た、甲子園を制した済美高校の校舎にぶら下がってたでっかい垂れ幕に書いてあった言葉、覚えてるか。

「やればできる」

せっかくここまでたどり着いたんだ、もうひと踏ん張り頑張ってみよう。

「明日」がどんな日なのか、この目で確かめたい。
まだ見たことのない景色を一緒に見たい。
すっごいところに、君たちを連れていってあげたい。

どうせ、ダメでもともとの人生。
君たちがいれば、今さら何を失ったとしても怖くない。

笑おうよ、昔みたいに三人で。
笑っていれば、必ず明日がやってくるから。
どんな時でも、大丈夫、大丈夫。

さあ、まだまだ行くよ。

負けてたまるか。
僕たちの人生は、ここからだ。

エピローグ

たった一人、男手一つで子供二人を育てるという僕の挑戦が始まってから、十二年の月日が流れた。

上の子は今年、二十歳になった。子供たち二人を引き取った時は、上の子はまだ八つだったから、この一区切りには感慨深いものがある。

それは、生きた心地のしない地獄のような父子家庭生活の日々を、三人で肩寄せ合い、励まし合い、時には喧嘩をしながら乗り越えた長い長い苦難の末の到達点だからなのだろう。

父子家庭生活を経て、僕が得たものは一体何だったのだろうか。

今では子供たちもすっかり手がかからなくなり、自分の時間も持てるようになった。

ふとこれからの自分に残された人生の時間のことを考えてみるのだが、子育てを終えた後の自分の人生をうまく思い描くことができない。

それは、自分の人生と引き換えにしてでも乗り越えなければならなかった、たった一人で挑んだ父子家庭パパとしての代償なのかもしれない。

これについては、もっとゆっくり時間をかけて考えねばなるまい。


僕の髪にもちらほら白いものが目立ち始めてしまった。

三十歳の時に子供たちを引き取り、今では四十二歳。

子供を育てるということだけに費やしたこの長い時間は、はたして僕や子供たちにとって意味のあるものだったのだろうか。

すっかり時間を持て余すようになったおかげで、毎日そんなことばかり考えてしまうのだ。

それだけ、子供を育てるという責任は重い。


十二年間の父子家庭生活の末に、長男が二十歳になりました。

半ズボンに野球帽、腰には大好きなカードゲームをぎっしり詰め込んだお気に入りのウエストポーチを括りつけるというのが外遊びの基本スタイルだった上の子も、今ではスーツを着こなし、身長ははるかに越されてしまった。

二十分の十二を父親と弟との三人暮らしで過ごした長男にとっては、きっと満足のいく幼少期ではなかっただろう。

今になって考えても、あの生活は酷かった。

二十分の十二の彼の大事な人生。今でもこれで良かったのだろうかと悔やんでいる。

僕も幼少期、友人たちと比べ、それほど恵まれた環境ではなかったと記憶している。

ふと、そんなことまで思い出した。

年老いた両親のもとで生まれ育ち、特に食うに困った記憶はない。ただ一つ、他のご家庭と違う点は、小学二年生の時に定年を迎えた父が、それから死ぬまでの二十数年間、重度のアルコール依存症だったということだ。

毎日酒をあおっては暴れまわる父を、忌み嫌っていた。

酒に溺れる前の父はとても優しかったから、当時小学二年生の僕にはまさに天変地異であり、突如異国の地に放り出されたような喪失感が、記憶の奥底にべっとりと塗りたくられている。

大人を信じることができず、誰に対しても心を開けぬ蝋(ろう)人形のような子供だった。

自分の心を解放し、全てをさらけ出したら最後、ありとあらゆる理不尽な感情があふれ出し、殺人犯にでもなってしまうのではないかという、途方もない妄念にとりつかれ、幼心にがっちりと蓋をし、それから数十年の間、心のカギを開けたことはない。

きっと僕は親から見れば、面白くも可笑しくもない子供だったはずだ。

今になって思う。

親になるのは大変だ。

子供を育てるというのは、不安で孤独だ。

きっと僕の両親も、悩み悔やみ、抱えきれない何かと葛藤していたに違いない。

でも、幼いころはそんなことは考えられなかったから、大人の事情の板挟みの中で、心に固くカギをかけた。そして、心にカギをかけ、他人に心を開かない子供だった僕は、自分の周りの者が全て敵に見える、異常に用心深い人間になった。

だから僕は、他人に本当の意味で心を開いたことがない。

自分が二十歳の時は、親に対する感謝の気持ちも自分自身の人生に対する期待感も、何もなかったのを覚えている。

温かい家庭に憧れ、誰かと家族というものになりたくて、僕はある日結婚したけれど、僕の妻になった女性は、子供たちを置いて出ていった。理由はいろいろなのだろうけど、もうそんなことは考えなくていい。考えたところで、もう一度人生をやり直せるはずはないのだから。

結婚して長男が生まれたのは二十三歳の時。

早く結婚して家庭を持ちたいという憧れは、家族というぬくもりを知らずに育ってしまったことへの反動だったに違いない。

僕なら、絵に描いたような温かい、そう、まさにテレビCMのような家庭を築けると、なぜだか勝手に信じていた。そして夫婦そろって子供たちを愛情たっぷりに育て、子供たちも親の言うことをよく聞き、すくすくと成長するものだと信じていた。

やがて家族は崩壊し、僕は子供たちを引き取って父子家庭パパとなった。

他者に心を開けぬ僕が唯一心を開けるような気がしたのは、子供たちだった。

父子家庭生活に突入し、子供たちの面倒を一人で見なければならなくなり、いつ死ぬかもしれぬ貧困のどん底にあえぎ、明日が来るかどうかも不安な日々を繰り返した末に、開き直ったのだと思う。

いや、開き直らねばならぬほどに追い込まれていた、というのが正解だ。子供たちを信じ、自分自身を信じなければ、男手一つで子供たちを成長させるのは無理だった。

僕は皮肉なことに、父子家庭パパになり、たった一人で子供たちと否応なく対峙しなければならなくなって、とうとう、がっちり蓋をした心に「信じる」というカギを差し込まざるを得なくなったのだ。

信じることは生きること、信じた先に必ず明日がある。

日々、そう呪文のように念じていた。

確かに、子供たちと向き合い、信じるという行為で、自分の中の何かが劇的に変わったような気がしている。

うまく表現できないけれど、より人間らしくなったような感じとでもいえるだろうか。


でも、葛藤はあった。

やがて子供たちは成長し、二十一世紀だというのに、日本国憲法で保障された健康で文化的な最低限度の生活すらも危うい極貧にあえぐ環境に我慢の限界を超え、ことあるごとに反発し続けた。親の気も知らず好き勝手に生きる子供たちに悩まされ続け、信じると裏切られるのドミノ倒しのような日常の中で、僕の精神は異変をきたし、気力の崩壊の末に、無気力へとたどり着いた。

たった一人で子供を育てるという僕の挑戦は、過酷を極めていた。

子供たちを信じては裏切られることの繰り返しだったが、たった一人の子育ては、やはりどんな状況でも子供たちを信じることでしか成立しないものなのだ。信じるというその一点が揺らいだ時に、僕たちは途端に明日を見失ってしまう。

日々遊びまわる子供たちに嫌気がさしても、歯を食いしばって子供たちを信じ続けた。

何の確証もない。

信じることの果てに何を生むのか。そんなことを考えていたら永遠に僕たちに明日はやってこない。

とにかくひたすらにやみくもに、素晴らしい明日がやってくることを、そしていつかこの苦労が報われる日が来ることを、信じ続けた。

下の子は学校もろくろく行かずに家出を繰り返し、上の子はバイク事故で生死の境をさまようまでに滅茶苦茶になり、もう最後の最後には、今生きているというごくごく単純なことにすがらねばならぬほどだった。子供たちの成長の過程で報いを感じられたことは、ない。

たった一人で挑んだ父子家庭パパという生き方の成れの果ては、収拾のつかない現実と、どうにでもなれという開き直りだった。

こんなはずじゃなかった……。

これがたった一人で子育てに没頭した、父子家庭生活の結末だったように思う。全てが子供たちのためだと歯を食いしばり、生きてはきたけれど……。

これに何の意味があったのか、これで良かったのか、本当は今でもよく分からない。後悔しているのかと聞かれれば、恐らく後悔しているのだろう。もし、父子家庭という枠組みの中で生きていかなくても良かったのだとしたら、そうしてあげるべきだったのではないかと、日々悔やんでいる。

それだけ僕らの生きてきた時間は過酷で、多くのものを失ってしまったような気がするのだ。

それからしばらく過ぎ、バイク事故で生死の境をさまよった息子は、十九歳の時に自分の意思で家を出て一人暮らしを始めた。

命を失いかけた経験で、彼なりに何か思うものがあったのかもしれない。

僕もだいぶ肩の荷が下りて、自分自身の時間も持てるようになり、今ではすっかり人間らしい暮らしをさせてもらっている。ひっちゃかめっちゃかやっていた二人の子供たちも、思春期を越えて一回りたくましくなり、僕の手を煩わせることもだいぶ少なくなった。

先日、友人と二人で鎌倉まで日帰り旅行に出かけた。

僕は茨城に住んでいるので、鎌倉はちょっとした遠出だった。

日帰り旅行とはいえ、こんなふうに自分の時間を持てるのは十二年ぶりくらいだったので、うれしくなって鎌倉駅の写真に、

「いま鎌倉に遊びに来ています」

と添えて下の子にＬＩＮＥをしてみたら、すぐに、

「パパが自分の時間を使ってどこかに遊びに行くなんて、僕の記憶にはありません。今まで大変だったんだから、今日は楽しんできてよね」

と返信が入った。

生意気言いやがって、とＬＩＮＥを読みながらうそぶいたけれど、なんだか温かい気持ちにさせてもらった。

これが成長というものなのだろうか。


家を出た上の子は、初めは引っ越し先で大騒ぎをして追い出されそうになっていたけれど、すっかり落ち着いて、一人暮らしも板についたようだ。

今では顔を合わせる機会も少なくなってしまった。

バイク事故で生死をさまよい、家を出て自立をして迎えた二十歳の誕生日。

一人の大人として、誕生日だからといってあえて連絡もしなかったし、プレゼントも用意しなかった。

僕にとっては感慨深い特別な日だったけれど、父親としてベタベタするのはやめようと思った。このそっけない態度が、大人になっていく彼への、二十歳の誕生日プレゼントのつもりだった。

そんな僕の気持ちを分かっていたのかどうかは知らないけれど、彼は二十歳の誕生日にこんなＬＩＮＥをくれました。

「今まで育ててくれて本当にありがとうございました。二十歳を迎えることができました」

果たして十二年間の父子家庭生活は、僕たちに何を与えたのでしょうか。

良かったのか悪かったのかは、永遠に分からないのかもしれない。

ただ一つ言えることは、諦めずに子供たちを育てて良かった、ということ。

信じるということはつまり愛するということで、その人のことを本当に愛していなければ、人を信じるということは不可能なのだろう。

そしてその愛は、必ずいつか、人を成長させてくれるのだと、今でも僕は信じています。

決してこの先もドラマチックでワンダフルな結末なんてないのだろう。

でも、そんなことはどうだっていい。

彼から送られてきたＬＩＮＥを読んで、僕はほんの少しだけ報われた気がして、満足したんだ。

本書は、一般の人の物語が社会に発信される世界を目指し、吉本興業株式会社と人生投稿サイトSTORYS.JP（https://storys.jp）が共同開催するプロジェクト「カタリエ」に投稿された作品を加筆・修正の上、書籍化したものです。

本書のもととなる投稿作品は、「父子家庭パパが所持金2万円からたった一人で子供2人を育てた10年間だったけど、これで良かったのか今でも分からずに文字にした全記録を、世に問いたい。」と題し、2016年にSTORYS.JPで発表されました。

君たちにサンタは来ない

2020年6月17日　初版発行

著者	朝田寅介
発行人	松野浩之
編集人	新井 治
企画・進行	竹山沙織、南百瀬健太郎
DTP	近藤みどり
校正	聚珍社
営業	島津友彦（ワニブックス）
協力	清瀬 史（STORYS.JP）
発行	ヨシモトブックス 〒160-0022 東京都新宿区新宿5-18-21 TEL：03-3209-8291
発売	株式会社ワニブックス 〒150-8482 東京都渋谷区恵比寿4-4-9えびす大黒ビル TEL：03-5449-2711
印刷・製本	株式会社光邦

ISBN 978-4-8470-9898-7